螺斋拾珍

聚学文丛

谭正璧 著

谭篪 整理

文匯出版社

图书在版编目(CIP)数据

螺斋拾珍 / 谭正璧著；谭篪整理. —上海：文汇
出版社，2023.8
(聚学文丛 / 周伯军主编)
ISBN 978-7-5496-4062-1

Ⅰ.①螺… Ⅱ.①谭… ②谭… Ⅲ.①随笔－作品集
－中国－当代 Ⅳ.①I267.1

中国国家版本馆 CIP 数据核字(2023)第 101333 号

(聚学文丛)

螺斋拾珍

主　　编 / 周伯军
策　　划 / 鱼　丽
篆　　刻 / 茅子良

著　　者 / 谭正璧
整　　理 / 谭　篪
责任编辑 / 鲍广丽
审读编辑 / 姚明强
封面装帧 / 王　峥

出版发行 / **文匯**出版社
　　　　　上海市威海路 755 号
　　　　　(邮政编码 200041)
经　　销 / 全国新华书店
排　　版 / 南京展望文化发展有限公司
印刷装订 / 上海颛辉印刷厂有限公司
版　　次 / 2023 年 8 月第 1 版
印　　次 / 2023 年 8 月第 1 次印刷
开　　本 / 889×1194　1/32
字　　数 / 180 千字
印　　张 / 8.5

ISBN 978-7-5496-4062-1
定　　价 / 56.00 元

山高水长有先生（代序）

　　一个冬日午后暖阳里，与海上谭正璧公子箎相约于沪上八景园，蒙赠其著《谭正璧传》等。想我大学时，常在图书馆查阅其父《中国文学家大辞典》等书，解疑释惑，学习文学，没有想到晚年时能与其哲嗣谭公子相识，听他言说父亲一生的故事与遭遇，私心自感庆幸！

　　人事有代谢，往来成古今！现在，当我站在南京西路润康邨一百四十号先生谢世前最后的一个住宅前，想到一代学人、为中国文化事业做出过贡献的先生此时竟晚景凄凉，在眼疾几近失明情况下，还在女儿帮助下，勉力完成他的《三言二拍资料》等好几种著作，不免唏嘘感怀不已！

　　记得我曾代表沪上辞书学会与原古籍社社长王兴康先生等一起筹办一个辞书界活动，听他感慨地说过：谭先生虽没有很高学历，又非书香门第，却取得很大的学术成果，全靠天分和对文学事业的一份执着的热爱与勤奋，凭他的成就，不应该再是身后寂寞被遗忘呀！《中国文学家大辞典》曾有五个版本，印刷多达十次！一生著作涉及古小说、戏剧史、文化史、女性文学、国学概论等，多达一百五十种……后来就有了古籍社出版了先生的文集事，竟有十三卷之多。另外，据知：他也曾应舒新城邀请，冒暑撰写《辞海》条目近千条。

　　谭公子说：父亲性温润善良而刚毅、守规矩、独善其身又喜欢读书，藏书曾多达上万种；他为人冲淡平和，生活不尚奢华而一心专注于学术。他不仅曾参加过一些抗日活动，而且，在新中国成立前还有过与中共地下党的接触，据说，办过艺术学院，秘密物色进步青年奔赴解放区（有当年相关人士的书面证明），但却不幸被诬遭中伤而严重地误会了，但他却能淡然处之，并没有十分在意，他说：功过是非，人间自有公论，我自守清流、对得起自己的良心。他觉得这也是父亲一生不易的地方。

去年是先生诞辰一百二十周年和逝世三十周年，故乡嘉定人为他修订出版了纪念册，又曾举办"先生之风山高水长"的特展。几天前陈子善先生告我：他参与主编五十卷的《海派文学大系》肯定会研讨选收谭正璧先生的作品云云。这讯息也令我高兴不已。

（原载《新民晚报》二〇二二年二月二十八日）

目 录

《洛神赋》主角恋爱事迹考

《洛神赋》是中国古代一篇有名的抒情赋,他的作者,是三国时代以"八斗之才"见称的伟大诗人曹植(子建),而在他的幕后,又隐藏着一桩"可歌可泣""此恨绵绵"的恋爱故事。因此凡是爱好中国古典文学的人,莫不欢喜读这篇古今少有的名赋;而读过这篇名赋的人,莫不为赋中的女主角甄夫人一生不幸的遭遇,而感动,而陨泪。元代大书家赵孟頫,曾因特别爱好之故,用楷书来专替它誊写一遍,传到后代,被奉为艺苑鸿宝,临摹印拓,传布尤广。这不但是由于赵氏书的可贵,也因为洛神一赋,就是看了名字也觉得含着"有余不尽"的情味,使人兴起壮美的情绪!

说《洛神赋》是为纪念甄夫人而作,最初见于唐代李善的《文选》注。不过李善注《文选》,引用古书,必著明书名,独于此事仅用"记曰"二字开首,可见为出于当时里巷传说。原文如下:

魏东阿王(植),汉末求甄逸女不遂。太祖(操)

回，与五官中郎将（丕）。植殊不平，昼思夜想，废寝
与食。黄初中（公元二二二年）入朝，帝（丕）示植甄
后玉镂金带枕。植见之，不觉泣。时已为郭后谗死。帝
意亦寻悟，因令太子留宴饮，仍以枕赉植。植还，度轩
辕。少许时，将息洛水上，思甄后。忽见女来，自云
"我本托心君王……为郭后以糠塞口，今被发，羞将此
形貌重睹君王尔。"言讫，不复见所在。遣人献珠于王，
王答以玉佩。悲喜不能自胜，遂作《感甄赋》。后明帝
见之，改为《洛神赋》。

可是后来有许多人都不相信有这桩事，现在可以举
清人何焯为代表。何氏所注，见于他所著《义门读
书记》：

《魏志》："甄后三岁失父，后袁绍纳为中子熙妻。曹
操平冀州，丕纳之于邺。"安有子建求为妻之事？小说
家不过因赋中"愿诚素之先达……"二句而附会之耳。
示枕、赉枕，里巷之人所不为，况帝又猜忌诸弟？留宴
从容，正不可得，《感甄》名赋，其为不恭，岂特"醉
后悖慢，齐从使者"可比耶？

按：曹植求甄逸女事，当在甄女为袁熙妻之前，所
以在事实上并非不可能。而且在曹植的集子里，也有文
章可证，植的《愍志赋》云：

或人有好邻人之女者，时无良媒，礼不成焉。彼女
遂行适人。有言之于予者，予心感焉。乃作赋曰：
窃托音于往昔，迨来春之不从；思同游而无路，情
壅隔而靡通。哀莫哀于永绝，悲莫悲于生离；岂良时之

难俟，痛予质之日亏。登高楼以临下，望所欢之攸居；去君子之清宇，归小人之蓬庐，欲轻飞而从之，迫礼防之我居。

所谓"或人"，当系夫子自道；所谓"小人"，当然是指袁熙，因为袁曹那时已经失和，对于敌人的儿子自然不会用好称呼的，何况又是夺去他所欢的情敌？至于"示枕""赍枕"，适足证明甄夫人之死，与曹植有关，而故意相示相赍，使之悲痛难当。而《感甄》名赋，由于当时未必即出而传世，所以直至文帝死后，甄夫人的亲子明帝才能读到，才为之改题篇名。

后于李善，晚唐大诗人李商隐也相信这个传说。他有《代魏宫私赠》一首，题下注云：

黄初三年，已隔存没，追代其意，何必同时？是亦广《子夜鬼歌》之流。诗为七绝体，云：
来时西馆阻佳期，去后漳河隔梦思。知有宓妃无限意，春松秋菊可同时？

今人陆侃如也说：

此事确否不可知，不过《洛神赋》作于她死后的一年，或许有相当的关系吧！（《中国诗史》）

这桩事情的有无，既然在未定之数，那么我们不妨暂时假定为有，来做进一层的详尽的研究。

甄夫人的原名已失传，她是甄逸的三男五女中最小的女儿，不幸三岁就失去了父亲。根据《三国志》及注所载，她的出身及未嫁前的生活有如下述：

　　文昭甄皇后，中山无极人……父逸，上蔡令……三岁丧父……（《魏志》）

　　逸娶常山强氏，生三男五女：长男豫……次俨……次尧……长女姜，次脱，次道，次荣，次即后。后以汉光和五年（公元一八二年）十二月丁酉生。每寝寐，家中仿佛见如有人持玉衣覆其上者，常共怪之……年九岁，喜书，视字辄识，数用诸兄笔砚。兄谓后言："汝当为女工，用书为学，当作女博士耶？"……年十四，丧中兄俨，悲哀过制，事寡嫂谦敬……母性严……后数谏母："兄不幸早终，嫂年少守节……待之妇如妇，爱之宜如女。"母感后言涕泣，便令后与嫂共止。寝息坐起常相随，恩爱益密。……（《魏志》注引《魏书》）

　　她待寡嫂的谦敬及对母氏的叮咛，可见她天性的仁慈。仁慈的人必富于感情，这便是她后来不幸的遭遇的种因。又加之以曹植和他的哥哥曹丕的失和，而她又不幸已由袁熙的手落入了曹丕的手，于是悲剧终成为悲剧，而无可挽救了。

　　曹植和曹丕兄弟的失和，纯然为了政治的关系，而原因是起于曹操的偏爱。由于曹操对于曹植的偏爱，可见两人为人的优劣，但不料却成了曹植后来失败之因。这事情在《三国志》里即有明文详载：

　　植字子建。年十岁余，诵读诗论及群赋数十万言。喜属文。太祖尝视其文，谓植曰："汝倩人邪！"植跪曰："言出为论，下笔成章，愿当面试，奈何倩人？"时邺铜雀台新成，太祖悉将诸子登台，使各为赋。植援笔立成，可观，太祖甚异之。性简易，不治威仪，舆马服饰，不尚华丽。每进见难问，应声而对，特见宠爱。建安十六年，封平原侯。十九年，徙封临淄侯。太祖征孙权，使植留守邺……植既以才见异，而丁仪、丁廙、杨修等为之羽翼，太祖狐疑，几为太子者数矣。而植任性而行，不自雕励，饮食不节。文帝御之以术，矫情自饰，宫人左右，并为之说，故遂定为嗣。

文中写诗人的本色、人情的趋向、政治的阴谋、骨肉的摧残，无不如描如绘。如果能将此中详细经过，一一叙述出来，可以写成一本令人读了惊心动魄的政治秘史。但诗人便吃亏在是诗人，终因一半由于自己的不谙政治手腕，一半由于中了别人的阴谋诡计，而失去了现成的绝好地位。而且那时候，他在爱情上也早已遭到完全的失败。

汉献帝建安九年（公元二〇四年），曹操攻袁绍，进入邺都。其时甄夫人已为袁熙之妻。为了这个原因，父子三人都抱着"捷足先得"的心，拼命地向着邺前进。曹丕得甄夫人于袁府，见于《三国志》及注，而曹操亦有逐鹿之心，却为他书所未明载。其实在南朝宋人刘义庆的《世说》里，老早就有这种记载的：

魏甄后惠而有色，先为袁熙妻，甚获宠，曹公之屠邺也，令疾召甄。左右曰："五官中郎已将去。"公曰："今年破贼正为奴！"（《惑溺》第三十五）

依文字的语气来看，本来也可解作曹操的"令疾召甄"，本来要赐给他儿子曹丕的，而"奴"是指曹丕。但《世说》的作者却把这段文字放在"惑溺"类内，那么唯有解作曹操本来自己想要她了。这话从前人也说过，倒不是我一个人的创说。不信，请看宋人王铚《默记》里的一段关于考证《洛神斌》的文字。他即根据《世说》所载，说：

> 不独兄弟之嫌，而父子之争，亦可丑也。

实在王铚所谓"父子之争"，实际上恐怕就只有曹操与曹植，而曹丕不在内。所以我在前面所说"父子三人都抱着捷足先得之心"，也还有商榷的余地。因为据《三国志》注引《世语》所载，曹丕的得甄夫人，似乎是出之于偶然：

> 太祖下邺，文帝（丕）先入袁尚府，有妇人披发垢面，垂涕立绍妻刘后。文帝问之。刘答："是熙妻。"顾揽发髻，以巾拭面，姿貌绝伦。既过，刘谓后："不忧死矣！"逐见纳，有宠……

照此文所载，完全由于曹丕发现她后，当场"以巾拭面"，见她"姿貌绝伦"；如果是有意而往，那么此举尽可不必。此文所载如确，真应了俗谚所谓"有意栽花花不发，无心插柳柳成荫"二句，他们父子三人中，有意欲得的二人都没有得到，反而被无意的人首先得到。造化弄人，真无聊到极点。此时如为曹植得到，那么多年心愿，遂于一朝，此后便可抖擞精神，从事政争，不致因消极而沉浸于曲糵之中，以致失去他政治上本来的优越地位。可是反过来一想，如果能够这样，那么他的伟大作品《洛神赋》，遂不会产生，亦为古代文坛上，亦为中国文学史上一大损失。文学史上类乎这样的事情正多着，我们又何必多为古人唏嘘呢。

曹操本有欲得之心，不料为曹丕捷足先得，于是只有假作大度，把她赐给曹丕。其实，他即使想不给，也已无法做到。但因事出意外，究竟使他十分失望，所以他不禁脱口道出"今天破贼正为奴"一语，令千载后人据此以窥见他的肺腑。但其时的曹植怎样呢？曹植是在她未嫁前曾追逐过她的人，他的欲得之心，更比乃父乃兄为甚，不料自己晚到了一步，已为曹丕所先得，其懊丧的程度可想而知。况且从前嫁于袁熙，尚有复得的希望，现在为自己的哥哥所得，和她有了叔嫂的名义，从此便绝无一线希望，所以更使得他"昼思夜想，废寝与食"了。

悲剧既经造成，在当时即有替他不平的人。孔融是明白他们内幕的一人，一听得甄夫人为曹丕所得，曹操不但不反对，反而公开地赐给他，他就大大地替曹植抱不平。但他又不便明言，只能用幽默的话来暗示。《世说》注引《魏氏春秋》：

> 五官将纳熙妻也，孔融与太祖书曰："武王伐纣，以妲己赐周公。"太祖以融博学，真谓书传所记。后见融，问之。对曰："以今度古，想其然也！"

但生米已成熟饭，除了讽刺曹操不该助成子恶外，在事实上毫无所用，不过为历史上留一话柄而已。

曹丕得了甄夫人，看见父亲非常同情于自己的兄弟，不独使他在作《铜雀台赋》时大出风头，而且封以侯爵，托之重任，（操征孙权，使植留守邺都）许多文士们也拥护他，大有继承父爵的希望。这当然在他是极怀恨的，因为他是长子。于是与他的文友吴质共同设计，用尽机谋，终于达到了他们"回天"的目的。《三国志》里说：

二十二年，增植邑五千，并前万户。植尝乘车行驰道中，开司马门出。太祖大怒，公车令坐死。由是重诸侯科禁，而植宠日衰。太祖既虑终始之变，以杨修颇有才策，而又袁氏之甥也，于是以罪诛修。植益内不自安。二十四年，曹仁为关羽所围，太祖以植为南中郎将行征虏将军，欲遣救仁，呼有所敕戒。植醉，不能受命。于是悔而罢之。

我说曹植的失宠于父而被废，由于曹丕的阴谋，在这段消息里似绝无迹象可见，但在别的书里却有旁证可得。因为杨修本来为曹操所器重，修的被诛，即因他党于曹植，中了曹丕的离间之计，而设计者即为吴质。依此类推，个中未尝没有黑幕，不过不能一一搜出而已。《三国志》注引《世说》：

修年二十五，以名公子，有才能，为太祖所器，与丁仪兄弟皆欲以植为嗣。太子（丕）患之，以车载废簏，内朝歌长吴质与谋。修以白太祖。未及推验，太子惧告质。质曰："何患？明日复以簏受绢车内以惑之，修必复重白，重白必推，而无验，则彼受罪矣。"世子从之。修果白，而无人，太祖由是疑焉。修与贾逵王凌并为主簿，而为植所友，每当就植，虑事有阙。忖度太祖意，豫作答数十余条，敕门下，教出，以次答。教裁出，答已入，太祖怪其捷，惟问始泄。太祖遣太子及植各出邺城一门，密敕门不得出，以观其所为。太子至门，不得出而返。修先戒植，若门不出，侯受王命，可斩守者。植从之。故修遂以交构赐死。

这一段文字极重要，因为我们觉得曹操之于曹植，始爱终恶，似乎有些不入情理，看了本传，也不过说他"任性而行，不自雕励"。但知子莫若父，这是他的天性，决不会因此事而忽然失欢的。看了本文，才知曹操之爱曹植，全由于他的文才，不料后来试出了他有人代为捉刀，于是前爱尽蠲，痛恨特甚。他对杨修既不信任，而捉刀者又适为杨修，更因此而不信任宠信杨修的人。于是曹丕的诡计完全得售了。看了杨修告操以车簏载吴质入宫之事，即为曹丕所知，证之以本传所云"宫人左右，并为之说"。可见曹丕计划的周密，收买党羽的无微不至。所以像曹植、丁仪、丁廙、杨修等几个文人，想仅用真才实力来对付他，那自然只有失败了。

在曹丕和曹植暗中斗争的时候，我们的女主角甄夫人，她的态度是怎样呢？她是一个"惠而有色"的人，有色当然是得宠的原因，而"惠"，可见她虽然不满意于曹丕，但也不会明目张胆地表示反对的。但她对曹植，却始终着有一颗热恋的心，所以有了机会，或竟做过大胆的私会。这事情在各书里虽无明文记载，但在《三国志》注引《魏书》一段里，其中却有令人疑似的材料：

> 二十一年（公元二一六年）十月，太祖东征，武宣皇后（操妻）、文帝及明帝（叡）、东乡公主皆从，时后以病留邺。二十二年九月，大军还，武宣皇后左右侍御见后颜色丰盈，怪问之，曰："后与二子别久，下流之情，不可为念；而后颜色更盛，何也？"后笑答之曰："叡等自随夫人，我当何忧？"

与丈夫子女别离一年，而又在病后，反而"颜色丰盈"，何怪要动人疑怪。但是我们一查这次随军出征的人的名单，其中却独少一个最重要的角色的名字，就是临淄侯（植）。这当然不是漏列，因在其他书里，也没有曹植从征的记载，否则在清人丁晏的《陈思王年谱》里必不会漏引的。他这次既没有从征，那么当然也留居邺都。有了这样一个千年难遇的好机会，他和她肯白白地让它溜过吗？他们既满足了半生来求之不得的欲望，而且持续到有一足年之久，那她怎能不因之而"颜色丰盈"呢？而且我还疑心，她的生病，也不是真病，而是出于有意的做作。

她既对曹植这样热恋，那么对于曹丕当然只有虚与委蛇。但她是不能明目地表示她的厌恶与痛恨的，只有不和他多亲近的一法。这类事在《魏书》里也有明文记载：

> 甄皇后宠愈隆而弥自挹损；后宫有宠者，劝勉之，其无宠者，慰诲之。每因闲晏，常劝帝言："昔黄帝子孙蕃育，盖由妾媵众人，乃获斯祚耳。所愿广求淑媛，以丰继嗣！"帝心嘉焉。其后帝欲遣任氏，后请于帝曰："任既乡党名族德邑，妾等不及也，为何遣之？"帝曰："任性狷急不婉顺，前后忿吾非一，是以遣之耳。"后涕泣固请曰："妾受敬遇之恩，众人所知，必谓任之出，是妾之由。上惧有见私之讥，下受专宠之罪，愿重留意！"帝不听，遂出之。

他劝曹丕广纳妾媵，名义上是希望曹氏子孙繁盛，实际上却为了要避免自己多和曹丕接近，这对于她极力劝曹丕不要遣出任氏一事，更可以明白地看出。但因此却博得宫中人对于她的好感，所以她敢与曹植大胆的私会，而没有人出来加以阻碍。

但这次私会之后，在曹植方面，反促使他的生活更趋于消极，因为欢乐后的失望使他尤其难堪。于是他为了触犯禁令，酒醉误事，以及杨修替他捉刀的揭破，遂完全失去了曹操的欢心，而使曹丕得立为世子。不久，曹操去世，丕继为丞相。他做丞相后的第一道命令，就是逼使他的兄弟们都到他们的封地去就职，不许逗留都内。这道命令实际上当然为了曹植而发，因为在同时还诛杀了他的心腹丁仪、丁廙的全家。这时一切大权都属于曹丕，植除了从命而外，别无办法。杨修、丁氏弟兄既都死，他的党羽已无一人，所以他此后一切都只有由着命运去摆布了。

就在这一年，曹丕索性进一步篡夺了汉朝的天下，自己做了皇帝。曹植却非常反对这件事。《三国志·苏则传》里说：

初，则及临淄侯植，闻魏氏代汉，皆发服悲哭。文帝闻植如此而不闻则也。帝在洛阳，尝从容言曰："吾应天受禅，而闻有哭者，何也？"则谓为见问，须髯悉张，欲正论以对。侍中傅巽掐则曰："不谓卿也。"于是乃止。

在《魏略》里也有着同样的记载。因是之故，却更增加了他们兄弟间的嫌隙。同时，甄夫人已失去了曹丕的欢心，竟被他的新欢郭后谗死，而且死得极其惨酷。看她死的酷苦，可见谗言内容的非同平常。我以为或许就是被曹丕发现了他们一年间欢叙的秘密，所以便反面无情，下此毒手。《三国志》里说：

践阼之后，山阳公奉女以嫔于魏，郭后、李阴贵人并爱幸。后愈失意，有怨言，帝大怒。二年（公元二二一年）六月，遣使赐死。

至于她的死状，见《三国志》注引《汉晋春秋》及《魏略》：

> 甄后之诛，由郭后之宠，及殡，令被发覆面，以糠塞口。遂立郭后，使养明帝。

> 甄后既没，以帝（明帝叡）属李夫人。及太后（郭后）崩，夫人乃说甄后见谮之祸，不获大殓，披发覆面。帝哀恨涕泣。

至于他们的秘密所以被发现，当然由于郭后的嫉妒。因为嫉妒，遂把她所听到的秘密完全告之曹丕。曹丕或竟加以根查，宫中妃嫔们都怕死，而且又不是自己的事，于是遂和盘托出。这时候，曹丕刚做皇帝，正是他一生最志得意满的时候，突然发现了往日为他所钟爱的人竟与他的政敌又是兄弟私通，在感情和面子上怎样忍受得住呢？于是郭后之谗，竟得到了意外迅速的效力，而我们这位可怜的多情的女主角，竟由此而"总休息"了。

而且，根据了甄夫人自己的作品《塘上行》，则又似在郭后未进谗之先，曹丕已早有所知；所以他一继父职，就逼曹植出都。《塘上行》一名《蒲生行》，是一首有名的古乐府：

> 蒲生我池中，其叶何离离？傍能行仁义，莫若妾自知。众口铄黄金，使君生别离。念君去我时，独愁常苦悲。想见君颜色，感结伤心脾。念君常苦悲，夜夜不能寐。莫以贤豪故，弃捐素所爱！莫以鱼肉贱，弃捐葱与

韭！莫以麻枲贱，弃捐菅与蒯！出亦复苦愁，入亦复苦愁。边地多悲风，树木何修修？从君致独乐，延年寿千秋。

普通都把诗中"众口铄黄金"一句，解作指郭后的进谗，其实也可作指众人挑拨离间他们兄弟的感情解。因为众人离间了他们兄弟，于是使他和她也受到间接的影响，而受到了"生别离"的苦痛。如果真是这样解释，那么此诗之作，当在曹植离都之后，郭后进谗之先，中间相隔距着的十六个月中。而郭后进谗，或即竟以此诗为证据，犹之辽国萧观音的作《十香词》案，而曹丕即依此为线索，再去详加追究，于是秘密遂为揭露无余了。

甄夫人既死，而曹丕的帝位也已坐稳，于是兄弟究竟是兄弟，而曹丕本来也是个多情的诗人，对他的政敌又是情敌的弟弟的态度，也慢慢地变好起来。不过在小说里，还记着他有名的七步成诗的故事。《世说》载：

文帝尝令东阿王七步中作诗，不成者行大法，应声便为诗云："煮豆持作羹，漉豉以为汁。其在釜下燃，豆在釜中泣。本自同根生，相煎何太急？"帝深有惭色。

清人丁晏便否认有此事，而说《煮豆诗》为伪作。他的理由是：曹植徙封东阿王，系在明帝太和三年，其时距文帝之死也已有三年，根本两不相及。丁氏《陈思王年谱》云：

《世说新语》：文帝尝令东阿王七步作诗，不成者行大法，应声为诗。按：《煮豆诗》或疑其伪，且东阿徙自太和年，文帝时无此封号，小说之诬甚矣。

但据东阿之名以证明所叙事实发生之年代，这方法根本容易致误。犹之《三国志》称曹丕篡汉前的曹操为太祖，这时也根本不会有此庙号，难道也能据之以证明所叙曹操的事都无其事吗？所以他的话是不可信的。这件事大当在黄初三年或四年，因为曹植在这两年曾两朝京师，此后便没有再在京里和曹丕会面过。

我为什么说曹丕对他的政敌又是情敌的弟弟的态度也慢慢地变好了呢？这就是根据了李善文选注中的"帝意亦寻悟"一语，及"示枕""赉枕"二事。前已说过，"示枕""赉枕"，系欲使他的情敌见物思人，因而伤心不欢，受一种精神上的酷刑。但也可解作甄夫人死去，兄弟间失和的根荄已全去，而曹丕这时对她，也已丝毫没有留恋的意思，所以不妨以死者之枕相示、相赉了。

关于曹丕于甄夫人死后渐渐改变态度，在《三国志》本传中即可看出。传中记曹丕之待曹植，在黄初二年的前后，几似两人。

文帝即王位，诛丁仪、丁廙，并其男口，植与诸侯并就国。黄初元年，监国谒者灌均希指，奏植醉酒悖慢，劫胁使者。有司请治罪，帝以太后故，贬爵安乡侯。其年，改封甄城侯。三年，立为甄城王，邑二千五百户。四年，徙封雍丘王。其年朝京都，上疏，帝嘉其辞义，优诏答勉之。六年，帝东征，还，过雍丘，幸植宫，增户五百。

这段文字，写得这样的显明，难道还能说曹丕的态度没有改变吗？至灌均的奏请，传中明言为"希指"而发。所以李商隐的《涉洛川》诗云：

通谷阳林不见人，我来遗恨古时春。宓妃漫结无穷恨，不为君王杀灌均。

诗中责备甄夫人不在曹丕面前设法以去灌均，为她对不住曹植，实不妥当。灌均之奏，既为"希指"而发，加之这时的甄夫人，自己亦已为人谗死，即未死，也在岌岌可危之中，她的话那里还会有什么效力呢？

黄初三年，曹植到京师去朝见曹丕。起初或因一时旧愤然难蠲，所以曹丕会逼他七步成诗。后来为他诗中的寓意所感动，加之其时生他们俩的嫡母还在，竭力从中周旋，使弟兄复归于好，于是有"示枕""赍枕"之事。便在这年的归途中，经过洛水，因眷念逝者，情不自已，遂借题发挥，写成了他的伟大抒情作品《感甄赋》。赋首有序文云：

黄初三年，余朝京师，还济洛川。古人有言：斯水之神，名曰宓妃。感宋玉对楚王说神女之事，遂作斯赋。

这段话当然是作者的烟幕弹，或者是后来所加入。而丁晏《曹集诠评》却云：

按：序明云拟宋玉《神女》为赋，寄心君王，托之宓妃洛神，犹屈宋之志也。而俗说乃诬为"感甄"，岂不谬哉！

看了过去数十年中兄弟间的明争暗斗，以及曹丕继承父职以后立刻以残酷手段（如杀丁氏全家）对付，植在这个时候，除非真正是个书呆子，他或许会学屈宋的"托心君王"。况且他一闻他哥哥篡夺汉祚,即"发服悲哭",安有事隔二年,即"寄心"相"托"的道理?从前有许多欢喜吃冷猪肉的人,往往把许多绝好的抒情文章,都作如是解释,不独是不忠实于原作者,亦足贻误后学。我对于这种厚污古人的注释家和批评家,抱着深恶而痛绝的反感,愿有见识的读者们不要再上当!

曹丕死后,他的儿子明帝曹叡嗣位。他和曹植是亲叔侄,而又是甄夫人的亲生子,于是他不独更改善了对曹植的态度,而且替他母亲也报了大仇。《三国志》注引《汉晋春秋》云:

甄后之诛,由郭后之宠。及殡,令披发覆面,以糠塞口。遂立郭后,以养明帝。帝知之,心常怀忿,数泣问甄后死状。郭后曰:"先帝自杀,何以责问我?汝为人子,可追雠死父,为前母枉杀后母耶?"明帝怒,遂逼杀之,敕殡者使如甄后故事。

又引《魏略》云:

明帝既嗣立,追痛甄后之葬,故太后以忧暴崩。

至曹叡所以得嫡母死状,当由李夫人所告,已见前引。这段"蛾眉相妒"所造成的大惨案,总算冤冤相报,到这时有了一个令人稍觉痛快的解决。曹叡真不愧为一佳儿!

至于曹叡对待他叔父的态度,也可以在《三国志》曹植的本传里看出:

太和元年，徙封俊仪。二年，复还雍丘。植常自愤怨，抱利器而无所施，上疏求自试……三年，徙封东阿。五年，复上疏求存问亲戚，……陈审举之义……帝辄优文答报。其年冬，诏诸王朝六年正月。其二月，以陈四县封植为陈王，邑三千五百户。植每欲求别见独谈，论及时政，幸冀试用，终不能得。既还，怅然绝望。时以制待藩国既日峻迫，僚属皆贾竖下才，兵人给其残老，大数不过二百人。又植以前过，事事复减半，十一年中而三徙都。常汲汲无欢，遂发疾薨，时年四十一。

有的人看了这段文字，一定会怀疑我所说"曹叡更改善了对曹植的态度"一语为不确，以为既已改善，为什么曹植屡求自试而不得，以致悒悒以终。殊不知这时曹氏政府的一切大权，都已握在司马懿的手里，像曹植这样的人，他不来去掉你已是你的侥幸，还想什么"自试"呢！这种情状，即在本传里亦可看出。传里不是说："植每欲求别见独谈，论及时政，幸冀试用，终不可得"吗？所谓"别见独谈"，此中便大有文章；此时司马懿既大权在握，即曹叡要和他"别见独谈"，事实会允许他吗？结果，自然只有"终不可得"了。

似乎有人曾经这样说过，假使曹植在政治上不失败，得立曹操的世子，继承了曹操的丞相及魏王的位置，那么汉祚可以不致献帝而斩，全部中国历史将完全为之改观。这话很有见地。但卒为了一个女人，也可说是为了恋爱的缘故，遂造成了和他相反的历史，这是令后代读史的人觉得十分惋惜的。对于曹植个人的评论，历来亦不一其辞，我以为明代才子派文人李梦阳所论最为公允，亦最见肯要。现在全录于后，以为本文的结束：

李梦阳曰：予读植诗，至《瑟调》《怨歌》《赠白马》《浮萍等》篇，暨观《求试》《审举》等表，未尝不泫然出涕也。曰：嗟乎！植！其音宛，其情危，其言愤切而有余悲！殆处危疑之际者乎？予于是知魏之不竞矣。

先王之建国也，重本以制外，敦睦以叙理，然后疏戚有等，治具可张。故曰："九族既睦，平章百姓。"又曰："至于兄弟，以御于家邦。"魏操以雄诈智力，盗取神器。丕席父业，逼禅据尊，乃不趁时改行，效重本敦族之计，而顾凋翦枝干，委心异族；有弟如植，俾之危疑禁锢，啫事扼腕，至于长叹流涕转徙悲歌，不能自已。嗟乎！予于是知魏之不竞矣。

且以植之贤，稍自矜饬，夺储特反掌耳，而乃纵酒铲晦，以明己无上先之心。善乎文中子曰："陈思王达理者也，以天下让！"而由衷曲莫白，窘迫殁身。至今《萁豆》之吟，《吁嗟》之歌，令人惨不忍读！丕之于兄弟诚薄矣！嗟乎！此魏之所以为魏也夫！

按，植《审举表》云："权之所在，虽疏必重；势之所去，虽亲必轻。"予尝抚卷叹息，以为名言。其又曰："取齐者田族，分晋者赵魏。"意若暗指司马氏者。叡号明主，乃竟亦不悟，卒使植愤闷发疾以死！悲夫！而或以为扶苏杀而秦灭，季札藏而吴乱，天之意非为扶苏札，将以灭秦而乱吴也。若是，则魏之不能用植，固亦天弃之矣。

然予又独怪操之能生植焉！岂亦所谓"不系世类"者哉？

（原载《万象》一九四三年第二卷第八期，发表时用笔名谭雯）

《牡丹亭》女读者的恋慕狂

在中国旧有戏曲中，最能打动万千少男少女心怀的，北曲莫如《西厢记》，南曲要算到《牡丹亭》。但《西厢记》完全敷衍《会真记》故事，曲词虽佳，远不及《牡丹亭》的"情文并茂"。《牡丹亭》出世后，使无情的人读了变为有情，有情的人读了变为痴情；尤其是一般深闺少女，她们所受的刺激尤深：有的为他痛哭断肠，有的想嫁给他的作者不遂而短命，甚而至于有的为他而自杀。这种伟大的奇迹，《西厢记》那能与之相提并论？今人郭沫若，他誉《西厢记》为"有生命之人性战胜了无生命的礼教底凯旋歌、纪念塔"。我以为如移来赞美《牡丹亭》，更是确切而适当。

但这种种奇迹的发生，都是出于作者汤显祖意料之外的。他的作曲，在他不过借来自发牢骚，决不希望得到什么人的了解。所以曾经有人可惜他的聪明误用，劝他把作曲的精神来讲学。他笑答道："诸公所讲者'性'，仆所言者'情'也。"他既与当时一般士大夫的主张背道而驰，所以很伤心的在他《七夕·答友》一诗中说道：

> 玉茗堂开春翠屏，新词传唱《牡丹亭》。伤心拍遍无人会，自捐檀痕教小伶！

其实他尽可不必伤心。一本有生命的文艺作品的成功，有的在当时就有人赏识，有的往往要待之千载之后；他的《牡丹亭》出世后，虽未即蒙士大夫的赞扬，然而闺阁流传，立即博得万千少女的同情，俞二娘第一个替他校阅，第一个为他而情死。茫茫尘世，知己难得，他亦可以无憾。他有《哭娄江女子》一诗云：

> 画烛摇金阁，真珠泣绣窗。如何伤此曲，偏只在娄江！

他诗中有"偏只在娄江"一语，可知娄江伤此曲的人，还不止一个俞二娘，至少须有两人。可惜"书缺有简"，现在已不易查考。

在这篇文章里，是要把《牡丹亭》作者的闺阁知己一一介绍于读者。现在就先从俞二娘说起。俞二娘的名字已不传，依张大复《梅花草堂笔谈》所载，当作俞三娘；然他书则俱作俞二娘。她的身世，以《梅花草堂笔谈》所载为最详：

> 俞娘，丽人也，行三（张友鸾《汤显祖及其牡丹亭》引此文，迳改作"行二"，不知与下文"恨子不识阿三"语不呼应，不如仍原文"行三"为是）。幼婉慧，体弱，常不胜衣，迎风辄顿。十三，疰苦左胁，弥连数月，小差，而神愈不支；媚婉之容，愈不可逼视。年十

七，夭。当俞娘之在床褥也，好观文史，父怜而授之，且读且疏，多父所未解。一日，授《返魂记》，凝睇良久，情色黯然，曰："书以达意，古来作者，多不尽意而止。如'生不可死，死不可生，皆非情之至'，斯真达意之作矣。"饱研丹砂，密圈旁注，往往自写所见，出人意表。如《感梦》一出，注云："吾每喜睡，睡必有梦，梦则耳目未经涉，皆能及之；杜女固先我着鞭耶？"如斯俊语，络绎连篇；顾视其手迹，遒媚可喜，当家人也。某尝受册其母，请秘为草堂珍玩。母不许，曰："为君家玩，孰与其母宝之为吾儿手泽耶！"急急令情录一副本而去。俞娘有妹，落风尘中，标格第一，时称仙子。而其母私于某曰："恨子不识阿三。"吾家所录副本，将上汤先生，谢耳伯愿为邮，不果。上先生尝以书抵某："闻太仓公酷爱《牡丹亭》，未必至此。得数语入《梅花草堂》，并刻批记，幸甚。"又，虞山钱受之，读取《西厢》公案参倒，洞闻汉月诸老宿，请俞娘本戏作传，灯录甚急，某无以应也。"世间好物不坚牢，彩云易散琉璃脆。"斯何足怪！不朽之业，亦须屡厄后出耶？挑灯三叹，不能无憾于耳伯焉。（卷七《俞娘》）

除了俞二娘外，同时有内江女子（不知姓名）及金凤钿，都因读了《牡丹亭》，想嫁给他的作者。结果，内江女子投河溺死而金凤钿却患相思病而死。内江女子事见尤西堂《艮齐杂说》，他亦有记载。本事是：

内江一女子，自矜才色，不轻许人，读《还魂》而悦之，径造西湖访焉，愿奉箕帚。汤若士以年老辞，女不信。一日，若士湖上宴客，女往观之，见若士皤然一翁，伛偻扶杖而行。女叹曰："吾生平慕才，将托终身；

今老丑若此，命也！”因投于水。（据《汤显祖及其牡丹亭》引“黎潇云语”，但“黎潇云语”似非书名）

此事与清末曲家黄韵珊事极相似：相传“韵珊才丰而貌陋，曾有一女，欲委身焉；嗣见其貌而止”。（《顾曲麈谈》引刘毓盘语）金凤钿事见邹弢三《借庐笔谈》：

汤临川《牡丹亭记》，脍炙人口。相传扬有女史金凤钿（原注：梅仙云，苏州人，宋姓。号仙云，浙江人，不知其姓），父母皆故，弟年尚幼，家素业盐，遗赀甚厚。凤钿幼慧，喜翰墨，尤爱词曲。时《牡丹亭》书方出，因读而成癖，至于日夕把卷，吟玩不辍。时女未字人，乃谓知心婢曰：“汤若士多情如许，必是天下奇才，惜不知里居年貌。尔为我物色之，我将留此身以待也。”婢果托人探得耗，知若士年未壮，已有室，时正待试京师，名籍籍，传入口，即以复凤钿。凤钿默然久之，作书寄燕都达意，有“愿为才子妇”之句。年余，亡复书，盖已付洪乔公矣。复修函寄之，转展浮沉，半年始达。时若士已捷南宫，感女意，星夜来广陵，则凤钿死已一月矣。临死，遗命于婢曰：“汤相公非长贫贱者，今科贵后，倘见我书，必来相访。惟我命薄，不得一见才人，虽死目难瞑。我死，须以《牡丹亭》曲殉，无违我志也！”言毕遂逝。若士感其知己，出己赀力任葬事，庐墓月余始返。因理金氏产，并其弟，悉载以去。后其弟亦成名。杨云生为余述。（卷二《金凤钿》）

西湖女子冯小青，和作者也是同时人，她是以“自我恋”出名的，但她对《牡丹亭》的女主人杜丽娘，却也表示着十分的同情。她为此写了一首诗，一时□间流

传人口。那诗是：

冷雨幽窗不可听，挑灯闲看《牡丹亭》。人间亦有痴于我，不独伤心是小青！

稍后，杭州女伶小玲，演《牡丹亭》的时候，唱到伤心的句子，忽然兜起心事，竟然气绝身亡而死。据任讷《曲谐》云：

�房《蛾术堂闲笔》云：杭有女伶商小玲者，以色艺称。于《还魂记》尤擅场。尝有所属意，而势不得通，遂郁郁成疾。每作杜丽娘《寻梦》《闹殇》诸剧，真若身涉其事者，缠绵凄惋，泪痕盈目。一日，演《寻梦》，唱至"待打并香魂一片，阴雨梅天，守得个梅根相见。"随声倚地。春香上视之，已气绝矣！按此节，鲍倚云《退余丛话》以为见于《玉几诗话》。（卷三《牡丹亭》注本）

综观上面所述，凡倾心于《牡丹亭》或《牡丹亭》作者的女子，没有一个不是短命而夭折。《牡丹亭》几乎成为一本不利于女子的象征剧。到后来吴吴山三妇合评《牡丹亭》本出位，有人一考她们的身世，于是更替上面所说的话多添了许多的证据。

有人以为三妇合评《牡丹亭》事，系出于吴吴山的伪托，说见清凉道人《听雨轩笔记》：

康熙间，武林吴吴山，有三妇合评《牡丹亭》一书。按：吴山名人，字舒凫，吴山其号也。工诗文词曲，与阖里洪稗畦（升），并驰名江浙间。吴山始聘于陈，未婚而夭；娶谈，逾年亡，继娶为钱，与吴山偕老。三妇皆具妙才，诗笔清丽。其《牡丹亭》一曲，则陈谈评其前半，而钱继之，评语咸列于上方；吴山复引《诗经》语作旁批，梓行于世。人皆艳称之。予独以为吴山所聘、所娶，咸能读书识字，事或有之；若云所评系三妇相继而成，则其中当有分别之处，何以心思笔气，若出一人？鄙见论之，大约为吴山所自评，而逢其名于乃妇，与临川之曲，同一海市蜃楼，凭空架造者也。

记中所说，虽言之成理，可惜尚没有佐证。今人任讷就不信这一段话，以为：

三妇合评一书，其事殊韵，足资谈助。而三妇之文，即观其卷端题词，已觉清灵幽窈，自具一种阴柔之美，为不可及。至于前后事夫之贤，三人相望之厚，深情淑德，尤多足焉。（《曲谐》卷三）

他既说它的题词有一种"阴柔之美"，那他当然是承认出于女子手笔的。他接着就略记三人评书经过。本文就依据了写成后面的记述。

三妇为吴人之未婚妇陈同，继娶谈则，三娶妇钱宜。陈同字次令，黄山人。吴人评本自序有云：

初聘黄山陈氏女同，将婚而没。有邵媪者，同之乳媪也，来述：同于病中犹好观览书籍，终夜不寝。母忧其苶也，悉索篋书烧之。仅遗枕函一册，媪匿去，为小儿女夹花样本，今尚存也。人许一金相购。媪欣然携至，是同所评点《还魂记》上卷。密行细字，涂改略多；纸光同同，若有泪迹；评语亦痴亦黠，亦玄亦禅，即其神解，可自为书，不必作者之意果然也。惜下卷不存，对之便生于邑。

观此故事，则陈同之死，似又蹈了俞二娘的覆辙，仅因时代已迁，易相思为幻想而已。谈则字守中，清溪人。吴序又云：

已取清溪谈氏女则，雅耽文墨，镜匣之侧，必安书麓。见同所评，爱玩不能释，人试令背诵，都不差一字。暇日做同意补评下卷，其抄芒微会，若出一手，弗辨谁同谁则。则既评完，钞写成帙，不欲以闺阁名闻于外间，以示其姊之女沈归陈者，谬言是人所评。沈方延老生徐丈野君谈经；徐丈见之，谓果人评也，作序贻人。于时远近闻者转相传访，皆云吴吴山评《牡丹亭》。

观序中"不欲以闺阁名闻于外间"一语，可知吴山后来用三妇合评名义出版，原非本心。由是以言，那么清凉道人之言，似属神经过敏了。钱宜字在中，古荡人。序文云：

则又没十余年，人继取古荡钱氏女宜。初仅识《毛诗》字，不大晓文义；人令从昆山李氏妹学。妹教以《文选》《古乐苑》《汉魏六朝诗乘》《唐诗汇品》《草堂诗余》诸书，三年而卒业。启簏得同、则评本，怡然解会，如则见同本时。夜分灯炮，尝倚枕把读。一日，忽忽不怿，请于人曰："宜昔闻小青者，有《牡丹亭评跋》，后人不得见。见'冷雨幽窗'诗，凄其欲绝。今陈阿姊评，已逸其半；谈阿姊继之，以夫子故，掩其名久矣！苟不表而传之，夜台有知，得无秋水燕泥之感！宜愿典金钏为梨枣资。"人不能拂，因序□之。

书中有陈同题词两则，谈则□□□则云："右二段，陈阿姊细书临川序后，空格七行，内自述评注之意，共二百四十字。碎金断玉，对之黯然！谈则书。"

向见《牡丹亭》诸刻本，"诘病"一折无落场诗，陈阿姊评本有之；而他折字句，亦多异同，靡不工者。洵属善本。每以下卷阙佚，无从购求为怏怏。适夫子游苕霅间，携归一本，与阿姊评本出一板所摹。予素不能饮酒，是日喜极，连倾八九瓷杯，不觉大醉。自晡时睡至次日，日射帐钩，犹未醒。斗花赌茗，夫子尝举此为笑噱。于时南楼多暇，仿阿姊意，评注一二，悉缀贴小签，弗敢自信。积之累月，纸墨遂多，夫子许可与姊评等埒，因合钞入苕溪所得本内，重加装潢。循环展览，笑与汗会，率尔题此。谈则又书。

"予素不能饮酒"以下一段文字，任讷以为"风致独绝。想见欢融芸卷，春花枝，无限酣情，都缘风雅中出。抑何清艳乃而！"此后，吴人又记一则云：

同语二段，则手钞之，复以自题二段于后。后以评本示女甥，去此二页，摺叠他书中，予弗知也。没后，检点不得，思之辄增怅惘！今七夕晒书，忽从《庾子山集》第三本翻出。楮墨犹新，映然独笑。又念同孤冢埋香，奄冉十三寒暑；而则戢身女手之卷，亦已三度秋期矣。怅望星河，临风重读，不禁泪潸潸下也！吴山人记。

钱宜又继此题一则云：

此夫子丁己七月所题，计予是时，才七岁耳。今相距十五稔，二姊墓树成围，不审泉路相思，光阴何似？若夫青草春悲，白杨秋恨，人间离别，无古无今。兹晨风雨凄然，墙角绿萼梅一株，昨日始花，不禁怜惜。因向花前酹酒，呼陈姊、谈姊魂魄，亦能识梅边钱某，同是断肠人否也？细雨积花蕊上，点滴如泪，既落复生，盈盈照眼，感而书此。壬申晦日，钱宜记。

任讷又于此记后评云："缥缈兴怀，凄凉入骨。读此一则，钱姊恐亦非厚福之人；而文字清淡隽逸，直是小品中上乘，不可没也。"果如所言，则吴山三妇，竟没有一个能挣脱"薄命"之网了。然"缥缈兴怀，凄凉入骨"，读《牡丹亭》者亦莫不有此感觉。那么倾倒于此者必成薄命，亦属"物以类聚"之理，毫不足怪了！

除了上述诸人外，汤显祖还有一个最幽默的女性知己。《牡丹亭》出世后，在闺阁中得到了这许多知己；于是因了酸素作用，却引起了伪道学家的反对。像徐树丕《活埋庵识小录》所云：

闻若士死时，手足尽堕，非以绮语受恶报，则嘲谑仙真，亦应得此报也。然更闻若士具此风流思想，而室无姬妾，与夫人相庄至老，似不宜得此恶报，定坐嘲谑仙真。

"手足尽堕"，这种无根之谈，不知自己先尝受若何恶报！至以若士"室无姬妾，与夫人相庄至老"为不宜得此恶报，尚还有识。由"室无姬妾，与夫人相庄至老"一点上，人格之高，用情之挚；全异于以风流自命、朝秦慕楚、用情泛滥的无道德小人。又如顾公燮《消夏闲记》云：

> 昔有人游冥府，见阿鼻狱中，拘系二人，甚苦楚。问为谁？鬼卒曰："此即阳世所作《还魂记》《西厢记》者，永不超生。"宜哉！

活着奈何人家不得，只有造些鬼话来中伤人家，这是一班无耻小人的勾当。所谓"宜哉"，只是他自己一人之所谓宜而已。对于这样无根澜语的驳斥，却有一位女士说得最幽默有味。这位女士是《闲余笔话》作者汤传楹的妇人丁氏。她真不愧为若士第一知己，而且她又是一位明末同丈夫殉国的烈女。《闲余笔话》里说：

> 夜坐阅《牡丹亭》，因忆比来所传，世上演《牡丹亭》一本，若士在地下受苦一日，未知人语鬼语，意甚不平。窃谓：才如临川，自当修文地府，纵不能遇花神保护，亦何至摧残慧业文人，令受无量怖苦！岂冥途亦妒奇才耶？内子在旁语道："当系临川不幸，遇着杜太守、陈教授一般人作冥判耳！"……

临川真正不幸，就是他在阳世里所遇到的人里，杜太守、陈教授一般人也是何其多啊！

（原载《古今》一九四二年第五期，发表时用笔名仲玉）

《玉堂春》故事的演变

提起《玉堂春》，就会令人想起在京戏院里常常演出的《苏三起解》《三堂会审》诸剧。其实在当时及以后把这个故事写成游艺用的底本的，还有话本小说、弹词和大鼓词，说不定还有宝卷及其他。其热闹情形正不下于现在秦瘦鸥的《秋海棠》小说，有话剧，有申曲，有电影，有绍兴戏，说不定还有其他。于此可见这个故事是怎样的富于戏剧性和趣味性，否则就不会引起社会大多数人这样的爱好了。

曾经在阿英君著的《弹词小说考》一书中，读到《真本玉堂春全传》一文。他所说的《真本玉堂春全传》，是一部清朝乾隆时候刻的弹词，他在那篇文章的第二段里说：

这在《玉堂春》传说史的研究上，是一件很值得注意的事。因为这个本子的获得，不仅了然于《玉堂春》传说初期最复杂的形式，也能（据）以知道现在的京剧，是如何从最初的本子演变而来。

　　当时我读到这里时，就觉得有些奇怪。因为阿英君也是一位专门研究通俗文学的人，他不应不知道明末冯梦龙所编刻的宋元明人的话本小说总集"三言"是《喻世明言》《警世通言》和《醒世恒言》的总称。《警世通言》第二十四卷《玉堂春落难逢夫》，写的就是这个故事，而且在明刻本的题目下，还注着"与旧刻《王公子奋志记》不同"字样，可见在"通言"以前还有别本。这两种话本的产生，时代还在弹词以前。这个故事产生的时代背景是明朝，那么，《玉堂春》故事最初的本子，自当属之这两种明人作的话本，这是无可置疑的事实。

　　因为京剧中的人物和事迹，都和《警世通言》十九相同，可以证明京戏是完全蓝本于话本小说的。所以阿英君的"因了这个本子的获得，不仅了然于《玉堂春》传说初期最复杂的形式，也能（据）以知道现在的京戏，是如何从最初的本子演变而来"这说法就根本发生了动摇。事实恰巧全和阿英君所说相反，京戏里的故事反而不离初期的形式，而弹词所述，才是从京戏所蓝本的话本小说演变而来的。至于大鼓词所唱，又全本京戏，据我所知，有《玉堂春》《关王庙》和《三堂会审》（据赵景深君的《大鼓研究》）诸目，那么，顾名思义，不读原文，也可猜想得到它和弹词是全无关系的了。

　　本来，话本小说被改编为弹词的，即以"三言"中所收的而论，共有四种：即《十五贯》《三笑姻缘》《白蛇传》与《玉堂春》，前一种出《醒世恒言》，亦见《京本通俗小说》，后三种皆出《警世通言》。以内容论，往往后者胜于前者，前者的故事大都很朴素、简单，而后者往往加以动人的渲染和错综的叙述。阿英君误认京戏出于弹词，所以他以为《玉堂春》故事的演变，是由繁复到单纯，这不独他不懂得京戏演出时和弹词唱出时的

《乾坤》创刊号

手法本来不同，而且也忽视了文艺技术的进化原则。无论哪个故事的演变，只有由不合理到合理化，而从没有反由繁复而倒转为单纯的。这在一切文艺的作品中，几乎没有一个故事是例外。

所以《玉堂春》弹词所叙较话本小说和京戏为繁复，这是自然的趋势，而且还将许多不合理的叙述使之合理，缺漏的地方使之完备，因之，弹词的内容便和话本小说等有多处的不同了。现在我们就将话本小说所叙和弹词所叙互相比较，看一看它们究竟有怎样的不同？

在话本小说里，写王公子的家世是：

话说正德年间，南京金陵城有一人，姓王名琼，别号思竹，中乙丑科进士，累官至礼部尚书。因刘瑾擅权，劾了一本，圣旨发还原籍，不敢稽留，收拾轿马和家眷起身。王爷暗想有几两俸银，都借在他人名下，一时取讨不及。况长子南京中书，次子时当大比，踌躇半晌，乃呼公子三官前来。那三官双名景隆，字顺卿，年方一十七岁，生得眉目清新，丰姿俊雅，读书一目十行，举笔即便成文，原是个风流才子，王爷爱惜胜如心头之宝、掌上之珍。

考正史，正德时有兵部尚书王琼，他字德华，太原人，以厚事江彬等得幸进，可见他和王公子的父亲恰是个性格相反的人物，当然不是一个人。大概因为正德时恰巧有这姓名相同的一人，为免于鱼目混珠起见，所以弹词的作者就将他改为王炳。在弹词里王公子登场时自己介绍他的家世道：

《乾坤》目录页

小生姓王名鼎，表字顺卿，祖居南京应天府上元县三山街。父亲王炳，官拜锦衣卫，后来升到带上殿指挥，因与严嵩作对，告假还乡。母亲余氏，曾受正封。大兄王仲卿，娶苏布政小姐完姻。二兄王子卿，娶陆翰林之女完姻。小生排行第三，年已十八，尚未联姻。还有四妹锦云。……

在这里，王公子已不名景隆（京戏作金龙，这是谐音字。京戏中好将人名用谐音字替代，是很平常的事）。而改名为鼎，而且连大兄和二兄都有名字，二位嫂嫂也有了姓氏出身。和他父亲不睦的奸臣，易刘瑾为严嵩，那么时代亦当易正德为嘉靖了。

王公子在北京的原因，据话本小说他原来跟父亲住在北京，父亲回籍的时候，留他在京读书，并叫家人王定讨债。等到债讨齐后，便和王定作速回家。而弹词则说他本来在南京，系奉父命进京去向友人屠隆索欠，带了家人王凤同往。到京之后，屠隆已将银子预备好，一本一利，共计六千两，再送主仆盘川五百两。屠隆是当时有名的戏曲家，官至吏部主事，想不到被弹词作者写成为王炳的债户。但话本小说中却说他们讨得的欠账，共有三万两，而京戏中说他在院中化去三万六千两，那么要比弹词所说多起五六倍了。

玉堂春的出身，据话本中她的自述："我父叫作周彦亨，大同城里有名人。"可见她的出身很好。至于如何卖给妓院中，文中却没有讲到。妓院中的亡八叫苏淮，老鸨叫一秤金，在她上面还有两个粉头，叫翠香、翠红。她排行第三，所以在京戏里有苏三这个名字。王公子收齐欠账后，偶然遇到了她，就为她的美色所迷，替她梳拢，又替她还欠债，买衣服，打首饰，造百花楼。

王定劝诫不听，问他讨了盘川先自回去。弹词则说王公子先热恋南京丁鞋巷的妓女唐一仙，他到她那要去话别时，她告诉他有两个结拜的姊妹在京，一个是玉堂春，一个叫雪里梅，写信给他，要他去一见，他才到苏家妓院里去的。话本里卖瓜子的金哥（京戏里说他是卖花的），在弹词里却变作另一人段四。他受了王公子特别周济，得以娶妻另做生理。老仆王凤却因屡谏不听，欲归不得，便偷了他五百两银子，私自逃回山西去。

在弹词里，因为有了一个次要的角色雪里梅，所以把话本中后来强要玉堂春的沈洪改为方争，提前来京，而与王公子结为知交，而另外又造出一个坏官严世凡，这自然是严嵩的儿子严世蕃的影射。这段穿插，有些像正德皇帝《游龙戏凤》中嫖院的一段，大概弹词作者就是从他那里取来的。但沈洪在话本中是个平凡的、好色的商人，在弹词里却变为一个侠义的人，两个人的性格恰巧完全相反。所以弹词里写严世凡仗势来逼玉堂春，非要她出见不可时，就恼了他，竟率了带来的人，把严世凡痛打了一顿，连坐轿等都打毁了。为了避风，他遂于次日告别了王公子，逃回山西去。

等到床头金尽、王公子被逐的时候，两书所写，又截然不同。话本写老鸨叫玉堂春自己赶他，她当然不肯，因此受了皮鞭的毒打。老鸨遂设计诓王公子一同外出，在半路上故意叫他回去锁门，等到追回，已不见了他们。他又给短路的骗到芦苇里，把衣服、帽子都剥去了，只好住在孤老院里讨饭度日。后来在关王庙遇到金哥，金哥为他去看玉堂春，才知道老鸨诳玉堂春王公子已回去，正在思念流泪。她知道了真相，便借还愿为名，到关王庙去会他，赠银二百两，叫他置办衣帽，买了驴子，再到院里。老鸨果然中计，殷勤招留，她反故意不理。当夜，就将带去的满装砖瓦的皮箱，换了院中值钱的器皿，在半夜里，她开了楼门，放他偷偷地回到故乡去。临别，二人立誓，各不相弃。事发，亡八老鸨欲打玉堂春，她遂跑到街坊上去大喊，说明这次招留公子，因为他们知道他又带了五万两银子来，现在他突然失踪，一定给他们杀害了。他们不得已，反写了王公子的赎身契与她，她才不闹。弹词却说老鸨叫人告诉王公子，说街上出会，他不听玉堂春的劝告，贸然出去，便被关闭在外，不放进门。哀求再三，才许他和玉堂春隔着门缝话别。当日，他茫然地在街上行走，到了一家澡堂，便跑进去洗澡。却想不到衣箱的牌子被坏人偷去，把他的衣服全穿跑了，身边所剩的银子也拿去了，只得将那坏人的破衣服穿起。他觉得走投无路，便去自杀，遇到一个道人把他救住，给了他一两银子，一身道衣。他从此便着了道服，买了一把弦子，唱曲子度日。恰值段四这时因受了王公子的赐与，已成家立业，跑来谢恩，遂与玉堂春共谋叙面之策。便借到庵还愿为名，两人在段四家中相会。她赠王公子银二百两，叫他买了皮箱十二只，放了砖头石片，带了到院中去。当夜，两人将六只箱子中的石头瓦片，换上了绫罗锻匹、金银首饰和杯盏，以及黄金三百等。明天，给王公子抬去，以为她将来赎身之用。等到事发，她给老鸨打得死去活来，罚作使女，而叫雪里梅顶了她的名字应客。

王公子回家时候的情形，在话本小说里是他父亲本来不许他进门，亏得两位姊夫何静庵、刘心斋等苦劝，才把他收下。初时要他下乡种田，他恳求父亲依旧放他回到书房里去读书，父亲终于允许他，从此去应乡试，中了第四名举人，又进京去会试。到了北京，忙去访玉堂春时，她已给山西贩马客人沈洪买去。他心灰意懒，不愿应试了，亏得朋友相劝，仍进了场，中了二甲第八名进士，选真定府理刑官。他的父亲也替他聘定刘都堂的女儿为室，送至任所成亲。弹词说他回家后，受了他父亲一顿毒打，而且疑心他的六箱子东西系加入了盗匪去抢来的，因此连人带物一起锁在一间屋子里。会试期过，他母亲代他要求放出去应考，他父亲坚决不允。考期前一天，他的姊妹锦云设法开了锁，自己进去替代，放他逃出。他到唐一仙那里住了一夜，明天应考，果然中了。父亲还不信，一看锁在屋里的已换了女儿，才把气消下。接着进京应考，他带了六只箱子同去，一到北京，去看玉堂春，才知已为方争赎了，送到南京去。考试发榜，中翰林，得与乔季芳相遇，才知乔任职山西时，曾审理玉堂春毒杀方争一案，乔知为冤狱，欲为平反，恰遇丁忧请假返京，就不知结局。

玉堂春的归沈洪，话本所叙，为她在乡试录上看到王公子中举后，便立誓不接客。老鸨等受了沈洪一千银子，把她骗上轿子劫去，带回山西。谁知沈洪之妻皮氏，与监生赵昂（京戏里作赵安）私通，见沈回家，遂命串头王婆买了砒霜，愿将二人毒死，结果，只死沈洪一人。皮氏遂将罪名推在玉堂春身上，王知县得了赵昂的贿，把她屈打成招。此时幸有刑房吏刘志仁深知其冤，加以维护，才得在狱中暂时无事。弹词则说玉堂春被废为使女，恰方争复来，遂用三千二百金替她赎身，送到南京。可是为王炳所拒，诳称儿子在京未归，遂把她带还山西暂居。谁知方争妻与杨生员私通，见方争归，遂设计把他毒毙，而假祸于玉堂春。县官丁才受贿，将她下监。这时幸亏逃仆王凤正做管狱吏，得以不致受苦。刑厅乔季先知其冤，欲救之，适丁忧离去。

王公子在真定，家中送新人刘氏至，合卺之夜，忽患伤寒，因此使他想起当初和玉堂春的誓言。年余以后，调任山西巡按，遂将玉堂春的冤情私行探明，由刘志仁设计使奸夫淫妇自行招认，遂判定："皮氏凌迟处死，赵昂斩罪非轻。王婆赎药是通情，杖责段名示警。王县贪酷罢职，追赃不恕衙门。苏淮买良为贱合充军，一秤金三月立枷罪定。"案定，玉堂春被送至北京王银匠家暂住。王公子一年任满，还京复命，遂和她复会，带她回到南京，与刘氏正了妻妾名分。以上为话本所叙，弹词遂复杂多了。王公子封了山西巡按，带了段四同去，将玉堂春冤狱平反后，叫王凤把她送到唐一仙那边暂住。但在山西案内，没有把亡八老鸨处罪，忽在路上发现他们在开典当，专门克扣客人赎回的东西。他就把他们枷了示众，罚他赔偿典物人的一切损失，到没人举发为止。玉堂春到唐一仙处后，雪里梅被严世凡强娶逃亡，为乔季方留养，也送至南京，于是姊妹三人得复聚。公子在山西一年任满，请得圣旨，回家完婚，娶了三女。半年以后，他的妹妹锦云，也于归乔季先。

话本小说和弹词的不同，已如上述。阿英曾把京戏和弹词比较，列举他们的不同点如下：

京戏里，王金龙在戏的开始，就是去赶考，真本（指弹词）的赶考却是在顶后面。京戏里，王金龙是玉堂春的第一个客人，真本里她早已是京里的名妓。京戏里的坏人是沈延林（戏考作沈洪，与话本小说同），而真本里等于他的地位的方争，却是一个具豪侠气的。京戏里是用"面"毒，真本里则用"酒"。京戏的最后是会审，真本里却只有王鼎一个人来翻案。京戏里，在审判时，苏三已经看到了王金龙，真本里是玉堂春回到方家以后，听王凤报知，才恍然："怪不得问官的声音到耳里很熟呢!"

京戏的底本,各人所唱不同,所以人名亦间有异同,像沈洪和沈延林就是一例。然故事轮廓,大致相似,都是根据话本小说的。

(原载《乾坤》一九四四年第一卷第一期,发表时用笔名璧厂)

绛云楼韵话（上）

在明朝将亡的时候，南京秦淮河上，出了许多目空一切、自命不凡、专在风尘中追逐奇士，献身以求附骥传名的奇女子。她们都是出身乐籍，生来绝顶聪明，知书，能文，擅精各种艺术，如书画、射击、歌舞、拉弹，都有相当的造诣。她们娴熟这种种艺术，并不专门为了要解决生活，她们都借此以向她们所中意的男性追逐。大约也是一时风气使然，正和民国十五年国民军北伐到江西，一般新女性都疯狂于"皮带热"一样。她们那时心目中所认为最好的对象，全是些手无缚鸡之力，但在社会上有相当声誉的文人学士。追逐到后来有结果的，据当时野史所载，有柳如是嫁给了钱牧斋，顾横波嫁给了龚芝麓，董小宛嫁给了冒辟疆，王微波嫁给了蔡香君，葛蕊芳嫁给了孙克咸，尹子春嫁给了张维则；没有结果或不知结果的，有马湘兰失望于王伯谷，卞玉京失望于吴梅村，李香君为了侯朝宗而血溅桃花扇；能摆脱一切而终以独身下场的，有柳绛子；目中无当意的人而以放浪终身的，有女侠寇白门。她们这许多人的故事，大都缠绵悱恻，可歌可泣，流脍于当时人口。现在本文所要谈的，就是柳如是嫁给钱牧斋的一段故事。

柳如是初姓杨，名爱，居吴江盛泽的归家院，为名妓徐佛的弟子。她的出身及里籍都已无考，就是她的姓杨，是否就是她的本姓，也已无征。据她后来嫁给钱牧斋时年二十四，时为明思宗崇祯十四年（公元一六四一年）来推算，那么她当生于明神宗万历四十六年（公元一六一八年）。十九岁时，偶为复社巨子张溥所赏识，十分眷爱，遂奋然有自立之志，始易姓为柳，改名为是。一说则以为她本名隐雯，后来才改名是，字如是，小字又称蘼芜。归钱牧斋后，称河东君、柳夫人而不名。钮琇《觚剩》云：

柳如是一字蘼芜，本名爱，柳其寓姓也。丰姿逸丽，翩若惊鸿，性狷慧，赋诗辄工，尤长近体七言，作书得虞褚法。

《秦淮八艳小传》则说她：

美丰姿，工诗善画，精通音律，分题步韵，顷刻立就。

顾苓《河东君传》云：

河东君君，柳氏也，初名隐雯，继名是，字如是。为人短小，结束俏利，性机警，饶胆略。

各书所写她的才调和个性，征之她一生历史，都非过分的夸誉。但他书都仅说是秦淮妓女，独《觚剩》记及她在吴江时的事。

先是：我邑盛泽归家院有徐佛者，能琴，善画兰草，虽僻居湖市，而四方才流，履满其室。丙子春，娄东张西铭以庶常在假，过吴江，泊垂虹亭下，易小舟访之。佛他适，其弟子曰杨爱，色美于徐，绮谈雅什，亦复过之，西铭一见倾意，携至垂虹，缱绻而别。爱于是心喜自负，谓："我生不辰，堕兹埃堁，然非良耦，不以委身。今三吴之间，簪缨云集，膏梁纨绮，形同木偶，而帖括咿唔，幸窃科第者，皆伧父耳，唯博学好古，旷代逸才，我乃从之。所谓天下有一人知己，死且无憾！矧盛泽固驵侩之薮也，能郁郁守此土乎？"遂易杨以柳，而是其名。

看了这段记载，她在徐佛那里的地位和遭遇，简直全似唐诗人鱼玄机咸宜馆中的绿翘。但绿翘却因是而为鱼玄机答责丧身，而她则从此脱却樊笼，远走高飞，终于完成了她的不凡的志愿。张溥对她的缱绻，不过一时的邂逅，不料却成为造成她后来香艳悲壮的历史的发轫，这当然不是张溥一时高兴而眷恋她时所能想得到的。

她既移姓改名，独张一帜，遂专在风尘中物色当意的人。她的眼光很不差，第一个为她看中的人，是后来为国殉难的志士又为明代著名的大诗人陈子龙。他那时虽潜居故乡，然名闻海内，她就想法去接近他。《秦淮八艳小传》云：

一时才俊，奔走枇杷花下，柳视之，无当意者，独心识陈忠裕公，尝效书生装投刺谒见，未纳。

《觚剩》则云：

闻茸城陈卧子为"云间绣虎"，移家结邻，觊有所遇。

维时海内鼎沸，严关重镇，半化邱墟，虎旅熊师，日闻挠败，黄巾交于伊洛，赤羽迫于淮徐，而江左士大夫，曾无延林之恐，益事宴游，其于征色选声，极意精讨。以此狭邪红粉，各以容伎相尚，而一时暄誉，独推章台。居松久之，屡以刺谒陈。陈严正不易近，且观其名纸，自称女弟，意滋不悦。

比较二书所记，自以后者为详，但前者说她系男装而往，可补后者的不足。她这番失望，当然远过于马湘兰之于王伯谷，卞玉京之于吴梅村，因为她们虽未能与意中人谐白头之愿，然尚来往周旋，视同密友，而她，简直被拒于千里之外。那么她当时的懊丧，自也可想而知了。

之后，不得已而求其次，她遂与书生钱青雨交好，而且从他学诗学书。白牛道者《河东君初访半野堂小影跋》云：

柳是幼隶乐籍，侨居我郡，与钱生青雨称狎邪莫逆交。柳故有小才，其诗若书，皆钱所教也。已而归虞山，钱生为之介。

《赌棋山庄词话》亦云："与钱青雨相狎，称莫逆交，其诗若书，皆生所教。"惟未言归虞山亦为钱生所介。看了她这番孜孜于学，可见她前此对陈子龙自称"女弟"，全然出之真心诚意，可惜子龙不了解她，到底辜负了她的一片热望。

但顾苓《河东君传》所载，则全与上述二书不同。他写她未归牧斋之前：

适云间孝廉为妾。孝廉能文章，工书法，教之作诗写字，婉媚绝伦。顾倜傥好奇，尤放诞，孝廉谢之去。

游吴越间，格调高绝，调翰倾一时。嘉兴朱冶恫，为虞山钱宗伯称其才，宗伯心艳之，未见也。

这里的孝廉，当然就是那位钱青雨。但这里竟说她嫁他为妾，那么和他已有了名分的关系，所以白牛道者说她后来归虞山，系钱生为之介，似乎不合情理。这里却易钱生为朱冶恫，那当然必近于事实多了。

《河东君传》说牧斋的心艳如是，由于朱冶恫的称其才，《觚剩》却以为她先心折牧斋，于是牧斋也心折她，而由狎客介绍相见的。《秦淮八艳小传》记她为陈子龙拒见后：

遂往谒虞山钱宗伯，谈论风生，钱不能屈。柳亦心折之。归，言于人曰："吾非才学如钱学士者不嫁。"钱闻之，喜曰："吾非能诗如是柳如者不娶。"好者事两相传致，遂定婚焉。

这里所记二人心折的话，全和《觚剩》相同，但时间则不同。一以为在二人相见之前，一以为在后，究竟不知孰是？而所谓狎客，所谓好事者，大概是指朱冶恫无疑了。

徐芳《柳夫人小传》，写二人心折之言，与《觚剩》等所载又不同，且未载明在二人初见之前，还是在后：

独心许虞山，曰："隆准公即未复绝古今，亦一代颠倒英雄手！"而宗伯公亦雅重之，曰："昔人以游蓬岛，宴桃溪，不如一见温仲圭，可当吾世失此人乎？"遂因缘委币。

　　这里所记二人之言，自是文雅得体，但一望而知必不会比前引诸书为实在。

　　这时的钱牧斋，正因名列东林党籍，以及贿案被发觉，削籍居家。他得此一代尤物前来献身，正似沙漠中突然来了泉源，那会不竭诚接受呢？而且他这时已到垂暮之年，不便再和一般年青人同台角逐，虽有猎艳之心，也已不够资格。所以如是之来，正似送上口的好肉，如不大嚼，反觉失去情理了。《河东君传》写二人初会情形，备极热闹，且较他书为详尽：

　　崇祯庚辰冬，扁舟访宗伯，幅巾弓鞋，着男子服，语言便给，神情洒落，有林下风。宗伯大喜，谓："天下风流佳丽，独王修微、杨宛叔，与君鼎足而三，何可使许霞城、茆止生端国士名姝之目？"留连半野堂，女燕浃月。越舞吴歌，族举递奏；香奁玉台，更唱迭和。既度岁，与为西湖之游。刻《东山酬和集》，集中称河东君。

　　至《觚剩》所叙虽不及此为详，然写牧斋专作我闻室以迎，则可以补小传所不及：

　　庚辰冬月，柳始遇宗伯，为筑我闻室，十日落成，促膝围炉，相与饯岁。柳有春日我闻室之作。诗曰："裁红晕碧泪漫漫，南国春来已薄寒。此去柳花如梦里，向来烟月是愁端。画堂消息何人晓？翠幕容颜独自看。珍重君家兰桂室，东风取次一凭阑。"盖就新去故，喜极而悲，验裙之恨方殷，解佩之情愈切矣。

　　文中说她"就新去故"，大约是指她才由钱青雨处脱辐而来，由此更可证明前述"由钱生为之介"一说之谬。

如是自己所作诗，与牧斋有关如是之作，遗留到现在的，以此时为最多。这大概即由于他们此时曾有《东山酬和集》刻本之故。《东山酬和集》今已不见，牧斋《初学集》中有《东山诗集》中四卷（第十八卷至二十卷下），大概即为《酬和集》的改编，因为其中多附如是之作。当二人初会之时，如是即先作《半野堂初赠》一诗送牧斋。诗云：

声名真似汉扶风，妙理玄规更不同。一室茶香开澹黯，千行墨妙破冥蒙。竺西瓶拂因缘在，江左风流物论雄。今日沾沾诚御李，东山葱岭莫辞从。

《东山酬和集》之名，就是取自这首诗的末句。牧斋即有和作，题为《庚辰仲冬河东君至止半野堂有长句之赠次韵奉答》。诗云：

文君放诞想流风，脸际眉间讶许同。枉自梦刀思燕婉，还将搏土问鸿蒙。（原注：《太白乐府》诗云："女娲戏黄土，团作下愚人。散在六合间，蒙蒙若沙尘。"）沾花丈室何曾染？折柳章台也自雄。但似王昌消息好，履箱擎了便相从。（原注：《河中之水》歌云："平珍奴子擎履箱。"）

看了和诗，可知牧斋一见如是，即有"燕婉之求"之意，可谓一见钟情了。接着牧斋即与泛舟为游，作有《冬日泛舟有赠》及《次日叠前韵再赠》二律。诗云：

冰心玉色正含愁，寒日多情照柂楼。万里何当乘小艇，五湖已许办扁舟。每临青镜憎红粉，莫为朱颜叹白头。苦爱赤阑桥畔柳，探春仍放旧风流。

新诗吟罢半凝愁，斜日当风似倚楼。争得三年才一笑，可怜今日与同舟。轻车漫忆西陵路，斗酒休论沟水头。还胜客儿乘素舸，"迢迢明月"咏缘流。

读了"苦爱赤阑桥畔柳"及"斗酒休论沟水头"等句，牧斋必欲与之偕老之意，更情见乎辞，何怪如是亦倾心相从，而终于以死相报了。对此二诗，如是亦有《次韵奉答》云：

谁家乐府唱无愁？望断浮云西北楼。汉佩敢同神女赠，越歌聊感鄂君舟。春前柳欲窥青眼，雪里山应想白头。莫为卢家怨银汉，年年河水向东流。

诗中"春前柳欲窥青眼，雪里山应想白头"二句，当时相传有一段佳话。《觚剩》云：

方宗伯初遇柳时，黝颜鲐背，发已鬖鬖斑白，而柳则盛鬌堆鸦，凝脂竟体。燕婉之宵，钱曰："我甚爱卿如云之墨，如玉之白也。"柳曰："我亦甚爱君发如妾之肤，肤如妾之发也。"因相与大笑。放当年酬赠，有"风前柳欲窥青眼，雪里山应笑白头"之句，竟传人口。

《初学集》"风前"作"春前"，以文义论之，反以"春前"为佳。而"风前"则俗。其时牧斋已五十九岁，而如是才二十三岁。二人为什么一见竟倾心到这样呢？那么除了前述的原因外，骨子里还有其他原因在。《河东君初访半野堂小影跋》有云：

> 吾友减堂氏为余言：是身材不逾中人，而色甚艳。冬月御单夹衣，双颊作朝霞色，即之体温然，疑其有素女术也。虞山之惑溺且畏之，有以哉！有以哉！

我们可于此中窥见一二消息。以牧斋那样历经沧海的人，竟一朝甘心拜倒于如是一人之裙下，自非如是这样美妙的御之之术，不足以致此。牧斋既得如是，媚之惟恐其不欢，于是为筑我闻室，取佛经"我闻如是"之义，不惜工资，于十日中筑成。即于此事，更可见当年牧斋惑溺之深。我闻室既成，是日适为寒夕，牧斋又大开文宴，再叠《冬日泛舟有赠诗前韵》以为赠。诗云：

> 清尊细雨不知愁，鹤引遥空凤下楼。红烛恍如花月夜，绿窗还似木兰舟。曲中杨柳齐舒眼，诗里芙蓉亦并头。（原注：《河东新赋并头莲诗》。）今夕梅魂共谁语？任他疏影蘸寒流。（原注：《河东寒柳词》云："待约个梅魂，黄昏月淡，与伊深怜低语。"）

是年除夕，牧斋独往山庄探梅；同日晚上，即与如是在我闻室中守岁。牧斋有《除夕山庄探梅口占投河东君》一律云：

> 数日西山踏早梅，东风昨夜斩新开。停车未许倾杯酒，走马先须报镜台。冷紫正宜帘阁笑，繁花还仗剪刀催。衫裆携得寒香在，飘瞥从君嗅一回。

又《庚辰除夜偕河东君守岁我闻室中》一律云：

除夜无如此夜良，合尊促席饯流光。深深帘幌残年火，小小房栊满院香。雪色霏微侵白发，烛花依约恋红妆。知君守岁多佳思，欲进椒花颂几行。

如是即作《次韵》一律云：

合尊饯岁美辰良，绮席罗帷卷曙光。小院围炉如白昼，两人隐几自焚香。萦窗急雪摧残漏，照室华灯促艳妆。明日珠帘侵晓卷，鸳鸯罗列已成行。

明日为辛巳元旦，牧斋作《辛巳元日》一律云：

新年转自惜年芳，茗椀薰炉殢曲房。雪里白头看鬓发，风前翠袖见容光。官梅一树催人老，宫柳三眠引我狂。西迹蓝舆南浦櫂，春来只为两人忙。

读了"宫柳三眠引我狂"之句，可证前引白牛道者疑她有素女术的不为无因。如是亦有《元日次韵》一律云：

蘼芜新叶报芬芳，彩凤和鸾戏紫房。已觉绮窗回淑气，还凭青镜绾流光。参差旅鬓从花妒，错莫春风为柳狂。料理香车并画械，翻莺度燕信他忙。

观二人唱和诗中之意，已决定于新春出外同游。果然，明日二人即往拂水山庄赏梅花。牧斋有《新正二日偕河东君过拂水山庄梅花半开春条乍放喜而有作》一律云：

东风吹水碧于苔，柳厓梅魂取次回。篇有香车今日

钱牧斋拂水山庄故址——长寿桥

到，尽教玉萧一时催。万条绰约和腰瘦，数朵芳华约鬓来。最是春人爱春节，咏花攀树故徘徊。

此诗无如是和作，不知是原来未作，还是遗失了？元宵之夜，又泊舟同游虎丘西溪。牧斋有《上元夜泊舟虎丘西溪小饮沈璧甫斋中》一律云：

西丘小筑省喧阗，微雪疏帘炉火前。玉女共依方丈室，金床仍见雨花天。寒轻人面如春浅，曲转箫声并月圆。明日吴城传好事，千门谁不避芳妍？

如是有《次韵》云：

弦管声停笑语阑，清尊促席小阑前。已疑月避张灯夜，更似花轮舞雪天。玉蕊禁春如我瘦，银缸当夕为君圆。新诗秾艳催桃李，行雨流风莫妒妍！

牧斋又有《次韵示河东君》云：

三市从他车马阗，焚枯笑语纸窗前。晚妆素袖张灯候，薄病轻寒禁酒天。梅蕊放春何处好，烛花如月向人圆。新诗恰似初杨柳，邀勒东风与斗妍。

前引《舣剩》所引《如是春日我闻室作》，亦作于此时。牧斋亦有和作，题为《河东君春日诗有梦里愁端之句怜其作憔悴之语聊广其意》。诗云：

芳颜淑景思漫漫，南国何人更倚阑？已惜铅华催曙色，更裁红碧助春盘。早梅半面留残腊，新柳全身耐晓寒。从此风光长九十，莫将花月等闲看。

像这样的此唱彼和，彼驰此骋，在"夫妻作家"中
极为少见，惟宋词人李清照与赵明诚夫妇或差可比拟。
但今人仅能读到清照之词，而不见明诚和作，犹为憾
事，远不如牧斋如是的一唱一和，皆有遗诗可见。《柳
夫人小传》云：

> 柳既归宗伯，相得欢甚，题花咏柳，殆无虚日。每
> 宗伯句就，遗鬟矜示柳，击钵之顷，蛮笺已至，风追电
> 躏，未尝背地步让。或柳句先就，亦走鬟报赐，宗伯毕
> 力尽气，经营惨淡，思压其上，比出相视，亦正得匹敌
> 也。宗伯气骨苍峻，虬榕百尺，柳未能到；柳幽艳秀
> 发，如芙蓉秋水，自然娟媚，宗伯公时亦逊之。于时旗
> 鼓各建，闺阃之间，隐若敌国云。

任何人初读这段文字，必疑为故作溢美之词，但看
了前引唱和诸作，方知皆为实录。然而这一种情形，亦
仅于此时为甚。此后在《牧斋集》中，即少载如是和
作，而如是又无诗集传世，真相如何，已不可晓了。

是年春，牧斋往新安，顺道送如是至鸳湖而别。牧
斋有《有美一百韵晦日鸳湖中作》五言长律，即为别如
是而作，诗长不录，徐釚《续本事诗》曾为摘句云：

> 常于鸳湖舟中作百韵诗以赠柳，中有云："河东论氏
> 族，天上问星躔。汉殿三眠贵，吴宫万缕连。瑶光朝孕
> 碧，玉气夜生玄。"又云："纤腰宜蹴鞠，弱骨称秋千。
> 天为投壶笑，人从争博癫。"又云："凝眸嗔亦好，溶漾
> 坐生怜。薄病如中酒，轻寒未折绵。清愁长约略，微笑

与迁延。"君之风神才艺，概可见矣。

此时，如是亦有《鸳湖舟中送牧翁之新安》一律。诗云：

梦里招招画舫催，鸳湖鸳翼若为开。此时对月虚琴水，何处看云过钓台。惜别已同莺久驻，衔知应有燕重来。只怜不得因风去，飘拂征衫比落梅！

此后，牧斋即由西溪横山，经余杭临安而至新安，大游黄山，作诗甚多。其中有下列二题，如是皆有和作，大约是曾录以奉寄过的：一为《陌上花乐府三首，东坡记吴越王妃事也，临安道中感而和之，和其词而反其意以有寄焉》。诗云：

陌上花开正掩扉，苴城草绿雉媒肥。狂夫不合堂堂去，小妇翻歌缓缓归。

陌上花开燕子飞，柳条初扑曲尘衣。请看石镜明明在，忍撇章台缓缓归？

陌上花开音信稀，暗将红泪裹春衣。花开容易纷纷落，春暖休教缓缓归。

如是奉和《陌上花》云：

陌上花开照版扉，鸳湖水涨绿波肥。斑骓雪后迟迟去，油壁风前缓缓归。

陌上花开一片飞，还留片片点郎衣。云山好处亭亭去，风月佳时缓缓归。

陌上花开花信稀，楝花风暖扬罗衣，残花和梦垂垂谢，弱柳如人缓缓归。

一为《禊后五日浴汤池留题四绝句》。诗云：

香溪禊后试温汤，寒食东风谷水阳。却忆春衫新浴后，窃黄浅绛道家装。

山比骊山汤比香，承恩并浴少鸳鸯。阿瞒果是风流主，妃子应居第一汤。（原注：《南部新书》："御汤西北角，则妃子汤，余汤逦迤，相属而下。"）

沐浴频看称意身，刘兰赠药想芳春。凭将一掬香泉水，喷向茸城洗玉人。

齐心同体正相因，袯濯何曾是两人？料得盈盈罗袜步，也应抖擞拂香尘。

如是奉和云：

素女千年供奉汤，拍浮浑似踏春阳。可怜兰泽都无分，宋玉何由赋薄装？

浴罢汤泉粉汗香，还看被底浴鸳鸯。黟山可似骊山好，白玉莲花解捧汤。

睡眼蒙眬试浴身，芳华竟体欲生春。怜君遥喫香溪水，兰气梅魂暗著人。

旌心白水是前因，觊浴何曾许别人？煎得兰汤三百斛，与君携手袯征尘。

《河东君传》说他们曾于此时作过西湖之游，考之他书及牧斋《初学集》，均无迹象可见，故"西湖"疑为"鸳湖"之误，因二人之别，即在鸳湖也。此后如是即归茸城，不知为了什么，牧斋倦游归来，不即与之相见。《河东君传》云：

君至湖上，遂别去，过期不至。宗伯使客构之，乃出。

可见此时必定发生过什么风浪。可是因为后来终于
团圆，所以各书都略而不录，我们也无从明白真相了。

这年六月七日，二人遂在茸城舟中结婚。当时情
形，十分热闹。《觚剩》云：

辛巳初夏，结褵于芙蓉舫中，萧管遏云，麝兰袭
岸，齐牢合卺，九十其仪。于是三泖荐绅，喧焉腾议，
至有轻薄之子，掷砖彩鹢，投砾香车者。宗伯吮毫濡
墨，笑对镜台，赋催妆诗自若。

《秦淮八艳小传》所记甚简，仅云：

结褵于茸城舟中，仪礼备具，称为继室，号河东君。

但于此可见牧斋是以继室待如是，所以礼节十分隆
重。《初学集》中有《合欢诗四首六月七日茸城舟中
作》，当即《河东君传》所谓《前七夕诗》，也即《续本
事诗》，所谓"牧斋自茸城新纳河东君，赋诗志喜"者，
即作于结婚之日。诗云：

鸳湖画舸思悠悠，谷水香车浣别愁。旧事碑应衔阙
口，新欢镜欲上刀头。此时七夕移弦望，他日双星笑女
牛。榜枻歌阑仍秉烛，始知今夜是同舟。
五茸媒雉即鸳鸯，桦烛金炉一水香。自有青天如碧
海，更教银汉作红墙。当风弱柳临妆镜，罨水新荷照画

堂。从此双栖惟海燕，再无消息报王昌。

忘忧别馆是侬家，乌榜牙樯路不赊。柳色浓于九华殿，莺声娇傍七香车。朱颜的的明朝日，锦障重重暗晚霞。十丈芙蓉俱并蒂，为君开作合昏花。

朱鸟光连河汉深，鹊桥先为架秋阴。银缸照壁还双影，绛蜡交花总一心。地久天长频环语，鸾歌凤舞并知音。人间若问章台事，钿合分明抵万金。

当时文士如沈德符、冯定远等皆有和作，明年二月，他又曾自己和作一遍。同夕，又赋《催妆词》四首。诗云：

养鹤坡前乌鹊过，云间天上不争多。较它织女选僝幸，月笑生时早渡河。

鹊驾鸾车报早秋，盈盈一水有谁留？妆成莫待双蛾画，新月新眉总似钩。

鹑火舒光照画屏，银河倒转渡青冥。从今不用看牛女，朱鸟窗前候柳星。

宝驾牙签压画轮，笔床砚匣动随身。玉台自有催妆句，花烛筵前与细论。

这一天，牧斋作诗至八首之多，而如是则惜墨如金玉，不唱亦不和，"玉台自有催妆句"，此话简直等于白说。大概如是到这时候，准备从此作良家妇，故当日极守做新娘的本分，缄口不作一语了。

此后《牧斋集》中咏及如是的诗，仍或时而有，但有如是和作的，仅有同年所作《中秋日携内出游次冬日泛舟韵》二首，此外便只字不见，似乎新婚之后二人反不如前此唱和之热烈。为使读者得见如是诗全豹起见，录其和作二首如后：

秋水春衫儋暮愁，船窗笑语近红楼。多情落日依兰櫂，无借轻云傍彩舟。月幌歌阑寻尘尾，风床书乱觅搔头。五湖烟水长如此，愿逐鸱夷泛急流。

素瑟清尊迥不愁，柂楼云物似妆楼。夫君本自期安桨（原注：《有美》诗云："迎汝双安桨。"），贱妾宁辞学泛舟！烛下乌龙看拂枕，风前鹦鹉唤梳头。可怜明月将三五，度曲吹箫向碧流。

此诗及牧斋原作，《觚剩》以写作于绛云楼被焚，移居红豆村庄之时，这实在是一个极大的错误。盖诸诗皆见《东山诗集》，次于上引诸诗之后，可见一定是作于新婚之年，况且用的还是去年所作《冬日泛舟有赠》的韵呢！

（原载《万象》一九四三年第二卷第九期）

绛云楼韵话（下）

从二人初见，到结婚以后三年，为如是一生中的黄金时代。浮萍既有所归宿，东君又着意将持，自是人生难遇之幸福。婚后第二年，即癸未年（公元一六四三年），牧斋又为她筑绛云楼，将历年所得珍本书籍，庋藏其中，又广购博采，惟备是求。自后遂与如是日夕晤对其中，以校勘搜剔为乐。当时东南藏书，首推绛云，后来一炬成灰，又皆叹为藏书一大灾厄，于此可见其中所藏之富。《河东君传》记绛云楼内部布置及当时二人生活情形云：

筑绛云楼于半野堂之后，房栊窈窕，绮疏青琐，旁罗金石文字，宋刻书数万卷，列三代秦汉尊彝环璧之属，晋唐宋元以来法书名画，官哥定州宣城之瓷，端溪灵璧大理之石，宣德之铜果，园厂之髹器，充牣其中。君于是乎俭梳靓妆，湘帘棐几，煮沉水，斗旗枪，写青山，临墨妙，考异订讹，间以调谑，略如李易安在赵德卿家故事，然颇能制御宗伯，宗伯甚宠惮之。

至《觚賸》则兼叙"绛云"一名之由来，写二人在楼中的生活，更为详尽：

柳归虞山，宗伯目为绛云仙姥下降，仙好楼居，乃枕峰依堞，于半野堂后构楼五楹，穷丹碧之丽，匾曰绛云。大江以南，藏书之家，无富于钱。至是，益购善本，加以汲古雕镌，庋致其上，牙签宝轴，参差充牣，其下赭帏琼寝，与柳日夕晤对。所云："争先石鼎搜联句，薄怒银灯算劫棋"，盖记实也。宗伯吟披之好，晚龄益笃，图史校雠，惟柳是问。每于画眉余暇，临字有所讨论，柳辄上楼翻阅，虽缥缃浮栋，而某书某卷，拈示尖纤，百不失一，或用事微有舛讹，随亦辨正。宗伯悦其慧解，益加怜重。

《牧翁事迹》中有逸事一则，似亦为此时之事，可据之以见如是为学之博：

一门生具腆仪，走干仆，自远省奉缄于牧翁，内列古书中僻字数十条，恳师剖晰。牧翁逐条裁答，复出己见，详加论定，中有"昔昔盐"三字，尚待凝思。柳姬如是从旁笑曰："太史公腹中书乃告罄耶？是出古乐府，昔昔盐乃歌行之一耳。'盐'宜读'行'，想俗音沿误也。"牧翁亦笑曰："我老健忘；若子之年，何待起予？"

看了以上诸文所载，那么如是不独诗才横溢，即学问亦极广博，于此可见她出身微贱，以声色得人之怜，但自视颇珍重，时时在不断地努力。据《觚賸》所载，则她又专精目录之字，如生于现代，必成为一女图书馆学家无疑。

这时是如是一生中生活最丰腴的时代，也是她最踌躇满意的时代。可惜好景不常，月盈必缺，绛云楼成后不及一年，霹雳一声，沧桑变易，明社沦亡，思宗上宾，有志之士，莫不奋然而起。当时如是曾有一番侠烈举动，为当时及后代文人所盛称，就是她曾劝牧斋自杀，而己亦从殉，可是终未如愿。此事仅见于《河东君传》：

乙酉五月之变，君劝宗伯死，宗伯谢不能。君奋身欲沉池水中，持之不得入。其奋身池上也，长洲明经沈明抢馆宗伯寓中见之，而劝宗伯死，则宗伯以语兵科都给事中宝丰王之晋，之晋语余者也。

本文作者特将当时目闻耳聆之人详细叙明，用意在证其事的千真万确。所以超达道人在《传》后跋云：

顾芩为虞山门下士，曾不能为虞山译其短，而于柳则极扬之，如所谓劝虞山以死节，不能从，欲自赴水死，何侠而烈也！芩特为绘图作传以垂不朽，岂别有知己之感耶！

牧斋在清代极受人家白眼，然而有此一妻一门生，也可稍舒怂气于万一，如是所以有此举动，一面固然出之于忠君爱国思想，一面亦环境有逼而然。如无此事，则后来牧斋降清，曾遭口诛笔伐者必为如是，陈圆圆、顾横波即是后车之鉴（此典为作者杜造）：然而有此一举，那么如是即全无责任可担了。顾芩说她"性机警，饶胆略"，可于此事觇之。

之后不久，福王立于南京，马士英阮大铖当政，牧斋往谒，授以礼部尚书之职。马阮极为当时清议所不容，且大兴党狱，故牧斋亦极受时人疵议。但对于此事，不闻如是有所劝阻，大概因为她劝牧斋死而不肯死，从此便抱消极态度，证之以后来牧斋降清后在南都放浪行动，可见她的热肠早已完全冷却。《牧翁事略》记他们到南京时的轶事云：

> 弘光偪生，牧翁应召，柳夫人从之，道出丹阳，同车携手，或令柳策驴而己随其后。私语柳曰："此一幅昭君出塞图也。"邑中遂喧传钱令柳扮昭君故事，招摇道路。悠悠之口，固可畏哉！

计六奇《明季北略》中记及他们在南京时事，则颇加丑诋：

> 大铖据要津，虞山末路失节投之。一日，觞阮于家，以其妾柳氏出为奉酒。阮赠以珠冠一顶，价值千金。钱命柳谢阮，且移席近阮，其丑状令人欲呕。

这自然全是反对者的口气。其实她在虞山，本来也时常陪客侑饮，而且视为常事。《秦淮八艳小传》云：

> 尝衣儒服出与宾客辩难，翩跹若仙。宗伯又呼为柳儒士。

全祖望《鲒埼亭集》也说：

> 钱牧斋帖子有云："春宵一刻，先令细君引一杯，以助千金之兴。"细君指柳氏也。予闻之周鄮山，谓牧

斋年六十四，柳氏年二十四归之，客有访之者，柳氏出
侑酒，依然旧日风流也。浪子之诮有以哉！

此二文虽其一亦出于反对派，但更可证其事之确
切。惟全祖望以牧斋娶如是为六十四岁，则有误，实为
六十岁。

《河东君传》写她劝牧斋自杀不从，而已又投水未
成后：

> 是秋，宗伯北行，君留白下，寻谢病归。

时间似有差误。牧斋北行，当然在降清之后。但清
兵到南京，乃在明年五月，牧斋迎降，即于此时，那么
北行必更在其后。如是对于牧斋投身为马阮之党，已不
置一词，对于降清，当然更无用其置喙。然而这时候，
她衷心的痛苦，有不可以言语形容者，可于下述一事见
之。李清《三垣笔记》云：

> 谦益降北，柳在南都，与一私夫乱。谦益子鸣其私
> 夫于官，杖之。谦益怒屏其子不见，语人曰："当此国破
> 家亡时，士大夫犹丧其所守，独以名节二字责一妇人，
> 可乎？"其语亦恕而平矣。

这段记载，粗看全似是反对牧斋的人所造蜚语，揆
之如是过去为人，似不足置信。但我以为此事大有可
能，看了牧斋对她宽恕之言而更为证实。如是的放浪，
与牧斋的降清，在道德上讲，本来并无二致。或者如是
当时又曾劝牧斋勿降清，而牧斋又不肯从，乃以此相要
挟，或竟对牧斋道："人生以名节为重，你即愿失节，

我也要偷汉了！"而牧斋还是不从，她乃愤而出此。倘然不是这样，那么或是在忿懑无聊之余，致信陵君的醇酒妇人，以自戕贼其身。不过彼为男子而此为女子，在习俗上觉得出乎寻常。其实在放诞如如是而本来又是出身青楼的人，此等行动，是极平常而又极可能的。

牧斋北上后，即受清职，为礼部侍郎，管秘书院事，充修明史副总裁。大概因为清人因他迎降而看他不起，他自己也觉得很是无聊，不久就告病乞假回里。从此便居家不出。隔了三年，为清世祖顺治五年，因江阴人黄毓祺悖逆一案，说牧斋曾留过毓祺住宿，且许助资招兵，遂被江南总督马国柱就近逮讯。牧斋闻讯，自往投案，极力诉辩，终归无效。如是适在病中，遂冒病北行，设法重贿权要，从中斡旋，才得释放。顾苓称她"饶胆略"，有此一事乃得证明。《秦淮八艳小传》云：

顺治初，宗伯因事被逮入都，如是正卧病，蹶然起，冒死从，誓上书以身代，未几，案解。

牧斋被逮，先系于南京狱中，此即云"入都"。稍有误。《野语秘汇》云：

牧翁妾柳氏，宠嬖非常。丁亥被逮，柳氏束装挈重贿北上，先入燕京，略于权要，曲为斡旋。然后牧翁徐到，竟得释放，生还里门。此妇才智，又不当以闺阁细谨律之矣。

王应奎《柳南随笔》亦记此事云：

牧翁事本朝，亦不得志，以礼部侍郎内宏文院学士

还乡里。丁亥，忽为蜚语所中，被急征，河东君实为职
橐馕。长君孙爱性暗懦，一筹莫展。牧翁于金陵狱中和
东坡御史台寄弟诗，有"恸哭临江无孝子，徒行赴难有
贤妻"，盖记实也。孙爱见此诗，恐为人口实，托翁所
知，百计请改。"孝子"二字，今集中刻"壮子"，是更
定者。

牧斋金陵狱中所作诗，题作《和东坡西台诗韵》六
首，见牧斋《有学集》。"孝子"二字果然已改"壮子"。
其自序云：

丁亥三月晦日，晨兴礼佛，忽被急征，锒铛拖曳，
命在漏刻。河东夫人沉疴卧蓐，蹶然而起，冒死行，誓
上书代死，否则从死，慷慨首涂，无刺刺可怜之语，余
亦赖以自壮焉。狱急时，次东坡御史台寄妻诗以当诀
别。狱中遇纸笔，临风暗诵，饮泣而已。生还之后，寻
绎遗忘，尚存六章。值君三十设帨之辰，长筵初启，引
满放歌，以博如是之一笑，并以传际同声，求属和焉。

缪荃孙《秦淮广记》云：

按：《有学集》作"东坡御史台寄妻诗，以当诀别"。
夫寄弟也，而曰寄妻，坡集具在，不可证乎？且原配陈
夫人尚在，而竟以河东君为妻，悍然不顾。即此一端，
牧翁不惜行端可知矣！

东坡《寄弟诗》二首，其第二首确为弟作，而第一
首语意，则不妨作寄妻诗。大概东坡当时在狱，性命俄
顷，安能再别妻与弟，分别递寄，故混称为寄弟诗。牧

斋目其第一首为寄妻诗，乃其独具双眼，辨析而得，不能谓为无见。缪氏所云，似是而非，亦非定论。和诗六首，皆写在遣押中苦况，首多不全录，仅举其第四首以见一斑：

> 三人贯索语酸凄，主犯灾星仆运低。溲溺关通真并命，影形绊萦似连鸡。梦回虎穴频呼母，话到牛衣并念妻。尚说故山风信好，红栏桥在画楼西。（原注："余与二仆共栫拱者二十日。"）

牧斋得释归来，此后就隐居不出，专心以著述为事。他编选明人诗为《列朝诗选》，其中《闺秀》一集，即为如是所勘定。归后二年，即顺治七年，那年冬天，绛云楼失慎，延及半野堂，牧斋一生心血所藏，付之流水，尤使他俩伤心失志。《河东君传》云：

> 庚寅冬，绛云楼不戒于火，延及半野堂，向之图书玩好略尽矣。

据《觚剩》所载，则其时二人已移居红豆山庄，正度着优游林下的自然生活：

> 越十载，庚寅，绛云楼灾。时移居红豆村庄，良辰胜节，必放舟湖山佳处，流连唱和，望者疑以为仙。

《续本事诗》则云：

> 牧斋晚年，卜筑红豆山庄，与河东君吟咏，茗碗薰炉，绣床禅板，仿佛苏子之遇朝云也。尝有句云："青袍

便拟休官去，红粉还能入道无？楚散酒醒成一笑，髹
丝禅榻正疏芜。"可想见蒙叟心情矣。

据此文，知二人之移居红豆山庄，纯为避嚣修静。
我以为牧斋自狱中释后，因忿儿子懦暗然用，家中不免
引起暗潮，与如是离家别居，必有激而然。此时如是已
生一女；且已长成，慰情有人，当然已不再似前此之寂
寞。但考之《有学集》，其第九至第十一卷篇《红豆诗》
三集，始于顺治十五年（公元一六五八年），终于顺治
十八年，那么二人移居红豆川庄，当在绛云楼火后八
年，《觚剩》所载似全不确，而我上述的话也应取消了。

在《红豆诗集》中，有《孟冬十六日偕河东君自芙
蓉庄泛舟拂水瞻拜先茔将有事修葺感叹有赠效坡公上巳
之作词无伦次及采花酿酒歌示河东君》二首七言长古，
皆为赠如是之作。诗长不录。后诗有小序云：

戌戌中秋日，天酒告成，戏作采花酿酒歌一首以诗
代谱，其文烦，其辞错，将以贻世之有仙才，具天福
者。非是人也，则莫与知而好，好而解焉。

细玩全诗，全无绮情，而多禅语，较之前引《东山
集》中所作诸诗，几全似出之于另一人之手。

清圣祖康熙元年，牧斋为嗣子迎入城中老宅居住，
而如是仍留居红豆山庄，其时所生女已嫁，留婿同居。
《觚剩》云：

生一女，嫁毗陵赵编修玉森之子。康熙初，嗣子孝
廉君迎宗伯入城同居，而柳与女及婿，仍在红豆村。

《牧斋事迹略》亦云：

> 柳夫人生一女，嫁无锡赵编修之子玉森。柳以爱女
> 故，招婿至虞，同居于红豆村。

二书一作婿父名玉森，一作婿名玉森，未知孰是？
而《河东君传》则作赵管。

明年，如是下发入道，观《河东君传》所载，似其
中大有难言之隐：

> 宗伯失职，眷怀故旧，山川间阻，君则知子之来
> 之，杂佩以赠之，知子之顺之，杂佩以问之，有鸡鸣之
> 风焉。久之不自得。生一女，既昏，癸卯秋，下发入
> 道。宗伯赋诗云："一剪金刀绣佛前，裹将红泪洒诸天。
> 三条裁制莲花服，数亩诛锄稑秜田。朝日装铅眉正妩，
> 高楼点粉额犹鲜。横陈嚼蜡君能晓，已过三冬枯木禅。"
> "鹦鹉纱窗昼语长，又教双燕话雕梁。两交沣浦何曾湿？
> 风认巫山别有香。初着染衣身体涩，乍抛稠发顶门凉。
> 萦烟飞絮三眠柳。顾尽春来未断肠。"

癸卯为康熙二年（公元一六六三年），是时如是已
四十六岁，而牧斋已八十二岁。明年，牧斋死，嗣子孙
爱懦弱，为族人所困，如是设计解围，而己则竟以身
殉。从此名遂大著。关于此事，各文皆有所记及，然皆
略有出入，兹先录最详尽的《觚剩》为之代表：

> 宗伯病，柳闻之，自村奔候。未几，宗伯捐馆，柳
> 留城守丧，不及归也。初，宗伯与其族素不相睦，乃托
> 言宗伯旧有所负，枭悍之徒，聚数百人交讧于堂。柳浛

然曰："家有夏嫡，义不坐受凌削。未亡人亶有薄资，留固无用，当捐此以赂凶而纾难。"立出帑千金授之。诘朝，喧集如故。柳遣问曰："今将奚为？"宗人曰："昨所颁者，夫人之长物耳，未足以赡族，长君华馆连云，肥田钿绮，独不可割其半以给贫窭耶？"嗣子惧不敢出。柳自念：欲餍其求，则如宋之割地，地不尽，兵不止，非计也。乃密召宗伯懿亲及门人素厚者，复纠纪纲之仆数辈。部画已定，与之誓曰："苟念旧德，无渝此言！"咸应曰："诺。"柳出厅事，婉以致辞曰："妾之资尽矣，诚不足为赠，期以明日，置酒合宴，其有所须，多寡惟命。府君之业故在，不我惜也！"众始解散。是夕，执豕烹羊，肆筵设席。申旦，而群宗麕至。柳谕使列坐丧次，潜令健者阖其前扉。乃入室登荣木楼，若将持物以出者。逡巡久之，家人心讶，入视，则已投缳毕命，大书于壁曰并力缚饮者，而后报官。嗣君见之，与家人相向号恸，绯绰之属，先一日预聚于室，随出以尽缚凶党，门闭无得脱者。须臾邑令至，穷治得实，系凶于狱。以其事上闻，置之法。

据此文所载，似曲在宗人，但据《柳夫人小传》，则牧斋生平多举债，宗人系为索欠而来。那么如是之死虽烈，而且救嗣君于困，揆之是非，又当作别论了。《柳夫人小传》云：

宗伯生平善逋，晚岁多难，益就窭瘵。嗣子孝廉某，故文弱，乡里豪黠，颇心易之。又嗛宗伯公墙宇孤峻，结侣伺衅。丙午某月，宗伯公即世，有众骤起，以责逋为口实，噪而环宗伯门，搪撞诟谇，极于虣辱。孝廉魂魄丧失，莫知所出。柳夫人于宗伯易箦日，已蓄殉意，至是，泫然起曰："我当之！好语诸恶少，尚书宁尽负若曹金？即负，固尚书事，无与诸儿女。身在，第少需之。"诸恶少闻柳夫人语，谓得所欲，锋稍戢，然环如故。柳中夜刺血书诟牍，遣急足诣郡邑告难，而自取缕帛结项死尚书侧。旦日，郡邑得牍，又闻柳夫人死，遣隶四出，捕诸恶少，问杀人罪，皆雉窜兔脱，不敢复履畀地。构尽得释。

此文写如是自杀地点及告难捕凶经过，全与《觚剩》不同，想系当时传闻异辞。但在《河东君传》中，不知何故，记此事极简，惟宗人则有主名，可补上引二书的不足：

五月二十四日，宗伯薨，族子钱曾等为君求金，要挟蜂起，于六月二十八日自经死，宗伯子曰孙爱，及婿赵管，为君讼冤。邑中士大人谋为君治丧，葬宗伯。

此文所记颇奇怪，似族子之交讧，专为对如是而发，与嗣君无关。那么如是之死，较之他书所载，又有泰山与鸿毛之分了。而且钱曾为牧斋之侄孙，尝从牧斋受学，颇为牧翁所器重，绛云楼所藏炉余，后均归其藏庋，为清代有名版本学家，何至聚众闹事如是？这又是一桩可疑的事。但传中云"族子"，不云"族孙"，那么正同"曾参杀人"，或另为一人，亦未可知了。

如是死后，嗣君感其周旋之德，遂以嫡礼葬于拂水山庄故址，前为秋水阁，旁即耦耕堂，正是一片极好的埋香之地。道光时，陈文述为常熟知县，访得遗冢，重为修治，有查揆梅史为作河东君墓碣，文士题诗者极众，传为一时盛事。

考如是一生，初逐鹿风尘中，择人而事，颇费周章。后归牧斋，虽白发红颜，美中不足，但两情颇惬，极尽唱和之乐。不幸结褵末久，沧桑变易，殉难之志既赏，而牧斋又渐渐露其浪子本色。因是之故，遂使如是悒悒终身。设非恋恋于其所生之女，如是之下发入道，必早在牧斋狱中释归之后。因恋女之故，待其婚嫁，然后下发。至宗伯死，而己之年事已高。人生至此，已极乏味，遂不惜借宗人索逋之因，自杀以谢世了。但亲乎前此嗣子在南京鸣其私夫于官，而牧斋在狱又有"恸哭临江无孝子"之句，似亲子之间，芥蒂极深，而后此如是即挈女居于红豆村，可见其故。所以我以为如是之自杀，实有激而然，盖牧斋之所以举债，与如是母女不无关系，纵嗣子不言，而己亦内心有愧。于是不惜一死以赖债，既可以对嗣子，而一身所欠亦皆了。她的算计，很是万全，后之称为"性机警，饶胆资"，固非溢美之誉了。

至于后人评论，大都着眼于最后之死，以为最难能可贵，现举徐芳《柳夫人小传》后的论赞一段，以见一斑：

柳夫人可谓不负虞山矣哉！或谓情之所钟，生怜死捐，缠绵毕命，若连理梓，雌朝飞，双鸳鸯之属，时有之矣。然柳于虞山，岂其伦耶！夫七尺腐躯，归于等尽，而掷之当，侯嬴以存弱赵，杵白以立藐孤，秀实以缓奉天之危，纪信以脱荥阳之难，或轻于鸿毛，或重于泰山，各亲其所用。柳夫人以尺组下报尚书，而纡其身后之祸，可不谓重与？所云"重用其死"者也。夫西陵松柏，才矣。未闻择所从。耆卿月仙，齐丘散花女，得所从矣，而节无闻。韩香、幼玉、张红红、罗爱爱之流，节可录矣，又非其人也。千秋香躅，惟张尚书燕子一楼，然红粉成灰，尚在白杨可柱之后。夫玉容黄土之不惜，而愿以从死之名为地下虑，荒矣，微白舍人，泉台下随，未敢必其然也。人固不可知，千寻之操，或以一念隳，生平之疵，或以晚节覆，遂志赴义，重乎一决。柳夫人存不必称，而没以馨，委蜕如遗，岂不壮哉！

此论以现代眼光看来，似乎尚嫌封建思想颇浓重。然以当时之人，论当时之事，那么已不能不称为超凡逸俗、自具成竹了。

如是生平著作，据《秦淮广记》所载，有管芷湘藏《河东君尺牍》一卷，《湖上草》一卷，不知此外有无传本？其牧斋《初学集》中附见之诗，已按次全引于前，其尺牍则《秦淮广记》有转录，共计四篇，清词婉语，大有晚明小品气息，诵读之下，爱不忍释。以其篇幅不多，佳文难得，亦全附载于后：

鹃声雨梦，遂若与先生为隔世游矣。至归途黯瑟，惟有轻浪萍水，与断魂杨柳耳。回想先生种种深情，应如铜台高揭，汉水西流，岂止桃花千尺也。但离别微茫，非若麻姑方平，则为刘阮重来耳。秋间之约，尚怀渺渺，所望于先生维持之矣。便羽弟即续及。昔人相思字，每付之断鸿声里，弟于先生亦正如是，书次惘然！

良晤未几，离歌忽起，河梁黯淡，何以为怀！旧有卫玠之羸，近则裴楷之困，羁绪寒悰，惟以云天自慰。无论意之有及有不及，先生能寒谷而春温之，岂特刘公一纸书，贤于十部从事而已。二扇草上，病中不工。书不述怀，临风怅结！

寄繁思于鳞羽，斯已无聊，况旷日而闻问，何如感切耶？有怀光霁，无时去心，忽捧素书，恍如披面。且高咏下投，裯仪远饷，此岂渺末所敢当，辞笔所能颂也！流光甚驶，旅况转凄，恐悠悠此行，终浪游矣。先生相爱，何以命之？一逢岁始，即望清驺。除夕诗当属和呈览。余惟台照，不既。

弟之归故山也，本谓吹笛露桥，闻箫月榭，乃至锦瑟瑶笙，已作画簷蛛网，日望凄凉，徒兹绵丽。所以未及遵刌棹，而行踪已在六桥烟水间矣。已至湖湄，知先生尚滞故里。又以横山幽崎，不见赤城，遂怀尚平之意。不意甫入山后，缠绵凤疾，委顿至今。近闻先生已归，幸即垂视。山中最为丽瞩，除药炉禅榻之外，即松风桂渚，若觌良规，便为情景俱胜，胜读孔章之檄，未可知也。伏枕草草，不悉。

此数书虽不知致于何人，然自称为"弟"，而语气又不亢不卑，于此更可觇作者自视颇珍惜，而期望于人亦甚殷切，果非一平凡之女子也。

写此文既竟，偶翻《玉台画史》，其中载：秀水黄皆令金笺扇面，有如是仿云林树石画，并题有《满庭芳》一词。诗文之外，又得此词，不胜狂喜，亟亦为之附录于后：

紫燕翻风，青梅带雨，共寻芳草啼痕。明知此会，不得久殷勤。约略别离时候，绿杨外多少消魂。重提起、泪盈翠袖，未说两三分。　　纷纷，从去后，瘦憎玉镜，宽损罗裙，念飘零何处，烟水相闻。欲梦故人，憔悴依稀，只隔楚山云。无非是怨花伤柳，一样怕黄昏！

　　词中颇寄身世之感，比了她的诗，另有一种不同的作风。

　　按：皆令为嘉兴儒家女，与如是为文字交，两人之间，有极深挚的友谊，读了此词，便可见彼此怜惜的程度了。

三十二年二月五日写竣

（原载《万象》一九四三年第二卷第十期）

顾横波的一生

顾横波为明末秦淮名妓之一，在当时曾红极一时，后来嫁给合肥人龚芝麓，经过乱离之后，终得偕老。芝麓与吴梅村、钱牧斋在清初有"江左三大诗人"之称，可是后世知道梅村、牧斋的人很多，而知道芝麓的却很少。而且他们三人同样和秦淮名妓有过风流佳话，但是吴梅村和卞玉京的离合，曾有《传卞赛吴梅村忏情》(《中国文学校谈》之一，谭正璧著，载《青年界》)及《吴梅村与卞玉京》(陆以正著，见本刊第二卷第四期)二文译考其事，钱牧斋和柳如是的韵事，则有最近发表的《绛云楼韵话》(亦谭正璧著)。考证甚详，而龚芝麓和顾横波事却也独付缺如。所以我也来拾残补缺，写成这一篇《顾横波的一生》，以为"狗尾之债"。从此"江左三大诗人"的风流佳话，可以如"金瓯无缺"，同样地流播于人间了。

顾横波名媚，又名眉，字眉生，一字眉庄，横波是她的别号，江苏上元人。嫁给龚芝麓后，改姓徐，或云改姓陈，字智珠，芝麓尊称为善持君而不名。生于明神宗万历四十七年（公元一六一九年）十一月三日。姿容秀丽，举止靓雅，通文史，工诗词，善画兰，为当时秦淮河上南曲中第一等人才。余怀《板桥杂记》云：

> 顾媚字眉生，又名眉，庄研靓雅，风度超群，鬟发如云，桃花满面，弓臂纤小，腰支轻亚，通文史，善画兰，追步马守真，而姿容胜之。时人推为南曲第一。

陈文述《西泠闺咏》有《湖上怀顾横波》诗，其所附《小传》云：

> 横波名媚，字眉生，一字眉庄，秦淮人。归龚芝麓，改姓徐，字智珠，封一品夫人。工诗词，善画兰，著《柳花阁集》。有《海月楼坐雨诗》。

许夔臣《香咳集选存》附《小传》云：

> 徐横波字眉生，一字智珠，号眉庄，本姓顾，名媚，江苏上元人，合肥尚书龚芝麓侧室，著有《柳花阁集》。

孟森《心史丛刊》云：

> 《闺秀词钞》引浑珠《闺秀正始集》一则，中言龚尚书以为亚妻，改姓陈，此为异闻。他书皆言改姓徐，此独言改姓陈，当是传闻之误。

横波姓名字号的不同，及其才、色、文艺，昔人书籍所记，悉如前引。我颇疑心她归龚芝麓后的改姓徐，是回复到她原来的姓。因为妓女在未归良家时，往往用假母之姓，所以嫁人之后，便不愿再用它了。至于她所著的《柳花阁集》，今已不存。现在所见的，仅存下列的诗和词各三首：

《自题小像诗》——见陆以湉《冷芦杂识》

《海月楼坐雨诗》——见《闺秀正始集》及《香咳集选存》

《醉杨妃·菊》——见《闺秀正始集》

《忆秦娥·闺怨》——见《众香词》及徐乃昌《闺秀词钞》

《虞美人·答远山夫人寄梦》——见同上

《千秋岁·送远山李夫人南归》——见同上

《忆秦娥》，《闺秀词钞》作《花深深》，乃同调异名。诗词本文，当于后文陆续附入。

横波未嫁时，所居名曰眉楼，陈饰豪侈，为当时曲中之冠。其游客之繁，艳名之噪，亦一时无两。现在撷拾当时人记载于后，以见一斑。《板桥杂记》云：

家有眉楼，绮窗绣帘，牙签玉轴，堆列几案，瑶琴锦瑟，陈设左右，香烟缭绕，檐马丁当。余常戏之曰："此非眉楼，乃迷楼也。"人遂以迷楼称之。当是时，江南侈靡，文酒之宴，红妆与乌巾紫裘相间，坐无眉娘不乐，而尤艳顾家厨食品，差拟郇公李太尉，以故设筵眉楼者无虚日。

《板桥杂记》另一则又云：

曲中狎客，有弦卯官笛，张魁官箫，管五官管子，吴章甫弦索，盛仲文打十番鼓，丁继之、张燕筑、沈元甫、王公远、宋维章串戏，柳敬亭说书，或集于二李家，或集于眉楼，每集必费百金，此亦销金之窟也。

二李谓李十娘与李大娘，都是当时曲中红妓，其家中游宴之盛，不亚于眉楼。《板桥杂记》又云：

岁丙子，金沙张公亮、吕霖生，盐官陈则梁，漳浦刘渔仲，如皋冒辟疆，盟于眉楼。则梁作盟文甚奇，末云："牲盟不如臂盟，臂盟不如心盟。"

丙子为明思宗崇祯九年（公元一六三六年），其时横波才十八岁，而明祚犹未达危亡之境，所以文人雅士，都沉浸于酒色之中。陈则梁为后来力劝横波早脱风尘的人，横波果从其言，可见二人交谊之深。冒辟疆《同人集》有《盟言》跋，即为则梁所作盟文，题下有注云："癸未夏至后书于朴巢。"则当为崇祯十六年（公元一六四三年）作，就是历史上最惨痛的思宗死在煤山上的前一年了，和《板桥杂记》所记不同，未知何故。

横波未归龚芝麓以前，有三件事可以在这里一述。一件是她受文士余集生、谭友夏之托，试诱黄石斋而未遂事，方苞《石斋黄公逸事》云：

崇祯某年，余中丞集生与谭友夏法新金陵，适石斋黄公来游，与订交，意颇惬。黄公造次必于礼法，诸公心向之，而苦其拘也，思试之。妓顾氏，国色也，聪慧通书史，抚节按歌，见者莫不心醉。一日，大雨雪，黄公于余氏园，使顾佐酒。公意色无忤，诸公更劝酬剧饮，大醉。送公卧特室，榻上枕衾茵各一，使顾尽弛亵衣，随键户，诸公伺焉。公惊起，索衣不得，因引衾自覆，而命顾以茵卧。茵厚且狭，不可转，乃使就寝，顾遂昵近公。公曰："无用尔。"侧身向内，息数十调，即酣寝。漏下四鼓，觉，转面向外，顾佯寐无觉，而以礼傍公，公酣寝如初。诘旦，顾出，具尝其状，且曰："公等为名士，赋诗饮酒，是乐而已矣！为圣为佛，成忠成孝，终归黄公。"

看了她对于石斋所下考语，可见她的识见亦属不凡。逸事下文尚有"顾氏自栖公，时自怼"数语，那么她也曾以此一试愧歉。此文见《虞初新志》，仅云顾氏而无名，《秦淮广记》则迳书顾眉生，文句亦稍异，当为直录《望溪集》中原作。一为与刘芳约为夫妇，而后来她忽背约，刘芳因之情死事。吴德旋《初月楼闻见录》记钱湘灵、陆灿事云：

先是，湘灵友刘芳，与妓顾横波约为夫妇。横波后背约，而芳以情死。湘灵为经纪其丧。盖尚气好立名节，固其天性云。

此事记载仅见于此，但许婚背约，是青楼中常有的事，刘芳竟以情死，也太不值得。一件为一伧父与一词客争宠，横波几至爱诬逮辱事。孟森以为词客即前述之刘芳，仅为猜测之词，恐不确。（见《心史丛刊》）《板桥杂记》云：

然艳之者虽多，妒之者亦不少。适浙来一伧父，与一词客争宠，合江右某孝廉互谋，使酒骂座，讼之仪司，诬以盗匿金犀酒器，意在逮辱眉娘也。余时义愤填膺，作檄讨罪，有云："某某本非风流佳客，谬称浪子端庄，以文鸳彩凤之区，排封豕长蛇之阵，用诱秦诳楚之计，作摧兰折玉之谋。种尽世之孽冤，煞一时之风景。"云云。伦父之叔为南少司马，见檄，斥伦父东归，讼乃解。眉娘甚德余，于桐城方瞿庵堂中，愿登场演剧，为余寿。从此摧幢息机，矢脱风尘矣。

据此段记载，则解围之功，似尽属于《板桥杂记》的作者余怀。但据陈则梁与冒辟疆的书信中所云，那么则梁亦为当时一重要的折冲者。此书见《同人集》，云：

眉兄今日画扇有一字，我力劝彼出风尘，寻道伴，为结果计。辟疆想见，亦以此语劝之。邀眉可解彼怒，当面禁其此后弗出，以消彼招致之心，何如？

看了此书，可见受窘虽因余怀的一檄而解，然释怨的事，仍由则梁周旋其中，既邀眉以解彼怒，可知横波有向彼伦服礼之举，而劝她脱离风尘，其动机亦纯因欲使彼伦无可招致。那时词客如果是刘芳，那么横波既受伦父之辱，应该死心塌地倾向词客，何以反会负约以致刘芳情死呢？那是不合情理的事。由此可见词客与刘芳之绝非一人。

恰巧在这时候，龚芝麓来为眉楼入幕之宾，横波已厌倦风尘，又遭横辱而听陈则梁之劝。遂脱籍嫁之。芝麓的《定山堂集》中有《登楼曲》四首，为他初入眉楼之作。诗云：

晓窗染研注花名，淡扫胭脂玉案清。画黛练裙都不屑，绣帘开处一书生。
芳阁诗怀待酒酬，粉笺香艳殢残篝。随风珠玉难收拾,记得题花爱并头。

彩奁匀就百花香,碧玉纱厨挂锦囊。淡染春罗轻掠鬓,芙蓉人是内家妆。

未见先愁别恨生,那堪帆影度春阴。湖头细雨楼头笛,吹入孤衾梦里心。

诗中所写,尽为初见情景,而末首又有才晤即别之意。可见此次之会,横波并未即嫁芝麓,而订婚则或有之。《冷庐杂识》载程春庐尝于其侄银湾处见顾横波小像一幅,上幅右方有款二行云:

崇祯巳卯七夕后二日,写于眉生楼,玉樵生王朴。

王朴为保定画家,以人物仕女有名北方,《画徵录》及《历代画史汇传》中都有他的传。己卯为崇祯十二年(公元一六三九年),时横波已二十一岁。在小像左方还有诗二首,其一云:

腰妒杨枝发妒云,断魂惊语夜深闻。秦楼应被东风误,未遣罗敷嫁使君。

下署"淮南龚鼎孳题"。其一云:

识尽飘零苦,而今始得家。灯煤知妾喜,特著两头花。

下署"庚辰正月二十三日灯下眉生顾媚书"。庚辰为崇祯十三年(公元一六四〇年),为王朴作画的后一年,观横波诗中语气,可见已与龚有婚姻之约,而"识尽飘零苦"一语，尤可见她这时厌弃风尘之心之甚。

横波和芝麓初晤，盖在芝麓北上过金陵时。北上之后，非常记念她，集中在《登楼曲》后，即接《江南忆》四首，正为忆眉楼而作。诗云：

银蒜低垂月过墙，金屏小睡背兰缸。春风玉枕含娇怨，似讶迟来锦瑟傍。

绣句惊人思未降，珊瑚笔格对雕窗。团香掣玉无人见，亲领明珠廿八双。

别袂惊持人各天，春愁相订梦中缘。缕金溪怯长安路，许梦频来桃叶边。

手剪香兰簇鬓鸦，亭亭春瘦倚阑斜。寄声窗外玲珑玉，好护庭中并蒂花。

此诗第二首梁乙真《清代妇女文学史》以为是《登楼曲》的第二首，而云作于芝麓初入眉楼时，实为大误。但从此诗第二首中知横波曾有诗五十六字赠芝麓，为七律一或为七绝二则已不可知，因为这些诗现在都已不存了。

芝麓是崇祯七年（公元一六三四年）的进士，可知他初入眉楼，已在成名之后，所以横波肯嫁给他。至崇祯十六年（公元一六四三年），官至兵科给事中，有秋夜省中赋怀七绝十首，观诗中语意，其时横波已北上同居。由此可见横波之嫁芝麓，当在崇祯十三年之后，十六年之前的两年中。诗很艳丽，由此可以窥见横波与芝麓婚后生活的美满，因并录于后：

暖艳寒香绣月回，昨宵诗思谢家才。携将天上金盘露，洒向花间玉镜台。

倾国温柔老是乡，却怜襫被待明光。鸳鸯瓦上如霜月，只觉今宵玉漏长。

秋砧遥送玉壶迟，辜负香衾是此时。小翦兰膏封钿合，退朝亲为点蛾眉。

绮屏红袖护初寒，胜有冰弦语夜阑。封事经秋殊冷落，乞将筼管代花弹。

宫衣百濯麝香浮，画省人如画阁幽。户外玉绳低苑柳，栖乌应报汉宫秋。

未央前殿月痕移，团扇犹吟桃叶诗。身是花间双蛱蝶，金风吹上万年枝。

玉台淡扫远山生，当代争传是小名。珍重近来千唤熟，珊瑚敲枕易分明。

天涯约梦到长安，××××××。今夜凤凰池畔梦，依稀同作隔年看。

扬雄初赋已成篇，清韭芙蓉执戟边。好傍玉炉添五夜，晓窗凭几有香肩。

谏裙闲改道人妆，斗室新开贝叶堂。听钥翻经风露迥，金门游戏总清狂。

"身是花间双蛱蝶""珊瑚敲枕易分明""晓窗凭几有香肩"，可见风光的旖旎。而"玉台淡扫……"一首，明谓"眉"为此君小名。"天涯约梦……"一首，即述前引《江南忆》中的第三首，可作《江南忆》确为忆横波而作的旁证。其中原缺一句，当是指山东路阻，即壬午（公元一六四二年）清兵入塞事，"依稀同作隔年看"，是必为癸未（公元一六四三年）所作的明证了。

是年十月，芝麓以疏劾周延儒等得罪下狱，可是即被释放。所以在这年仲冬为横波所作《生辰曲》，颇寓愤慨世事，弃官归隐的意思。其诗云：

一林绛雪照琼枝，天册云霞冠黛眉。玉蕊珠丛难位置，吾家闺阁是男儿。

奇襟逸思涌春潮，吐蕙食兰静若遥。夏倚菱花随意看，风前鬓影福难消。

闲裁好句斗丹霞，碧玉奁藏锦字赊。翠羽明珠惊入掌，生成解语即名花。

绿纱窗几静无尘，点染秋山入练巾。双黛联娟宜淡扫，倚风身是画图人。

博山香冷郁金钗，蔬笋看经月一街。绣佛应怜人寂寞，太常妻子更清齐。

萧条四壁不堪愁，酒债琴心自唱酬。近识文君操作苦，侍臣无复鹔鹴裘。

九阍财虎太纵横，请剑相看两不平。郭亮王调今寂寞，一时意气在倾城。

星高鱼钥一灯寒，贯索乌啼夜未阑。敢望金鸡天际下，妆楼小帖暂平安。

琉璃为匣贮冰霜，谏草琳琅粉泽香。笑泣牛衣儿女态，独将慷慨对王章。

今日初辞神武冠，明朝买棹白鸥滩。五湖大有同心客，弋外冥鸿天地宽。

此诗之后，接《寒甚善持君送被夜卧不成寐口占答之》二首。大约芝麓因旧案未销，尚有待讯等事，夜不归寓，故横波送被为卧具。诗云：

霜落并州金剪刀，美人深夜玉织劳。停针莫怨珠帘月，正为羁臣照二毛。

金猊深拥绣床寒，银剪频催夜色残。百和自将罗袖倚，余香长绕玉阑干。

诗中自称"羁臣",可为芝麓尚在待罪中之证。二人婚后静好,始终如一,于此可见横波之嫁芝麓,确出于真心诚意。

明年甲申(公元一六四四年),为明亡之年,芝麓有《上元词》和《善持君韵》一绝,可惜横波原诗已不传。芝麓在明末,颇自附清流,如不遇亡国惨变,以彼之清才丽句,亦属一时文坛俊杰,何至为人诟病。明朝之亡,不独民族之不幸,也是他的大不幸。但他虽然后来身受李闯伪封,入清也仍居官,被列入《贰臣传》中,而他始终没有"助纣为虐"之事,亦无如扬雄"剧秦美新"之举,至多是个贪生怕死的人罢了。他正和钱牧斋处境相同,为不明白文人处身乱世应付艰难者所指责,其实是很可怜的。读了他的《上元词》,我不禁对他下了这样的恕辞。诗云:

紫雾晴开凤关初,五侯弦管碧油车。芳闺此夕残灯火,独照孤臣谏猎书。

他陷入贼中的时候,关于横波的态度,有着两种相反的记载。一种是说她曾劝芝麓自杀的。龚道人《遇变记》略云:

顾归龚定山,官御史,李自成陷京师,谓龚曰:"若能死乎?我先就缢。"龚不能用,而是语传播缙绅,一时以为美谈。龚仍出为巡城御史。贼西窜,大众出城求生,顾恒俯拾尘土以自污,日暮危途,艰辛万状。

石斋《黄公逸事》中亦云:

顾氏自接公,时自怼。无何,归某官。李自成破京师，谓其夫能死，我先就缢。夫不能用，语在缙绅间，一时传为美谈。

另一说是说她阻止芝麓自杀的。《冷庐杂识》云：

龚以兵科给事中降闯贼，授伪直指使，每谓人曰："我原欲死，奈小妾不肯何！"小妾者，即顾媚也。见冯见龙《绅志略》。

《心史丛刊》云：

明季北略征逆诸臣六科给事中单：龚鼎孳，南直合肥籍，江西抚州临川人，崇祯甲戌进士，官兵科，伪直指使。每谓人曰："我愿欲死，奈小妾不肯何！"小妾者，所娶秦淮娟顾媚也。湖广按臣黄澍有疏。按：马士英疏定从逆案，亦及此语。

按此两个绝对相反的记载，究竟孰是孰非，本来可依照横波本人的性格来决定。可是一切记载，关于横波的个性，远不如卞赛、柳如是等的可考，令人印象模糊，简直无从下断。关于这，只好存疑，以待有新材料发现时再考定了。

《定山堂集》中，有《中秋日感怀》六首，当作于芝麓陷贼之后，降清之初，明寓亡国隐痛。因为后来的人都瞧不起他，所以都不加注意，其实都是有血有泪之作。诗云：

碧瓦朱楹半劫灰，曲池衰柳乱蝉哀。飞虹桥外清宵月，曾照含元凤辇回。

佳丽春残苑草荒，葳蕤金锁过斜阳。门前谁系青骢马，争道新开政事堂。

采风晓日旧暗珑，宝瑟尘生玉帐空。座上休文愁不语，金貌对数落花风。

万年枝上月黄昏，钟鼓沉沉掩涕痕。海内旧游胶漆解，故宫无复奏云门。

柴车日夕碾春沙，紫凤骄垂白鼻驹。只有玉河桥畔柳，解吹飞絮入宜华。

小叶疏花缀石斑，梳妆楼上隐烟鬟。千年云物惊弹指，又过销魂万岁山。

芝麓入清以后，仍为大官，然而终因娶横波一事，为人所劾，而至于降级调用。《清史稿·龚鼎孳传》云：

顺治元年五月，睿亲王多尔衮定京师，鼎孳迎降，授吏科右给事中，寻改礼科。二年九月，迁太常寺少卿。三年六月，丁父忧，请赐恤典。给事中孙垍龄疏言："鼎孳明朝罪人，流贼御史，蒙朝廷拔置谏垣，优转清卿，曾不闻夙夜在公，以答高厚，惟饮酒醉歌，俳优角逐。前在江南，用千金置妓，名顾眉生，恋恋难割，多为奇宝异珍以悦其心。淫纵之状，哄笑长安，已置其父母妻孥于度外。及闻父讣，而歌饮留连，依然如故。亏行灭伦，独冀邀非分之典，夸耀乡里，顾大肆其武断把持之谈，请饬部察核停格。"疏下部论，降二级调用。

孙垍龄所劾，固言之成理，但这是清廷对待降臣一贯的手段，不独对芝麓如是，对钱牧斋亦如是。就是吴梅村在强征入京为官，后来因丁忧辞职后，也常常因案牵累，使他终生不得安定。所谓欲加之罪，何患无辞，所以因芝麓而牵涉横波，乃是现成的题目。但据孟森所考据，那么垱龄所劾，也非无中生有。《心史丛刊》云：

> 所云闻讪而歌饮留连，实为确事。观集中丙戌南归，正匍匐扶亲之日而所至聚饮留题，与平时无异，且叙其哀戚之事，辄用大篇藻丽之词。盖芝麓于礼教大防，直为本性所不具，惊才绝艳，自是天赋，以此为乐，遂不择地而施之。集中五言排律，如南归舟中述怀寄秋岳，用杜工部寄司马严使君五十韵；如寄怀袁箨庵水部，用杜少陵寄刘峡州伯华使君四十韵，皆作于奔丧时山东道上，组织太工，若读者按其身世而论之，已足齿冷矣。

丙戌，即清世祖顺治三年（公元一六四六年），其时横波已二十八岁。夫妇联袂南下后，芝麓又获谴谪官，遂久不北上。直至顺治八年（公元一六五一年），始再赴阙。这五年中，多数时间，均寓居西湖之上，为他们一生中最愉快的时代。徐釚《词苑丛谈》云：

> 龚定山尚书与横波夫人月夜泛舟西湖，作《丑奴儿令》四阕，自序云："五月十四夜，湖风酣畅，月明如洗，繁星尽殓，天水一碧，偕内人素艇子于寓楼下，剥菱煮芡，小饮达曙。人声既绝，楼台灯火，周视悄然，惟四山苍翠，时时滴入杯底，千百年西湖，今日始独为吾有，徘徊顾恋，不谓人世也。酒语情话，因口占四调，以纪其事。子瞻有云：无地无月，但少闲人如我两人。予则谓何地无闲人，无事寻事，如吾两人者，未易多得尔。"

词长不录。读自序，可见二人在湖上生活恬静的一斑。芝麓于此时所作诗中，时见与横波同游踪迹。横波的《海月楼坐雨》诗（《香咳集选存》作《海月楼夜坐》），亦此时所作。诗云：

香生帘幕雨丝霏，黄叶为邻幕卷衣。粉院藤萝秋响合，朱栏杨柳月痕稀。寒花晚瘦人相似，石磴凉生雁不飞。自爱林中成小隐，松风一榻闭高扉。

诗中意境，已浑然不忆繁华旧梦，这时的她与在眉楼时的她，截然成为两个不相同的人了。和她在这时常来往的人，有女文学家吴岩子。《西泠闺咏》有《藕花居咏吴岩子卜篆生》诗，其小传云：

按：岩子初卜居石城青溪间，江东乱，乃与徐夫人智珠，登金焦，游虎阜，后至明圣湖，纵览孤山葛岭之胜，诗篇日富。

在《定山堂集》中，有许多和岩子的诗，皆作于顺治四五年间，中有《登北固》和《吴岩子韵》三首，大概就作于她们同登金焦的时候。其时横波的秦淮旧友董小宛亦已归冒辟疆，两人间亦常有音书来往。小宛著匿艳成，横波向之借阅，竭力促辟疆付梓。辟疆《影梅庵忆语》有云：

客春，顾夫人远向姬借阅此书，与龚奉常极赞其妙，促继梓之。余即当忍痛，为之校雠鸠工，以终姬志。

小宛殁于顺治八年新正二月，故知亦为横波居湖上时事。顺治八年，芝麓还京，以后诗中提到善持君者较少，大约他是有戒于前此孙埏龄的疏劾了。但此后芝麓居官，不但不甚得意，且时遭论责降级。顺治十三年（公元一六五六年），时横波已三十八岁，芝麓奉使入粤，携横波南下，至杭州而别。《定山堂集》中有《月夜虎林与善持君言别》及《善持君移舟相送》两诗，即此时所作。十四年，芝麓自粤归，不即返北，在十一月初三日。为横波开寿宴于秦淮，仍不减当年豪迈本色。《板桥杂记》记其事云：

> 岁丁酉，尚书挈夫人重游金陵，寓市隐园中林堂，值夫人生辰，设灯开宴，请召宾客数十百辈，命老梨园郭长春等演剧，酒客丁继之、张燕筑及二王郎（中翰王式之，水部王恒之）串王母瑶池宴。夫人垂珠帘，召旧日同居南曲呼姊妹行者与燕、李大娘、十娘、王节娘皆在焉。时尚书门人楚严某赴浙监司任，逗留居樽下，褰帘长跪，捧卮称贱子上寿。坐者皆离席伏，夫人欣然为罄三爵，尚书意甚得也。余与吴园次、邓孝威作长歌纪其事。

寿宴毕后，二人遂即北上。横波此后遂终老北京，没有出过远门。她居北京时，逸闻很多，最著名者有两事，一为读了朱竹垞词以千金相赠，见戴延年《秋灯丛话》：

> 国初，宏奖风流，不特名公巨卿为然，即闺中好尚亦尔。龚尚书芝麓顾夫人眉生，见朱竹垞词："风急也，潇潇雨；风定也，萧萧雨。"倾匣以千金赠之。

按：朱词见《江湖载酒集》，题为《阻风湖口》，用《酷相思》调。芝麓死后，竹垞有《龚尚书挽诗》八首，其第六首云：

别有新词丽，樽前赋物华，歌翻旧桃叶，笛按小梅花。檀板柳三变，金荃温八叉。江南断肠句，回首向谁夸？

末自注曰："公最赏予《阻风湖口》词。"不曰"夫人"而曰"公"，乃是竹垞识大体处。竹垞犹有题顾夫人《画兰》诗云：

眉楼人去笔床空，往事西州忆谢公。独有秦淮芳草色，轻纨匀染夕阳红。

那么便不但对龚有存殁之感了。一□脱徐州奇士阎古古于祸难。赵庆桢《青楼小名》录云：

夫人礼贤爱士，侠骨嶙嶒，阎古古被难，夫人匿之侧室中，卒以脱祸。

古古名尔梅，为清初逸民，不肯应清廷群试，为当事所忌，欲捕之，横波能不顾一切而匿救之，确属难能。故横波殁后，芝麓有《同古古伯紫诸君夜集限韵》六首，其末二律云：

更残动地朔风来，起舞重呼浊酒杯。自许梁松床下拜，争看李燮座中回。两都亡命尊佣保，万里题诗到草莱。明月寒霜人健在，芒鞋复壁未须哀。

二十余年感逝波，春风巷陌夕阳多。睡壶声急江潮断，金马吟成铁骑过。巴蜀有人传锦字，鄢陵何地问云罗。伤心青眼慕巾者，不见吾曹击筑歌。

后有小注云："追忆善持君，每佐余急朋友之难，今不可复见矣！"可见他们对于此事怀感之深，尤因为那时古古已得自由了。

当时文士，对横波皆称顾夫人，亦非泛泛美称，而为曾清廷封诰之故。《板桥杂记》云：

元配童氏，明两封孺夫人。龚入仕本朝，历官大宗伯。童夫人高尚，居合肥，不肯随仕京师，且曰："我经两受明封，以后本朝恩典，让顾太太可也。"顾遂得一品封典，改姓徐氏，世又称徐夫人。

据此文所记，那么芝麓的原配童夫人，也非一位平常巾帼。但横波自归芝麓后，始终无出，但她望子之心颇切。《板桥杂记》亦记其事云：

顾眉生既属龚芝麓，百计求嗣，而卒无子，甚至雕异香木为男，四肢俱动，锦绷绣褓，雇乳母开怀哺之，保母褰襁亦便溺状，内外通称小相公，龚亦不禁也。时龚以奉常寓湖上，杭人目为人妖。

这还是他们寓居西湖时的事。她后来生过一女，不幸又痘殇，所以终横波一生，没有一子一女。阮葵生《茶余客话》（《初刻》一卷本）云：

龚合肥司寇所宠横波夫人，生女婴痘殇，司寇为建醮于城外佛寺。时江南某上舍适寓寺中，寺僧以蟠幢屏联嘱其代书，及女婴灵前一联曰："已现童女身，而无寿者相。"次日，司寇见之，询其名籍，赠百金，力揄扬之，遂知名。

此上舍不知为何人，因横波丧女而得此侥幸，真是意想不到的。

横波死于清圣祖康熙三年（公元一六六四年），享年四十六岁。《板桥杂记》记她死时异状云：

嗣后还京师，以病死，敛时现老僧相。吊者车数百乘，备极哀荣，改姓徐氏，世又称徐夫人。尚书有白门柳传奇行于世。

她的身后哀荣，亦可于此文中见其一斑。但芝麓所作《白门柳传奇》，未见传本，否则她的一生历史，出于同梦者之手，一定有许多他人所不知道的资料。顺治五年（公元一六六六年）芝麓请假南下，携横波遗槥归葬。《定山堂集》中有《寒食感怀为善持君旅槥将南发》一诗。诗云：

寒食春风广柳时，两行人去惜临歧。吞声已是三年别，悲莫悲兮死别离！

上述横波的卒年，就是据这首诗来推定的。此后《定山堂集》中悼亡之作，倚有《善持君槥南归六如上人礼忏有作因和原韵》及《仲冬三日山左道中有感是日为善持君生辰》，后者作于同年回京途中，可见此次芝麓请假南归，纯粹为了归葬横波。再过九年，芝麓亦下世。

横波居秦淮时已以善画兰出名，归芝麓后，声价既高，求者更众。《板桥杂记》云：

尚书雄豪盖代，视金玉如泥沙粪土，得眉娘佐之，益轻财，好怜才下士，名誉盛于往时，客有求尚书诗文及乞画兰者，缣笺动盈笑笥，画款所书横波夫人者也。

但她的画也并不因人而重，固为一代绝诣。《画徵录》云：

顾媚字眉生，又名眉，号横波，龚宗伯芝麓妾，工画兰，独出己意，不袭前人法。

陈维崧《妇人集》亦云：

顾夫人识局朗拔，尤擅画兰蕙，萧散落拓，畦径都绝，固当时神情所寄。

除兰花外，她也偶画人物，女文学家汪端诗的自注中，曾两次题到她曾摹小青画像（见《自然好学斋诗钞》），于此可见她艺事的精深。

她的遗诗与诗，除已见前引者外，尚有多首，因不明写作时期，所以一起钞在这里，作为本文的结束。《醉杨妃·菊》云：

一枝篱下晚含芳，不肯随时作淡妆。自是太真酣宴罢，半偏云髻学轻狂。

《忆秦娥·闺怨》云：

花飘零，帘前暮雨风声声；风声声，不知侬恨，强
要侬听。　　妆台独坐伤离情，愁容夜夜羞银灯；羞银
灯，腰肢瘦损，影亦伶仃。

《虞美人·答远山夫人寄梦》云：

明春一别鱼书悄，红泪沾襟小。却怜好梦渡江来，
正是离人无那倚妆台！　　朱栏碧树江南路，心事都如
雾。几时载月向秦淮，收拾诗囊画轴称心怀？

《千秋岁·送远山李夫人南归》云：

几般离索，只有今番恶。塞柳凄，宫槐落。月明芳
草路，人去真珠阁。问何日、衣香钗影同绡幕？　　曾
寻寒食约，每共花前酌。事已休，情如昨。半船红烛
冷，一棹青山泊。凭任取，长安裘马争轻薄。

远山李夫人不知为谁，观二词情意，知非泛泛之
交。"几时载日向秦淮"，大约夫人亦为金陵人，横波在
北京时，曾招之北游，及返，作词送之，故题为《送远
山李夫人南归》。梁乙真评曰：

词幽婉而有顿宕，情文兼至，女子中卓然名家，非
戋戋者所能望其项背也。

可见其造诣之深。
本文系依据《板桥杂记·横波小传》而作，更排比

一生事迹，而证之以诸家笔记诗文所载。但困难中手头乏书，故遗漏不多，补缀之工，当俟之异日。

一九四三、三、二五，下午完稿

（原载《万象》一九四三年第二卷第十二期，发表时用笔名谭雯）

《长恨歌》本意

陈鸿在《长恨歌传》的末段，叙述白乐天作歌和他作传的旨趣道：

元和九年（公元八一四年）冬十二月，太原白乐天自校书郎尉于盩厔。鸿与琅邪王质夫家于是邑，暇日相携游仙游寺，话及此事，相与感叹。质夫举酒于乐天前曰："夫希代之事，非遇出世之才润色之，则与时消没，不闻于世。乐天深于诗多于情者也。试为歌之，如何？"乐天因为《长恨歌》。意者不但感其事，亦欲惩尤物，窒乱阶，垂于将来者也。歌既成，使鸿传焉。世所不闻者，予非开元遗民，不得知。世所知者，有《玄宗本纪》在。今但传《长恨歌》云尔。

对于这段文字，历来读者皆草草读过，谁都没有领会到中间含有什么特殊的用意。独今人俞平伯替它下解释道：

在此所点此歌之作意，主要是感事，次要是讽谏。

夫事既非真，感之何为？则其间必明明有一事在焉，非寓言假托之匹。云将引为后天之大戒，则其事殆丑恶，非风流佳话也。乐天为有唐之诗史，所谓以出世之才记希代之事情，岂以欣美豪奢，描写燕昵为能事哉？遇其平铺直叙处俱不宜正看，所谓繁华，其淫纵也；所谓风流，其丑恶也。按而不断，其意自明。陈鸿作传，惟恐后人不明，故点破之。

　　至作传之故，在此亦已明言。若非甚珍奇之事，则只作一歌可矣，只作一传亦可矣，初不必作歌之传，屋上架屋，床上叠床也。使事虽珍奇而歌意能尽且易知者，则传虽不作亦可也。惟其两不然，此传之所以作也。可分为三层述之：歌之作意，非传将不明，一也；事既隐曲，以散文叙述较为明白，二也；传奇之文体，其时正流行，便于传布，三也。其尤可注意者为"世所不闻者"以下数语，其意若曰当时之秘密，我未亲见亲闻，自不得知，若人人皆知，明皇贵妃之事，则载在正史，又不待我言，我只传《长恨歌》中所述这一段异闻而已。……（《〈长恨歌〉及〈长恨歌传〉的传疑》）

　　他对于《长恨歌》及《长恨歌传》所写故事，一则曰"事既隐曲"，再则曰"当时之秘密"，三则曰"这一段异闻"；所谓"隐曲"，所谓"秘密"，所谓"异闻"，当然为常人所不知，且为正史所不载。但明皇之立贵妃，及贵妃马嵬之死，正史非不登载，所不载者为道士访魂一事。平伯即着力于此事的探索，证明贵妃实未死于马嵬之变。当时六军哗动，杨国忠被诛，贵妃为军士所得，遂被奸污，继续流落为迹近娼妓的女道士。及两京恢复，明皇回长安，求尸不得，始知其未死。然以一朝贵妃之尊，既遭堕落，当然覆水难收。所以明皇虽命人探得其所在，而无法重圆旧梦。所谓长生私语，所谓金钗钿合，均系实事实物，非梦中所能取得。其最重要者为"上穷碧落下黄泉……"两句，既云不在天下，亦不在地下，则不死可知。但此事有关国家体面，不独史臣不能直书于史册，即诗人文士自亦不便据实以写为诗文。白居易以写实诗人著名，而对于此事不能不为曲笔，即因此故。明白了这个"隐曲"再来读《长恨歌》，方知《长恨歌》不仅是一篇缠绵哀艳的叙事诗，而又是一首保存历史真相的史诗，其价值绝非《琵琶行》等可同日而语。

平伯的《〈长恨歌〉及〈长恨歌传〉的传疑》一文，专在阐明此事。独惜旁证尚少，不能即认其事为确切不移。今以《长恨歌》为主，附以平伯的传疑，间加己意，偶亦引《长恨歌传》参证，将此事再作一番考证。旧事重提，或能引起更多人的注意。

《长恨歌》云：

汉皇重色思倾国，御宇多年求不得。杨家有女初长成，养在深闺人未识。天生丽质难自弃，一朝选在君王侧。回眸一笑百媚生，六宫粉黛无颜色。

俞平伯云："所谓'汉皇重色思倾国'是明皇不负杨妃，负国家耳。开门见山，断语老辣。"故云："'汉皇重色思倾国'，自取灭亡也。'杨家有女初长成，养在深闺人未识'，明明真人面前打谎语。史称开元二十三年（公元七三五年）冬十二月册寿王妃杨氏，至天宝四载（公元七四五年）秋七月册寿王妃韦氏，八月以杨太真为贵妃。太真为寿王妃十余年之久，始嫔于明皇，乃曰：'初长成''人未识'，非恶斥而何？若曰回护，则上讳尊者方宜含胡掩饰，何必申申作反语哉？今既云云，则惟恐后人忽视耳。且其言与传意枘凿。传云：'诏高力士潜搜外宫，得宏农杨元琰女于寿邸，既笄矣。'其中亦有曲笔，如不曰寿王妃而曰杨女，不曰既嫔而曰既笄；然外宫与深闺其不同亦甚矣。读者或以'宛转峨眉'之句，疑玉环若未死于马嵬，则于文义为牴牾，请以此喻之。试观此二语，亦可如字解否？"平伯欲证明"《长恨歌》中本有些微词曲笔，非由一二人之私见附会而云然"，所以把"杨家有女……"二句特别为之诠释。此二句既有所谓"微词曲笔"在内，那么写"马嵬之变"以后的事不用"曲笔"，乃作者当有的态度，便毫不足怪了。

春寒赐浴华清池，温泉水滑洗凝脂。侍儿扶起娇无力，始是新承恩泽时。云鬓花冠金步摇，芙蓉帐暖度春宵。春宵苦短日高起，从此君王不早朝。承欢侍宴无容暇，春从春游夜转夜。后宫佳丽三千人，三千宠爱在一身。金屋妆成娇侍夜，玉楼宴罢醉和春。姊妹弟兄皆列土，可怜光彩生门户。遂令天下父母心，不重生男重生女。

此段专写杨妃受宠情形，其中亦颇有"微词"；但既为人所习知，且无"曲笔"在内，故不为多作解释。

骊宫高处入青云，仙乐风飘处处闻。缓歌慢舞凝丝竹，尽日君王听不足。渔阳鼙鼓动地来，惊破霓裳羽衣曲。九重城阙烟尘生，千乘万骑西南行。翠华摇摇行复止，西出都门百余里。六军不发知奈何，宛转蛾眉马前死。花钿委地无人收，翠翘金雀玉搔头。君王掩面救不得，回看血泪相和流。

　　传写马嵬之变，则云："上知不免而不忍见其死，反袂掩面，使牵之而去，苍黄展转，竟就绝于尺组之下。"俞平伯以为传与歌"其所叙述有两点相同，可注意。一、传称不忍见其死，反袂掩面，使牵之去，是玉环之死，明皇未见也。歌中有'君王掩面'之言，是白陈二氏说同。二、歌称'宛转蛾眉马前死'。即传之'苍黄展转竟就绝于尺组之下'也。'宛转'即'展转'，而传意尤明白。苍黄展转，似极其匆忙捣乱，而竟就绝于尺组之下者与夫死于马前之蛾眉，究竟是否贵妃，其孰知之哉？而明皇固掩面反袂未见其死也。歌中"花钿"句，似有微意。此二句就文法言，当云花钿、翠翘、金雀、玉搔头，委地无人收，诗中云云，叶律倒置耳。诸饰物狼藉满地，似人蝉蜕而去者然。《太真外传》云：'妃死之日，马嵬妪得锦幻袜一双，相逢过客一玩百钱，前后获钱无数。'不特诸饰物纷堕，并锦袜亦失其一，岂不异哉？使如正史所记，命力士缢杀贵妃于佛堂，与尸置驿庭，召玄礼等人观之，其境况殆不至如此也。窃以为当时六军哗溃，玉环直被劫辱，挣扎委顿，故钗细委地，锦袜脱落也。明皇则掩面反袂，有所不忍见，其为生为死，均不及知之。诗中明言'救不得'，则赐死之诏旨当时殆决无之。传言"使牵之而去"，大约牵之去则有之，使乎使乎？未可知也。后人每以马嵬事訾三郎之负玉环，冤矣。其人既杳，自不得不觅一替死鬼，于是'蛾眉'苦矣，既可上覆君王，又可下安六军，驿庭之尸俾众人观者，疑即此君也。或谓玄礼当识贵妃，何能指鹿为马？然玄礼既身预此变而又不能约束乱兵，则装聋作哑，含胡了局，亦在意中。故陈尸入视，即确有其事，亦不足破此说。至《太真外传》述其死状甚悉，乐史宋人，其说固后起，殆演正史而为之。"

黄埃散漫风萧索,云栈萦回登剑阁。峨眉山下少行人,旌旗无光日色薄。蜀江水碧蜀山青,圣主朝朝暮暮情。行宫见月伤心色,夜雨闻铃肠断声。天旋地转回龙驭,到此踌躇不能去。马嵬坡下泥土中,不见玉颜空死处。

俞平伯云:"玉皇以死闻,明皇自无力根究,至回銮改葬,始证实其未死。改葬之事,传中一字不提。歌中却说得明明白白,'马嵬坡下泥土中,不见玉颜空死处'。夫仅言马嵬坡下不见玉颜,似通常凭吊口气;今言泥土中不见玉颜,是尸竟乌有矣,可怪孰甚焉?后人求其说而不得,从而为之辞,曰肌肤消释(《太真外传》),曰乱军践踏(《秋夜梧桐雨杂剧》),曰尸解(《长生殿传奇》),其实皆牵强不合。予谓《长恨歌》分两大段,自首至'东望都门信马归'为前段,自'归来池苑皆依旧'至尾为后段,而此两句实为前后段之大关键。觅尸既不得,则临筑道士之上天下地为题中应有之义矣。其实明皇密遣使者访问太真,临筑道士鸿都客则托辞耳;歌言'汉家天子使',传言'使者',可证此意。"

君臣相顾尽沾衣,东望都门信马归。归来池苑皆依旧,太液芙蓉未央柳。芙蓉如面柳如眉,对此如何不泪垂?春风桃李花开日,秋雨梧桐叶落时。西宫南内多秋草,落叶满阶红不扫。梨园弟子白发新,椒房阿监青娥老。夕殿萤飞思悄然,孤灯挑尽未成眠。迟迟钟漏初长夜,耿耿星河欲曙天。鸳鸯瓦冷霜华重,旧枕故衾谁与共?悠悠生死别经年,魂魄不曾来入梦。

此段写明皇忆旧,颇具缠绵之致。传写明皇回都后,

"就养南宫。自南宫迁于西内。时移事去，乐尽悲来。每至春之日，冬之夜，池莲夏开，宫槐秋落，梨园弟子，玉琯发音，闻霓裳羽衣一声，则天颜不怡，左右唏嘘。三载一意，其念不衰。求之梦魂，杳不可得"。歌中的"魂魄不曾来入梦"及传中的"求之梦魂杳不可得"，均可当作太真不死的暗示。由传中"三载一意"一语，可知明皇使人密访太真所在，乃在回都三年之后，亦即明皇卒年，时为肃宗宝应元年（公元七六二年）。

临邛道士鸿都客，能以精诚致魂魄。为感君王辗转思，遂教方士殷勤觅。排空驭气奔如电，升天入地求之遍。上穷碧落下黄泉，两处茫茫皆不见。忽闻海上有仙山，山在虚无缥缈间。楼阁玲珑五云起，其中绰约多仙子。中有一人名玉妃，雪肤花貌参差是。

传云："方士乃竭其术以索之，不至。又能游神驭气，出天界，没地府以求之，不见。又旁求四虚上下，东极大海，跨蓬壶。见最高仙山，上多楼阙，西厢下有洞户，东乡，阖其门，署曰玉妃太真院。"俞平伯云："观其访问之迹，又极其奇诡……最不可解者为碧落黄泉皆无踪迹，而乃得之海山。人死为鬼宜居黄泉，即诗人之笔不忍以绝代丽质付之沈沦，升之碧落可矣，奚必海山哉？且歌传之旨俱至明晰，传云'旁求四虚'，明未曾升仙作鬼，仍居人间也。歌云'两处茫茫皆不见'，意亦正同。'忽闻'以下，尤可注意，自'海上有仙山'至'花貌参差是'，皆方士所闻也。使玉妃真居仙山，则孰见之而孰言之，孰言之而孰闻之耶？岂如长生殿所言天孙告杨通幽耶？夫马嵬坡下泥土中既失其尸矣，碧落黄泉既不得其魂魄矣，则羁身海山之太真，仙乎，鬼乎，人乎？明眼人必能辨之。且歌中此节，多狡狯语。'山在虚无缥渺间'，是言此亦人间一境耳，非必真有如此之海上仙山也。'其中绰约多仙子'，似群雌粥粥，太真盖非清净独居，唐之女道士院迹近倡家，非佳语也。'中有一人字太真'，上甫云多仙子，而此偏曰中有一人，明明点出'人'字。'雪肤花貌参差是'，是方士未去以前，且有人见太真矣，其境界如何，不难想见。"

金阙西厢叩玉扃，转都小玉报双成。闻道汉家天子使，九华帐下梦中惊。揽衣推枕起徘徊，珠箔银钩迤逦开。云鬓半偏新睡觉，花冠不整下堂来。风吹仙袂飘飘举，犹似霓裳羽衣舞。玉容寂寞泪阑干，梨花一枝春带雨。含情凝睇谢君王，一别音容两渺茫。昭阳殿里恩爱绝，蓬莱宫中日月长。回头下望人寰处，不见长安见尘雾。空持旧物表深情，钿合金钗寄将去。钗留一股合一扇，钗擘黄金合分钿。但教心似金钿坚，天上人间会相见。临别殷勤重寄词，词中有誓两心知。七月七日长生殿，夜半无人私语时。在天愿作比翼鸟，在地愿为连理枝。天长地久有时尽，此恨绵绵无绝期。

歌及传写方士见太真，都正在她睡起的时候，传云："碧衣云，玉妃方寝，请少待之。于时云海沉沉，洞天日晓，琼户重阖，悄然无声，方士屏息敛足，拱手门下。久之，而碧衣延入……"俞平伯云："依传言，方士待之良久，依歌言，玉妃起的极仓皇，既曰：'梦魂惊'，而'云鬓''花冠'两句又似钗横鬓乱矣。其间有无弦外微音，不敢妄说。"又云："传为传奇体，小说家言或非信史，而白氏之歌行实诗史之巨擘。若所闻非实，又有关碍本朝，乌得而妄记耶？至少，宜信白氏之确有所闻，而所闻又惬合乎情理；否则，于尚论古人有所难通。吾辈既谓方士觅魂之说为非全然无稽，则可进一步考审其曾见杨妃与否；因使觅杨妃是一事，而觅着与否又是一事。依歌传所描写，委宛详尽明画如斯，似真见杨妃矣，然姑置不论。方士（姑以方士名之）持回之铁证有二，一为钿合金钗，二为天宝十载密誓之语。夫钗盒或可偷盗取取（近人有以'翠钿委地'句为钗盒之来源，亦未必然），而密誓殊难臆造。观传曰：'夜殆半，休侍卫于东西厢，独侍上。上凭肩而立，因仰天感牛女事，密相誓心，愿世世为夫妇，……此独君王知之耳。'歌曰：'七月七日长生殿，夜半无人私语时。'曰'独侍'，曰'凭肩'，曰'无人私语'，是非方士所能窃听也。窃听既不得，臆造又不能，是方士确已见太真也。钿盒金钗人间之物，今分携而返，是且于人世见太真也。至于'天上人间会相见'，则以空言结再生之缘耳，正如玉溪生所云'海外徒开更九州，他生未卜此生休'，非有其他深意。'昭阳殿里恩爱绝，蓬莱宫中日月长'，明谓生离，不谓死别；况太真以贵妃之尊，乃不免风尘之劫，贻斗壶之玷，可恨孰甚焉。故结之曰：'天长地久有时尽，此恨绵绵无绝期'，言其耻辱终古不泯也。否则，马嵬之变，死一妇人耳，以'长恨'各篇，果何谓耶？"

《长恨歌》和《长恨歌》传的本事既然这样，但歌传之作，迄今已逾一千余年，不独当时及稍后的野史均未载及，即后人对之生疑问者亦从未之闻，这不知为什么缘故？俞平伯所说，虽无旁证，但言之有因，非无根澜语可比。本文除录平伯语外，毫无其他发明；乡居非无书可考，实因当时"讳莫如深"，以致书简有缺。白氏一歌，陈氏一传，虽为曲笔，已是"鲁殿灵光"了！

（原载《自由评论》一九四三年第一卷第二期，发表时用笔名谭雯）

狸猫案抉真

"狸猫换太子"是宋代以来流行民间的一大传说，南宋金元已演为戏文和杂剧，明清两代更演为通俗小说，到了民国初年，改良京戏的"狸猫换太子"还在舞台上连台几十本的演出。这传说中的主要人物虽大都实有其人，但却实无其事。不过宋仁宗和他嫡母刘太后及生母李宸妃之间，在当时确曾有过一件不小的纠葛，幸亏他们中间没有一个是性情暴戾和器量狭隘，所以没有演出惨愁的悲剧来。现在根据正史和当时野史所载，把这个纠葛的前因后果一一爬剔出来，并考出狸猫传说的起因及其相互关系，以当茶余谈话之助。

这个纠葛的经过，在正史上已载得很是明白。《宋史·后妃传》云：

> 李宸妃，杭州人也……初入宫，为章献太后侍儿。庄重寡言，真宗以为司寝。既有娠，从帝临砌台。玉钗坠。妃恶之。帝心卜："钗完，当为男子。"左右取以进，钗果不毁。已而生仁宗……仁宗即位，为顺容，从守永

《茶话》刊影

定陵……初仁宗在襁褓，章献（即刘后）以为己子，使杨淑妃保视之。仁宗即位，妃嘿处先朝嫔御中，未尝自异。人畏太后，亦无敢言者。终太后世，仁宗不自知为妃所出也。明道元年，疾革，进位宸妃。薨，年四十六。初章献太后欲以宫人礼治丧于外，丞相吕夷简奏礼宜从厚。大后遂引帝起。有顷，独坐帘下，召夷简问曰："一宫人死，相公云云，何欤？"夷简曰："臣待罪宰相，事无内外，无不当预。"太后怒曰："相公欲离间吾母子耶？"夷简从容对曰："陛下不以刘氏为念，臣不敢言。尚念刘氏，则丧礼宜从厚。"太后悟，遂曰："宫人，李宸妃也。且奈何？"夷简乃请治丧用一品礼，殡洪福院。夷简又谓入内都知罗崇勋曰："宸妃当以后服殓，用水银实棺。异时勿谓夷简未尝道及。"崇勋如其言。后章献太后崩，燕王为仁宗言："陛下乃李宸妃所生，妃死以非命。"仁宗号恸，顿毁，不视朝累日，下哀痛之诏自责，尊宸妃为皇太后，谥庄懿。幸洪福寺祭告，易梓宫，亲哭视之。妃玉色如生，冠服如皇太后：以水银养之，故不坏。仁宗叹曰：其他诸臣之不信任，尤足显吕夷简处置此事之有见。

但在宋人王（铚）所作《默记》里，却以发覆者为曾保视仁宗的杨淑妃；所写当时追查情形，又十分紧张严重：

章献李太后生昭陵（即仁宗），而终章献之世，不知章懿为母也。章懿卒，先殡奉先寺。昭陵以章献之崩，号泣过度。章惠太后（即杨淑妃，后封太妃，刘后卒后，尊为太后）劝帝曰："此非帝母；帝自有母宸妃李氏，已卒，在奉先寺殡之。"仁宗即以犊车巫走奉先寺，撤殡观之。在一大井上，四铁索维之。既启棺，而形容如生，略不坏也。时已遣兵围章献之第矣；既启棺，知非鸩死，乃罢遣之。

此书写仁宗于刘后之死，号泣过甚，可见刘后之于仁宗，或竟过于生母之待嫡子，后来仁宗明白宸妃非死于非命后"过刘氏加厚"，亦即为这缘故。而杨淑妃的说穿，全由于欲减除仁宗的哀痛，当时最关怀仁宗而能劝慰仁宗者，也只有她一人最为相宜。司马光《濠水记闻》有云：

仁宗幼冲，章献性严，动以礼法禁约之，未尝假以颜色。章惠以恩抚之。上多苦风痰，章献禁虾蟹海物，不得进御，章惠尝藏弆以食之，曰："太后何苦虐吾儿至此！"上由是怨章献，而亲章惠，谓章献为大娘，谓章惠为小娘。及章献崩，尊章惠为太后，所以奉事，曲尽恩意。

从这记载里所见的刘后，极能持大体，待仁宗实外庄而内慈。而杨淑妃不过是妇人之仁，以姑息为爱，且有意破坏他们母子间感情之嫌。所谓"上由是怨章献"，是一时小孩子的见地，后来仁宗岁大有识，自能分别刘后的禁御虾蟹海物，与杨椒妃的藏弆以食之，孰为真正爱己。看了这段记载，那么杨淑妃的说穿仁宗为宸妃所生，似乎属于有意发覆示惠，而不因于仁宗的号泣过度了。

至于王明清《挥麈后录》所记真宗幸李宸妃而生仁宗的经过，和《宋史》所载完全不同，且又含有神话的意味。《挥麈后录》云：

章懿李后，初在侧微事章献明肃。章圣（即真宗）偶过阁内，欲盥手。后捧洗而前。上悦其肤色玉耀，与之言。后奏："昨夕忽梦一羽衣之士，跣足从空下，云，来为汝子。"时上未有嗣，闻之大喜曰："当为汝成之。"是夕召幸，有娠。明年，诞昭陵。昭陵幼年，每穿履袜，即巫令脱去，常徒步禁内。宫内皆呼为赤脚仙人。……

据此，则李宸妃之得幸，全属自荐，后来刘后的不因生子而优待她，一半当由于她乃自己的侍儿，一半或即由于看不起她。而仁宗为赤脚仙人下凡，那么《贵耳集》和《养疴漫笔》也有记载，大约倒是当时真正"人言其可信哉？"遇刘氏加厚。……

这传里记仁宗母子间的纠纷，大部依据《邵氏闻见录》，可称是很直率的了。据此可见当初的幸而没有造成悲剧，却是吕夷简之功居多。在夷简初意，或因身为宰相，恐将来事发波及，所以不得不以力争，且为设计，但结果反使刘氏蒙受大利。观刘后之于李宸妃，也没有什么大过恶，因为在民间，妇人自己不生儿子，取他人所生为己子而想使他永远不知生母是谁的，几乎随处都有。她们的动机，不过出发于欲使儿子观己如生母而心不向外，虽属自利，但非歹意。如果刘后换了赵飞燕、武则天一流人，那么早把李宸妃不是明做便是暗弄掉了，岂不绝了后患？所遗憾者，是使仁宗"终刘后世，不自知为妃所出"，而不能稍尽孝道。仁宗对于刘后如有怨恨，亦仅在此一事。但燕王"妃死以非命"一语，几造成大狱，幸而刘后当时从夷简之议，终至获得仁宗"人言其可信哉"的谅解语。然也由于刘后平时待仁宗全如嫡子，否则母子情深，外言易入，亦不见得肯就此罢休。所以这幕悲剧的没有造成，也是间不容发的事了。

但《续资治通鉴》所载，夷简于李宸妃之丧，除谏太后用一品礼，命罗崇勋用水银实棺外，还有力争出丧路由一事：

……有司希太后旨，言岁月未利，时有诏欲言城垣以出丧，夷简遂求对。太后揣知其意，遣崇勋问之。夷简言："盘垣非礼，丧宜自西华门出。"太后复遣崇勋曰："岂意卿亦如此！"夷简曰："臣位宰相，理宜廷争。太后不许，臣终不退！"崇勋三反，太后犹不许。夷简正色谓崇勋曰："宸妃诞育圣躬，而丧不成礼，异日必有受其罪者，莫谓夷简今日不言也！"崇勋惧，驰告太后，乃许之……

看了这段文字，更可见当时夷简的顾虑周详，而始终仅由他一人出而力争。《续资治通鉴》所记刘后死后案发情形，亦与《宋史》略异：

皇太后既崩，左右有以宸妃事闻者，（原注："考异"《通鉴续编》云："荆王元俨为帝言。"）帝始知为宸妃所生，号恸累日不绝……追尊宸妃为皇太后……或言太后死于非命，丧不成礼，帝亦疑焉，因易梓宫。帝遣太后弟李用和亲之，则容貌如生，服饰严具。用和入告。帝叹曰："人言其可信哉！"遇刘氏加厚。

就事论事，似这段记载较《宋史》为优。《考异》引《通鉴续编》所云系"荆王元俨为帝言"，荆王即《宋史》之燕王亦称八王，为真宗之弟，仁宗之叔父。

此文以"言太后死是非命"者为另外一人，亦较有见地。至以遗祖者即为宸妃弟李用和，更可见当时仁宗对的民间传说。《贵耳集》云：

真宗久无嗣，用方士拜章至上帝所，有赤脚大仙微笑。上帝即遣大仙为嗣，大仙辞之。帝曰："当遣几个好人去相助。"仁宗在禁内未尝著鞋袜，惟坐殿尚鞋袜，下殿即去之。

宋朝的皇帝都信道教，真宗无嗣而祷，自是事实。而仁宗好赤足，且朝上多良相，即为构成这传说的重要因子。至于上帝使赤脚大仙下凡云云，这自然仅仅是个传说，那会有这事呢?

《续资治通鉴》以发视李宸妃者为李用和，即依据苏辙《龙川别志》。其文云：

章献既没，或疑章懿之丧。仁宗遣李用和发其葬，视之，容貌如生。使者驰入奏，仁皇于章献御前焚香泣告曰：

"自今大娘娘平生分明矣。"仁宗谓刘氏母大娘娘，杨氏为小娘娘。

仁宗对于刘后的态度，在这里尤为明显。盖当时虽有人进谗言，而仁宗独不肯信，其所以发视遗椁者，亦为了要□一般之疑，所以后来亦并不因知道了自己是李宸妃所生，而遂忘却刘后过去待己之恩。反之，亦可以见刘后之待仁宗。

李宸妃和其弟李用和的出身，可于魏泰《东轩笔录》一条中窥见一斑：

　　章懿李太后始入披庭，才十馀岁，唯有一弟七岁。太后临别，手结刻丝鏧囊与之，拍其肩，泣曰："汝虽沦落颠沛，不可弃此囊。异时我若遭遇，必访汝，以此为物色也。"后其弟佣于鏧纸家，常以囊悬胸臆间，未尝斯须去身。一日，苦下痢，势将不救，为纸家弃于道左。有入内院子者，见而怜之，收养于家，怪其衣服百结，而胸悬绣囊，因问之，具以告。院子恧然惊异，盖尝受旨于太后，今物色其弟也。后问其姓氏小字甚悉，并解其囊，持入示太后。是时已封宸妃，生仁宗矣，闻之悲喜，遽以事白真宗。遂官之为右班殿直，即所谓李用和也。仁宗主，领节钺，世谓之李国舅。

　　《宋史》以封宸妃在仁宗时，且即在她死的一年，而这里却以为在真宗时生仁宗而封，似较《宋史》为合理。观于刘后对于她的丧葬尚不肯加以优礼，那么那时尚在刘后垂帘听政之时，安有无缘无故地封她为宸妃之理？而且即使加封，对先朝嫔妃，亦应加以"太"字，否则不成为仁宗的嫔妃了吗？《宋史》是一部拼凑的书，编者不曾下过考据功夫，所以所载往往不合事理，或张冠李戴。但这都非本文范围要说的事，暂止于此。

　　看了《东轩笔录》所记，知道李宸妃是以秀女被选入宫的。在专制时代皇帝选用秀女，为当时一大虐政，不独使骨肉永离，伤了天下不知多少父母的心，更拆散了世上不知多少良缘佳偶，牺牲了不知多少兰质蕙心。李宸妃幸而得幸了，而且还生了太子。应该可以得意了，但尚为刘后所制，终她一生仍不能出头。可见女子永远只是个悲剧的主人公！至刘后的所以入宫，却和李宸妃不同，完全出于偶然。《涑水厄闻》云：

　　章献刘后本蜀人，善播鼗，蜀人龚美携之入京。美以锻役为业，时真宗为皇太子，尹开封，美因锻得见。太子语之曰："蜀妇人多才慧，汝为我求一蜀姬！"美因纳后。太子见之，大悦，宠幸专房。太子乳母恶之。太宗尝问乳母："太子近日容貌瘦瘠，左右有何人？"乳母以后对。上命去之。太子不得已，置于殿侍张耆之家。耆避嫌，遂不敢下直。未几，太宗晏驾，太子即位，复召入宫。

　　照文意看来，刘后原是龚美的婢妾，来历是不明不白的。所以后来做了皇后后，照例应该思及她的宗族了，如李宸妃尚不忘她的兄弟李用和，杨淑妃弟杨贵宗亦因姊封官，而她独是无家族可以封赏。她因无从光耀门楣，遂想攀附几个当时有地位的同姓者，而故予以优惠，但都为他们拒绝。如《画墁录》所载：

　　刘综知开封府，一日，奏事毕，真庙从容曰："卿与后宫近蜀，已拟卿差遣，当知否？"综色变，作奏音曰："臣本是河中府人，出于孤寒，不曾有亲戚在宫内。"未几，出守庐州。

　　又如《邵氏闻见录》所载：

　　刘烨为龙图阁直学士，权开封尹，明肃太后朝，独召对。后曰："知卿各族十数世，欲一见卿家谱，恐与吾同宗也。"烨曰："不敢！"后数问之。度不可免，因陛对为风眩，仆而出，乞出知河南府。

　　她不幸而刚巧逢到这两位姓刘的都是耿介之士，在别人正欲攀龙附凤而不得，而他们反避之若挽。当时士大夫风节未堕，于此可见一斑。但刘后也不是一个但知仗着势、擅作威福的无识妇人。她极有才干，在真宗晚年，已经预闻政事；真宗死后，仁宗幼弱，她垂帘听政，至十一年之久，而国事没有废弛。而且她对于臣下，也很能行使权术，非一般凡君所能。《默记》中有一条云：

> 章献太后智聪过人，其垂帘时，一日，泣语大臣："国家多难，向非宰执同心协力，何以至此？今山陵事毕，卿等可具子孙内外亲族姓名来，当例外一一尽数推恩。"宰执不悟，于是尽具三族亲戚姓名以上。明肃得之，各画成图，黏之寝壁，每有进拟，必先观图，非两府亲戚，方除之。

我以为她如果生于现代，能够受到现代式的教育，懂得政治学，一定会成功一个大政治家的。

那么"狸猫换太子"的传说怎样全附会到她们身上去的呢？今人钱静方《小说丛考》中《狸猫换主剧本考》条云：

> 小说以断后事属之包拯者，盖亦有故。按：王铚《默记》载有王氏女自言得幸神宗，生子冷青，以绣抱肚为验。赵荣、包拯鞫得其奸诈状，处以死刑。是包公所断者系神宗时事，且又与小说所云相反也。

此说很是。按《默记》所载其详情如下：

> 皇祐二年，有犯人冷青，言：母王氏本宫人，因禁中大出外。已尝得幸有娠，嫁冷绪而后生青。诣府自

陈，并妄以神宗与其母继抱肚为验。知府钱明逸……以犯人，置不闻，止送汝州偏管。推官韩绛上言："青留外非便，宜按正其罪，以绝群疑。"翰林学士赵荣概亦言："青果然，岂宜出外？若其妄言，则匹夫而希天子之位，法所当诛。"遂命概并包拯按得奸状……处死。钱明逸落翰林学士，以大龙图知蔡州……诛青时，京师昏雾四塞。……

　　这事既发生于皇祐二年，其时距刘后之死仅十八年，为仁宗在位第二十九年，下距真宗之立，尚有一十五年，距神宗则十有九年，故文中神宗云云，自属错误，但今人胡适改为英宗，亦不准确，照文意推之，神宗应作真宗。盖若为仁宗，则王氏有否其人，仁宗安有不知之理，冷青决不敢贸然妄言；其所以敢妄言者，以事属先朝，一时不易推查，所以敢伪造证物，向官自陈。而且据文意，那时其母王氏亦已亡故，否则当同被驱逐，同样处罪，那么更可见王氏在宫中的时期，必远在二十九年以前的先朝了。

　　总之，刘后因独得真宗之宠，致其他妃嫔多数向隅，乃是可有之事，因为有了不使仁宗知道生母一事，更有了冷青的冒充皇胤，于是以讹传讹，到了南宋以后，就产生了"狸猫换太子"的无稽传说了。我们看了后人加予武则天的种种恶意诬陷，那么对于一位富于干才而工执政十一年的刘后，自然即无不使仁宗知道生母一事，亦必加以诛伐，在"狸猫换太子"传说里她所以称为一个恶人，其理由不过如此罢了！

一九四六、六、三〇，晚灯下
（原载《茶话》一九四五年，发表时用笔名群梧）

李义山诗的钥匙

——锦瑟诗

凡爱读唐诗的人，莫不知有李义山；凡读过义山诗的人，莫不叹其无题诸作为惊才绝艳。但爱读者尽多，赞美者尽多，而无题诸作的难解，虽历千年而仍旧。岂不是诗坛憾事？元好问《论诗绝句》有云：

皇帝春心托杜鹃，佳人锦瑟怨年华。诗家总爱西昆好，只恨无人作郑笺！

好问所云，虽似专指《锦瑟》一诗，其实锦瑟虽有题，与无题亦相去无几，否则也不会称为义山诗中最难解释的一首了。好问的专举锦瑟诗，不过是举一以概其余之意。那是事理上所决不会有的。

好了，今人苏雪林的《李义山恋爱事迹考》一书一出世，关于义山诗的一切问题都有了解决。因了他的恋爱事迹被人发掘得全然暴露，于是不独首首无题诗都有了适当的解释，而最称难解的锦瑟诗也借此得以迎刃而解了。

本文所述，系把历来对于锦瑟诗的种种误解，一直到新解释的成立，作一综合的叙述。但这个新解释是否是一个确实可靠的最后的解释，那还要待将来有无更新的解释发现而再定，现在却没有人敢随便地加以决定。

最先谈到锦瑟诗作怎样解释的书，据现在所知，是宋人刘邠的《中山诗话》。他说：

> 李商隐有锦瑟诗，人莫晓其意。或谓：是令狐楚家青衣名也。（据《历代诗话》本）

文中有"或谓"二字，系表面非出己意，且寓不敢决定之意。今人孟森作《李义山锦瑟诗考证》，不知依据何种本子，将此文引作"锦瑟当时贵人爱姬之名"，只为"羌无故实，已为后世所讥"。刘邠如有知，当以代人受过为不幸。但以精于考证著名当代的孟森而疏忽如此，殊属可怪。次为黄朝英的《靖康缃素杂记》。他借黄山谷与苏东坡的问答来解释《锦瑟》全诗之意云：

> 义山锦瑟诗，山谷读之，殊不晓其意。后以问东坡。东坡曰："此出《古今乐志》：'锦瑟之为器也，其弦五十，其柱如之，其声也，适、怨、清、和。'以中间四句配之，一篇之中，曲尽其意。"

据是以观，那么《锦瑟》不过为一首咏瑟诗而已，无用我们多作解释。孟森以为："中间使事琢对，以分配'适、怨、清、和'四字，如近人作诗钟者然，岂非呆板不灵；而于'思华年'及末二句，又作何解？"此言却先获吾心。再次为许颛《彦周诗话》，他引赵推官之言，把上述二家所说，并而一之，其误解更甚。他道：

李义山锦瑟诗曰：

锦瑟无端五十弦，一弦一柱思华年。庄生晓梦迷蝴
蝶，望帝春心托杜鹃。沧海月明珠有泪，蓝田日暖玉生
烟。此情何（集作可）待成追忆，只（一作祇）是当时
已惘然！

《古今乐志》云："锦瑟之为器也，其柱加其弦数，
其声有适、怨、清、和。"又云："感、怨、清、和。"昔
令狐楚侍人能弹此四曲，诗中四句状此四曲也。章子厚
曾疑此诗而赵推官深为说如此。

孟森云："此又以令狐楚当时贵人之名"，殊不知
《中山诗话》本言"令狐楚"，而未云"贵人"也。一误
遂致再误，亦理所宜然。他又云："彦周遂附会贡父（刘
邠）之所谓贵人"，那么他更像连"赵推官深为说如此"
一语也没有看见，彦周遂也因之代人受过了。又稍后为
计有功《唐诗纪事》，他先引锦瑟诗原文，在他后面
注道：

或云：锦瑟，令狐楚之妾。（据《四部丛刊》本）

他的口气，与《中山诗话》全同。但孟森似又未见
"或云"二字，所以他说："计敏夫《唐诗纪事》，直云
'锦瑟令狐楚青衣'。"文中并不直云，而云直云，那当
然又是所见版本的不同了。更后则为注释家之说。注释
义山诗，始自清初虞山僧道安。王世贞《仿遗山论诗绝
句》有云：

獭祭曾惊博奥殚，一篇锦瑟解人难。千年毛郑功臣
在，犹有弥天释道安。

为一代才人所倾倒如此，他对于锦瑟一定别有慧解。惜其书未传，其说或为朱鹤龄所不取，故未得附见于《朱笺》本中（朱笺义山诗，多取道安说，而间驳其非），实为憾事。今通行注本有二：一即鹤龄《李义山诗笺注》三卷本，一为冯浩《玉溪生诗笺注》四卷本。与冯注同时，又有徐逢源（徐钒之子）笺本，未刊行，但其佳处已为冯注所采，冯注又较《朱笺》为晚出，故于《朱笺》亦多所采录。他们对锦瑟诗的解释，《朱笺》以为：

　　此与"锦瑟长于人"同意，非赋锦瑟也。

　　"锦瑟长于人"句见《房中曲》。历来都把《房中曲》看作悼亡诗，鹤龄以为与之同意，那他当然以锦瑟诗亦为悼亡之作。冯注亦云：

　　此悼亡诗，定论也。以首二字为题，集中甚多，何足泥也。

　　自此以后，锦瑟诗之为悼亡而作，遂成为确切不移之论。就是孟森的《李义山锦瑟诗考证》一文，对于"锦瑟"二字虽别具妙解，然其基于悼亡之意，则与他人毫无二致。《考证》云：

　　《史记·封禅书》："太帝使素女鼓五十弦瑟，悲，帝禁不止，故破为二十五弦"，云云，瑟实为二十五弦，但《左传》为五十弦所破，合两二十五成古瑟弦数。义山婚王氏，时年二十五，意其妇年正相同。夫妇各二十五，适合古弦瑟之数，因恒以锦瑟为嘉偶之纪念。

此为全文主要点所在，以下就根据之以作考证。但苏雪林批评道："孟先生引了许多书籍，证明义山结婚时为二十五岁，这算是对的了。但其妇婚时是否确系二十五岁，竟无可证。对于'锦瑟无端五十弦'的一句诗，算只解释出了半句。"这样看来，考证之作，又属枉费心力。

后面先略叙义山的恋爱故事，然后再合之以解锦瑟诗，所据即为《李义山恋爱事迹考》一书，特先表明，以免掠美之嫌。

义山初受令狐楚的赏识，又仗了楚子绹的奖誉，得登进士。后来王茂元也爱他之才，将女儿许嫁他。楚、绹为牛僧孺党，茂元则与李德裕党有关。二党在当时对敌如水火，所以他遂不为牛党所容；而且又有变节、背恩之嫌，令狐绹憾之尤深。于是，受牛党排挤的结果，只有潦倒终身了。

他既失志于官场，便去纵情于爱恋。初得永道士的介绍与女道士宋华阳相爱。后来不知因了什么缘故，为华阳所弃。华阳本有姊妹三人，二人为永道士所恋；她既和义山失和，于是也归到永道士那边去。义山有《寄永道士》一绝云：

共上云山独不迟，阳台白道细如丝。君今并倚三珠树，不记人间落叶时！

写的就是这次恋爱的结果。

当他和宋华阳恋爱时，曾因华阳的介绍，又与宫中嫔妃发生恋爱。原来唐代女道士在方外中有种特殊的势力，就是得与宫中交通。原因在于有许多贵公主亦出家为女道士，互相攀援的结果，就把宫禁和道观打成了一片。他的《玉山》诗云：

玉山高与阆风齐，玉水清流不贮泥。何处更求回日驭？此中兼有上天梯。珠容百斛龙休睡，桐拂千寻凤要栖，闻道神仙有才子，赤箫吹龙好相携。

义山与宫嫔恋爱，本系苏雪林女士所发现；而这首诗又是此事重要的关键，所以她解释得特别详细。为使读者格外明了起见，不嫌冗长，把她的解释全录于后：

"玉山"指道观，"阆风"指宫禁，当时道观皆为皇家之建筑物，而居其中者又多为天潢贵胄，其品级之尊崇，足与宫禁相并，故云"相齐"。

次联隐指道观与宫禁通声气。"回日驭"是指当时公主皆有政治权，有回天返日的力量……"上天梯"之"天"，代表君王所居之所，言由道观而达宫禁，如登天之有梯。

"龙"乃君之象征……人到骊龙颔下，去摘其珠，本极危极险。但在龙渴睡之时，便可以行所无事，正如一个人跑进宫禁和宫嫔恋爱，原有性命之忧的，然而沉湎酒色的君王，正在做着钧天好梦，纵然出了"中冓之丑"，他又何尝得知呢？……"凤要栖"犹言这样如花如玉的美人，你竟捐同秋扇，我不免要据而有之了。三字扬扬得意，不啻恋爱胜利者之凯歌！而且这二句话，对于君王似警告而实嘲侮，刻毒之极。

末二句是托道士相携入宫之意，此道士或即永道士，乃宋华阳姊妹之情人，与义山有"姨夫之谊"，因入宫建醮，携义山入宫，乃情理中事。

义山随道士入宫中建醮后，得与宫嫔卢氏姊妹相识。然宫中非可以幽会之地，适其时文宗宠幸杨贤妃，为建离宫于曲江，以便游赏，卢氏姊妹亦在随侍之中。离宫关防，万不及宫禁之严紧，于是义山便能如武陵渔父，时来问津了。

在《义山集》中叙写此番幽会的诗特多，举几首如下：

> 碧瓦衔珠树，红轮结绮寮。无双汉殿鬓，第一楚宫腰。雾唾香难尽，珠啼冷易销。歌从雍门学，酒是蜀城调。柳暗将翻巷，荷欹正抱桥。钿辕开道入，金管隔邻飘。梦到飞魂急，书成即席遥。河流冲柱转，海沫近槎飘。吴市蟛蜞甲，巴賨翡翠翘。他时未知意，重叠赠娇饶。（《碧瓦》）

> 含情春晼晚，暂见夜阑干。楼响将登怯，帘烘欲过难。多羞钗上燕，真愧镜中鸾。归去横塘晚，华星送宝鞍。（《无题》）

> 镜槛芙蓉入，香台翡翠过。拨弦惊火凤，交扇拂天鹅。隐忍阳城笑，喧传郢市歌。仙眉琼作叶，佛髻钿为螺。五里无因雾，三秋只见河。月中供药剩，海上得绡多。玉集河沙割，犀留圣水磨。斜门穿戏蝶，小阁锁飞蛾。骑襜侵韝卷，车帷约幰铊。传书两行雁，取酒一封驼。桥迥凉风压，沟横夕照和。待乌燕太子，驻马魏东阿。想像铺芳褥，依稀解醉罗。散时帘隔露，卧后幕生波。梯稳从攀桂，弓调任射莎。岂能抛断梦，听鼓事朝珂。（《镜槛》）

末后一首，所写尤为明显。

卢氏姊妹名飞鸾、轻凤，本为敬宗舞女，敬宗崩后，文宗纳之后宫，生子宗俭。何以知义山所恋爱的为飞鸾、轻凤呢？这是由义山诗中屡用"鸾""凤"字样而知。最显的是《鸾凤》一诗：

旧镜鸾何在，桐威凤不栖。金钱饶孔雀，锦段落山鸡。王子调清管，天人降紫泥。岂无云路分？相望不应迷。

大概在义山随道士入宫之际，偶与飞鸾、轻凤姊妹攀谈。她们是浙东人，义山也曾居浙甚久，一提到乡土，不然而然的亲热起来（此说与前述由宋华阳介绍之说矛盾，不过同出于苏氏书中，故并用之）。一经亲热，自生爱恋；曲江幽会，就是他们爱恋到极点的表现。

可是在不久之后，义山忽动南游之兴，到湘鄂去探视他的座师高锴，不得不与飞鸾姊妹暂别，但几个月后便即回京，仍和她们继续前欢。又过了不久，因赴弘农尉任，又不得不离。不料此次一别他就和她们永诀了！

但事情的不幸，还不只一别而止。因为庄恪太子的暴毙，文宗就迁怒到许多宫人，唐书《庄恪太子传》载：

太子既薨，上意追悔。四年，因会宁殿宴，小儿缘橦，有一夫在下，忧其堕地，有若狂者。上问之，乃其父也。上因感泣，谓左右曰："朕富有四海，不能全一子！"遂召乐宫刘楚才、宫人张十十等，责之曰："陷吾太子，皆尔曹也。今已有太子（《新唐书》云：明年，下诏以陈王为太子），更欲踵前耶？"立命杀之。

《新唐书》所载，与此略同。这样一来，宫人们的私事都连带的暴露，因此，又发生了清宫一案。义山有《无愁果有愁曲北齐歌》云：

东有青龙西白虎，中含福星包世度。玉壶渭水笑清潭，凿天不到牵牛处。麒麟踏云天马狞，牛山撼碎珊瑚声。秋娥点滴不成泪，十二玉楼无故钉。推烟唾月抛千里，十番红桐一行死。白杨别屋鬼迷人，空留暗记如蚕纸。日暮向风牵短丝，血凝血散今谁是？

苏雪林女士以为，"'青龙白虎'，言宫廷守护之人。'福星''包世度'，似言有宫倡等之包庇，可以进去。'玉壶'二句，言帝王虽自命明察秋毫，但无论怎样，总察不出宫人的秘密。'牵牛'即宫中幽会之处。'麒麟踏云天马狞'四句，指搜检时的情形。'推云吐月'，即推勘之谓。'蚕纸'即宫人与外间通信时用的'密码'。'日暮西风牵短丝'，言此十人都有赐环之惨。"这样的解释，与《唐书》所载全合，毫无牵强的痕迹。

据说清宫案一起，飞鸾、轻凤两人也就卷入旋涡。因畏罪之故，双双投井而死。义山有《景阳宫井双桐》一诗，即咏此事：

秋港菱花干，玉盘明月蚀。血渗两枯心，情多去未得。徒经白门伴，不见丹山客。未待刻作人，愁多有魂魄。谁将玉盘与，不死翻相误。天更阔于江，孙枝觅郎主。昔妒邻宫槐，道类双眉敛。今日繁红樱，抛人占长簟。翠襦不禁绽，留泪啼天眼。寒灰劫尽问方知，石羊不去谁相绊。

两人既死，义山追忆旧情，写了许多荡气回肠的伤悼诗，《锦瑟》诗就是此中的一首。

我们现在已明白了义山一生的恋爱史，再来看苏雪林女士对于《锦瑟》诗的解释：

锦瑟果然是义山爱情纪念之物，锦瑟一诗也果然是悼亡之诗，不过所纪念所追悼的，乃是他所恋爱的宫嫔，和他自己的妻子毫无干涉。

我以为锦瑟诗应当这样解释：

湘灵、素女二人皆古妃，善于鼓瑟，义山所爱的宫嫔亦善音律，曾以乐器相赠，故义山以锦瑟制题为诗。"五十弦"不过表明妃嫔所用之瑟，与义山夫妇年龄无关。

"庄生晓梦迷蝴蝶"，用庄子不知庄周之为蝴蝶？蝴蝶之为庄周？言昔日和宫嫔恋爱之快乐，胡然而天，胡然而帝，有如做梦一般，几乎不敢自信真有此种奇遇，故用"迷"字。如说悼亡，则当用"鼓盆"典才对。

"望帝春心托杜鹃"，谓宫嫔冤死，魂当化为啼血之杜鹃，以诉不平。……

"沧海月明珠有泪，蓝田日暖玉生烟"，是指义山赠宫嫔作为纪念品之玉盘而言。按《述异记》："鲛人水居如鱼，不废机织，泣则皆成珠。"左思《吴都赋》注："……鲛人临去，从主人索器，泣而成珠，满盘以与主人。"义山的《碧瓦》诗有"珠泪冷易销"更证以"谁将玉盘与？不死翻相误"及"玉盘迸泪伤心数，锦瑟惊弦破梦频"二句，可以知道义山受宫人赠与锦瑟后，曾报以玉盘。清宫案发作时，这个玉盘也被检去，二人恐推勘时供出义山，误他性命，因而投井以死。

玉盘和锦瑟都是义山恋爱史中极重要的关键，故都做在诗中。

末两句收足追悼之意。

这样的解释，对于全诗都可贯通，比了仅就一二句作解释而顾此失彼的，要高明的多了。

清人何焯说：玉谿以锦瑟诗自题其集以开卷（冯注引《柳南随笔》）。可见作者自己对于锦瑟诗的重视。苏雪林女士也说："义山和宫嫔的一段爱情，真是非比寻常。请看他们的遇合是那样的离奇，聚散是那样的不常，情节是那样的顽艳，结局是那样的悲惨，可为千古以来文人中罕有的奇遇，情史中第一的悲剧。怎样能教义山舍得不记述出来呢？但为了种种阻碍之故，只好隐折地曲折地将他们的一番情史做在灯谜似的诗里，教后人自己去猜，又恐后人打不开这严密奇怪的箱子辜负他一片苦心，所以又特制一把钥匙。这把钥匙便是锦瑟诗。"

故读义山诗，千万不要忘记了这把钥匙——锦瑟诗。

（原载《万岁》一九四三年第二卷第一期）

读鲁迅《中国小说史略》

最近关于国学的著述，除了鲁迅先生的《中国小说史略》和顾颉刚先生的《古史辩》以外，简直难找到第三种。他们的长处，一半在于都懂考据学，一半在具有世界学者的眼光。他们眼中的国学，不过视作世界学术中之一，没有妄尊自夸的习性，所以中国尽管是五千多年的古国，他们也不因此去额外增加它文化的价值，他们只是站在世界人类之一员的地位说话和批评。因此，他们的著作，都具有世界的价值，不仅仅以供中国人之研读为目的了。

以上两书，《古史辩》我没有细读。从初版在北京出世，新设法托友人购到外，二版承鲁迅先生赠送一本，三版的广告上说，差误都已更正，所以我又买了一本。我自以为对于《中国小说史略》的本身，可谓推崇尊爱之至，但是在我读得三版书之后，却使我感起大大的失望。

无论何书，他的作者的学术是怎样的优越，总难免有笔误之处。在读者却"旁观者清"，可以诚恳地告诉作者，使他知所改正。当我读二版书时，在书中发现了不少的差误，要想作篇文字，在《北新周刊》上批露。后来见三版出书，而且广告上说，差误都已订正，我就取消我的拟想，连忙再去买一本来细读。呵，不道，他们之所谓订正，不过将排字人所排差的订正了（实际上有二版不差，三版反而排差了的），而原文的笔误，丝毫仍旧。这样，怎不使我大大失望？

因此，我不得不再用我的拟想，将书中已发现的差误举出来，有可疑之处也举出来，以置之于作者和读者之前。或有作者本不误，而我误以为误的；或作者本误，而我亦误的；或作者误而我未曾发现的，都请读者们也一一指摘出来。我始终对于任何著述，抱"旁观者清"的态度；同时也希望读吾文学的人，也抱这种态度。这样相互的订误，不但可以增高学术本身的地位，同时也是实行了人类互助的工作。粗观之，似我又在作迂谈，实际上却很有意味，并不是想占篇幅的闲文。

现在分段的将谬误举出和订正于后：

（一）四九页六行，"于宋大明及建元（五世纪中）年"，按："建元"为齐高帝年号，建上应增一"齐"字。

（二）二二六页八行，"……爰有拍案惊奇之刻，……"按：原文系引松禅老人《今古奇观序》，吾所有的几种《今古奇观》版本，都作"爰有拍案惊奇两刻"。"之"字和"两"字笔画大异，决不会看差。想来因为鲁迅先生那时还不知《拍案惊奇》有"初刻"和"两刻"二种，所以疑心两字不分，竟把修改为"之"字了。关于《初二刻拍案惊奇》的内容及历史，读者有兴，可以参看《孔德月刊》第一、二两期《明代之通俗小说》一文。

（三）二二六页一〇——一一行，《西湖二集》三十四卷……观其书名，当有初集，然未见。

按：现在通行本有《西湖佳话》一书，题"古吴墨浪子"编，我疑心是《西湖初集》，但没有根据，不敢断定。

（四）二三八页七行，时则有吴门沈起凤作《谐铎》十卷（乾隆三十六年序），……按：吾所有的进步书局石印本作"乾隆五十六年序"，未知孰是？

（五）二三八页八行，满洲和邦额作《夜谭随录》十二卷（亦三十六年序）。按：吾所有的商务印书馆铅字本和进步书局石印本，都题"霁园主人"撰，而自序作于"中华民国二年"，且均为四卷。序或可重作，然如为乾隆时人，决无在民国二年还在之理。乾隆三十六年至民国二年，中间相隔一百四十三年之多。但书中内容则相同（参看《小说史略》原书下文），或鲁迅先生曾见原本，而今本都为冒名欤？

（六）二四五页一二行，迨长洲王韬作《遁窟谰言》（同治元年成）。按：吾所有的二种本子，自序都为"光绪元年"，此处当改作"光绪元年成"。

（七）二四六页一一行，桐城许奉恩之《里乘》十卷（似亦道光中作），……按：进步书局石印本，自序作于"同治十三年"，则全书当作于咸丰同治之间，决不会在道光中。

（八）二六六页三行，高鹗亦有序，末题"乾隆辛酉冬至后一日"，……按：乾隆辛酉为乾隆六年（一七四一年），与本篇（指原书《清之人情小说》一篇）首句"乾隆中（一七六五年顷），有小说曰《石头记》者忽出于北京"一语相矛盾。后来我翻《红楼梦》原书的高鹗序的末题来看，原来"辛酉"本作"辛亥"。辛亥为乾隆五十六年，于是我恍然大悟为鲁迅先生的笔误。但是

谭正璧致鲁迅函

这个笔误，三版也没有改去！

（九）三一三页一〇——一一行，《儿女英雄传》马从善序云出文康手，盖定稿于道光中。按：东亚图书馆汪原放加标点本卷首，胡适之先生《儿女英雄传序》中考据的结论，那么当作"成于咸丰中"。欲知其详，请参看原文。

上面的种种差误，是吾最近三年来陆续发现的，而且都是无意中所发现。以后如果再有发现时，积至相当的数目，当再著文发表，而且希望他人也有这种文字发表。

此外，如《红楼梦》八十回后之续书，有嘉庆己卯成书的归锄子的《红楼梦补》四卷四十八回，书虽不高明，然既为八十回后之续书，不常列入续高鹗续书之列（二七五页）。明人通俗短篇小说集，尚有流行很广的《石点头》十四卷，每卷一篇，书为"天然痴叟著，墨憨主人评"。墨憨主人当即编《喻世明言》《警世通言》《醒世恒言》的墨憨斋主人冯梦龙，字犹龙。此书今本改名《五续今古奇观》或《醒世第二奇书》。其他如西周生之《醒世姻缘》（今本或题《恶姻缘》）一百回，亦为不袭他人窠臼的创作，书中并未叙及。

关于《水浒》的作者问题，除吾从前在吴瞿安先生的《顾曲麈谈》上发现谓施耐庵即施君美外，最近因为我在编《中国小说研究》一书，又发现了一条很重要的证据。据《小说考证续编》卷三引《怀香楼闲话》云：《元宵闹》杂剧，无名氏撰，衍施君美《水衍传》卢俊义事，关目悉合。唯李固所交张孔目，剧中指为张文远。谓阎婆惜被杀，文远实未尝死，逃之大名，复为孔目氏私。此段非《传》所有，不过随手牵合，借景生情。《水浒传》不说文远下落，以文远系县城小吏，原与此書印行之後，屢承相知發其謬誤，俾得改定；而錢搰及即正庋術先生未嘗一面，亦皆貽書匡正，高情雅意，尤感於心。譚先生並以吳潁安先生題尚庵詩見示云，「幽闢記為施君美作。君美，名惠，即非水滸傳之耐菴居士也。」其說甚新，然以不知龐涓父本何書，故未採錄；仍錄於此，只供讀者之參考云。二五年九月十日，魯迅識。

《中国小说史略》自序反面鲁迅所写文字

水泊无涉，特用宋江杀婆惜为入泊张本尔。《青楼记》谓婆惜活捉张文远，此又牵及贾氏，可供喘置噱。岂'梁山盗魁之妻，必皆文远染指耶'？"此段材料颇重要，所以完全将它重录在这里。从前我读《顾曲麈谈》，言施君美作《水浒传》之耐庵居士，我颇疑心此《水浒传》成为一种剧曲，非现行的白话小说。现在读了这一段文字，所云情节，均为今本《水浒》所有情节，那么我的疑心可以完全消灭了。但是《怀香楼闲话》的作者何人，作于何时，我未见原书，丝毫不知。希望研究中国文学的人，都把所得关于《水浒》作者的材料，供献于大众之前，于最短期间，得到一个确切的结论。使一般人知道《水浒》的作者究竟是谁，那不是一种文学上很大的功绩吗？

在我初发现施耐庵即施君美的时候，我即写信去告诉鲁迅先生，鲁迅先生把它刊印在《中国小说史略自序》之后，读者可取以参看。所以本文上面的一段文字，粗看似与标题无关，而实则是很重要的。希望一般读者和研究文学者不要忽略过了。

最后，吾希望真诚的读者加以指正！

一六、七、一六，于黄渡

（原载《时事新报》副刊《书报春秋》一九二七年第二十期）

旧文学园地的新垦殖

文学正宗以外的产品

最近二十多年来中国学者在旧文学的园地里行使新垦殖的成绩，是值得在文学史上大书特书的。

中国向来的传统观念，只把诗古文当作文学正宗，所以小说、戏曲、弹词一类有生命的通俗文学，反被深埋在泥土里没有人注意。其实通俗文学正是近数百年来中国文学里最膏腴的产品，所以不去垦殖则已，一经垦殖，便首先被发现，而且总计二十多年来垦殖的成绩，也以这一方面为独多。

关于垦殖通俗文学的总成绩，如其详细地写起来，可以写成一部数万以至于十数万字的专书。现本只是写一些属于小说部分的几种最常见的作品的新发现，由此尽已可以窥见全部的一斑。

《水浒》的黑幕

先谈《水浒》：《水浒》是中国社会里最流行的一部通俗小说，它的完全的名字是《忠义水浒传》或是

《忠义水浒全书》，自从金圣叹把它割存前七十一回而
痛诋后段为"狗尾续貂"后，从没有人疑心这是圣叹
的武断。二十年前，胡适替亚东图书馆标点本《水浒》
作了两篇考证（《水浒传考证》和《水浒传后考》）又
发现了许多不同的本子（百回本、百十回本、百十五
回本、百二十回本、百二十四回本），于是这黑幕才被
揭破；郑振铎更作《水浒传的演化》一文，《水浒》本
事的变化，也有了准确的说明。吴梅在《顾曲麈谈》
里曾说起，作《拜月亭》的施君美，就是作《水浒传》
的耐庵居士，可是没有说出根据。七八年前，胡瑞亭
在东台施家桥施姓宗祠里发现了所供中五世祖耐庵的
神位，便从他家族谱中获得耐庵的名字为子安，更从
而知道他是元末淮安人，曾在钱塘做过官，不很得志，
张士诚据吴时曾召过他，士诚失败他已死了。《澄江旧
话》说他当过江阴徐姓的塾师，《水浒》即作于徐府
上。这么一来，关于《水浒》的本事、版本、作者的
种种问题都有了相当的答案了。

《西游记》的考证

《西游记》向来被称为元人邱处机所作。但是我们
读了亚东标点本《古本西游记》和胡适的考证，不但可
见明人原本的真相，而且使我们知道邱处机所作的《长
春真人西游记》（中华书局编印的《四部备要》里也有
这书）系另外一部书，而作《西游记》的是明嘉靖时人
吴承恩。（清人丁晏等曾说起，可是不曾引起人的注意）
更从郑振铎《西游记的演化》一文，知道在明永乐以前另
有一种《西游记》，今仅见逸存的《永乐大典》"梦"字韵
中"梦斩泾河龙"一段，文字结构，与元人《三国志平
话》相似。（全书现尚不知是存是佚）更知道吴氏原本当

为九十九回，今本第九回系后人加入，所以其开头文字，和第十回开头互相重复。

一部禁书的两种版本

《金瓶梅》本是一部禁书，向来仅知为明嘉靖中某大名士所作，因此产生了许多不经之谈。自从北平图书馆购得明本《金瓶梅词话》而影印行世后，始知作者为兰陵人笑笑生。且《词话》的内容，亦和流行的张竹坡评本不同，张本多删削，《词话》为足本，插入小曲特多，足证为明代产物。《世界文库》更将两书对勘，附以校勘记，印行传世，功绩尤伟。

嫁女的妆奁——《封神传》

《封神传》旧传是明代某士人作来当为嫁女的妆奁的替代物的，可是不知这士人姓甚名谁。民国二十年（一九三一年），孙楷第东游日本，专去考查日本所藏的中国小说，在"内阁文库"中发现一种明刊本《封神传》，其第二卷题"锺山逸叟许仲琳编辑"。书的全名为《武王伐纣外史封神演义》，可见它与元刊平话《武王伐纣》书有相承的关系。这士人的姓字，从此便有了下落。

《岳传》四种

《岳传》也是最风行于社会的一部小说，在从前的流行本上，偶有题"吉水邹元标"编辑的，可是多数的本子上却没有。读了郑振铎的《岳传的演化》，方知现行本为清人钱彩所编，而在明朝至少已有四种不同的本子：一为熊大木的《武穆演义》，始于金人南侵，终于岳飞被杀，文体半文半白，当为《岳传》的第一版本。二为于华玉的《精忠传》。三为金登鳌的《岳王传演义》。四即为邹元标的《精忠全传》。明人所作，大都根据史实，今本中乃很多荒诞不经的故事。

从"红学"到《红楼梦辩证》

《红楼梦》在清代已有许多人在研究，所以有"红学"之称，可是异说纷纷，没有什么成绩。蔡元培作《石头记索隐》，考出《红楼梦》是一部政治小说，很能言之成理。胡适的《红楼梦考证》反对蔡说，说《红楼梦》是作者曹雪芹叙述自己亲历的事。蔡元培不服，复作文反驳。作者曹雪芹，胡适断为满人曹寅之孙曹霑，但寿鹏飞作《红楼梦本事》辩证，以为是上海人曹一士，且赞同蔡说。一士在康熙末曾入京为某府西席，与《挢散轩丛谈》所云"康熙间某府西席某孝廉所作"一说相合。因寿氏在学术界没有什么名气，其说虽有相当价值，可是很少有人注意。此外，俞平伯有《红楼梦辩》，对于佚去八十回后的原本作种种推测，假定"金玉缘"的"金"系指史湘云的"金麒麟"，而《红楼梦》的结果，乃为薛宝钗早死，贾宝玉于落魄中与史湘云结合。其说真是道人所未道。

我的感慨

因为寿鹏飞主张曹雪芹即曹一士的一说很少有人注意，不禁引起了我的感慨。民国十九年，我改订《中国文学史大纲》，已述及《醒世姻缘传》为蒲松龄作，（根据蒋瑞藻《小说枝谈》）可是直待胡适为亚东标点本作考证，大家才知道出于蒲氏的手。又如《钟馗捉鬼传》的作者为清初人刘璋，（根据《聊斋志异外集》）我已写入二十四年出版的拙编《中国小说发达史》，可是后来"世界文库"重印《钟馗捉鬼传》时，编者尚说不知作者为谁。据此数事，可见中国学术界尚少"采及刍荛"的虚心的人，而大多数还是唯偶像是崇拜的。这段话本和题目无关，因偶尔想及，在这里发发牢骚而已！

前面所讲的，在理应该已成为一般人对于中国文学的常识，可是事实上不知道的人还是很多，所以在这要特别提出，以供爱好中国文学的人研究。

（原载《中学时代》一九三九年第一卷第二期）

柳雨生论

　　散文向来是中国文学的正统文体，古代如此，现代仍旧如此，将来或许还是如此。这里所谓散文，当然是除开了小说说的。小说虽然也是散文的一体，但它到了近代，早已脱离了散文的系属地位而独立。所以现在论散文，可以不必说明小说必须除外，望文生义，便知所谓散文也者，只是一种和小说站在并列地位的文体。

　　人类对于一切事物，都有不相同的主见，文学亦然，于是产生了许多殊异的论争、分歧的系派，但是说来说去总不容易跳出两个大圈子，就是"为人生"和"为艺术"；前者在中国称为"载道"派，后者称为"言志"派。这两派在过去文学史上各有其成功，在现在文坛上也各占着势力。但我以为在"载道""言志"之外，中国文学还有一种从作者本质上产生的极端歧义。不问是载道的或言志的散文，它们还可分为学问的和天才的两种；前者是学者的文章，但不是学术文章，后者是天才的创作，但不指小说和剧本；前者多分由修养上得来，后者多分靠着自己的天才；前者富于国家观念、民族意识，后者却反对因袭而富于创造精神。

近几年来，为了时代和环境的转变，文学又走上了荒芜衰落的路，如果严格一些说，在我们这里，简直不曾产生过一篇有着久远的生命的文艺创作，文体无论其为小说或剧本，内容无论其为"为人生"或"为艺术"。这句话在某一些人看见了必定要认为是过苛的武断，但在我却可以不必另外再作解释，只要加上一句这样的答话："你说有，请你举出来！"因为一篇被称为有着久远的生命的作品，它的内容不是言之有物（载道），便须言之有情（言志），它的技巧必须相当熟练，自成一种独特的风格。总之，无论内容方面和技巧方面，都必须有作者自己的个性。否则如学生作文，即使怎样有刺激，有趣味，不过是好的作文而已，有什么文艺价值可以称道？

但是在散文方面，却并不如是。这是一个很显明的事实，在目前，几乎不曾有过一种值得一读的纯文艺刊物，但却有好几种受到多量读者欢迎的散文杂志。在这里面，言志的散文却高过于载道的散文，而学者的言志的散文也比天才的言志的散文为成功；前者可以以本文所要论的柳雨生和纪果庵、班公、宝斋诸君为代表，他们的作品都名重一时，后者除了苏青女士之外几乎没有第二个人有值得一提的资格。然而苏青的文章，却在载道和言志之间，也还不是一个纯粹的天才的言志的散文作家。

第一次看见柳雨生君，便使我像读了他的文章就会联想到周作人先生一样，顿时脑中便立刻浮起李小峰君的影像来。这两位我早知道他们是北京大学的先后同学，而且都和周作人先生有着师生的关系，只不知道在他们之间有没有发生过什么关系。我之所以看见了柳雨生君便会想起李小峰君，完全由于两位对人和谈话的态度十分相像这一点上。和蔼的神情，诚恳的礼貌，迟缓而真诚的谈吐，使人对着，即使你是初次相见，便好像面对着一个已有多年交谊而极亲切的知交一样。虽然李小峰君不是一个散文作家，但他那写给朋友们的信，词句冲淡而热情，文体整齐而不草率，正和柳雨生君有着相同的风格。还有一点，李小峰君在事变后由北新书局的协理升为经理，而柳雨生君现在也是太平书局的一个重要负责人，由于地位的相同，更不由我不把他们俩联系起来了。

柳雨生君的散文，很受周作人先生的影响，这话似乎早已有人说过。但我以为，除了天才的言志派的散文作家之外，现代多数的散文作家都是和周作人先生有些关系的，尤其是北大出身像柳雨生君那样的人。但他们究竟也有着不相似的地方，笔调同样富于情致，但是周文冲淡而柳文温厚，周文蕴藏而柳文显露；这大概是因为年龄的关系，周先生现在已到了心平气静的老年，而柳雨生君还没到"摒除丝竹"的中年呢！

我好久神往于柳君的第一个散文结集《西星集》，可是在最近才开始读到；同时又读了他最近的结集《怀乡记》，和好几篇散登在各种期刊上而没有正式结集（但集名已见之广告）的短篇小说。在这两者之间，我嗜读他的散文愈于他的小说，虽然我知道作者自己却颇"惬心"于后者的；同是散文集，我爱《西星集》却愈于《怀乡记》，这自然是为了他那《〈封神演义〉的作者》一文，对于我这个爱好研究通俗文学的人，感着别人所感不到的亲切有味的缘故。

《封神演义》的作者向来不知为谁，自从孙楷第先生到日本东京，去在"内阁文库"看到了明末舒文渊刊刻的锺伯敬（这自然是假托的）的评本，在卷二第一页上发现了"锺山逸叟许仲琳编辑"的一行题署后，从此大家都认为是许仲琳所作。约在事变之前不久，孙楷第、胡适两先生在《传奇必考》里"顺天时"的解题中，发现称封神传系道士陆长庚所作，再由柳君为之考证，陆长庚（名西星）作《封神传》一事，遂大白于世，而前年拙作《小说作者的双包案》一文中，也将此说采入。此外，赵景深先生等也屡有文章讨论，可见这件事的发现，在治文学史的人看来，是件近年来怎样难得的重大的发现了。可是如果没有柳君那篇考证文章，恐怕我们对于这事至今还是茫然呢！

同是散文集，《西星集》所收，比了《怀乡记》为复杂，除了我们所谓散文之外，有学术文章，有翻译文章，还有一篇小说，《怀乡记》那么纯粹是散文。《西星集》中我所爱读的文章，还有关于《老残游记》的两篇（一译一作），虽然三篇教书术也不坏，因为全是作者自己亲身体验有得之言，可以供给教育家做参考。《怀乡记》作于《西星集》之后，篇幅较多，内容也更充实，不能不说是后来居上；所以就文论文，我们也不能不以《怀乡记》做他散文的代表。

在《怀乡记》里，作者自己却颇重视那题作《怀乡记》的几篇。在序文里他这样说：

《怀乡记》共包三个短篇的散文，因为三十一年冬天和去岁八月，我曾两次之东，所见所闻，都顺手记下了不少，故而把它们辑录在一起，且以之名书。我深信除了作者本身，别人是不会明白此中有真意，欲辨已忘言的。爱读它的人们可以触摸到它荫翳的清处，可以熟谙了作者的寂寞和心苦……

照通常的惯例来说，作者既以《怀乡记》为其集名，那么当然自己是欢喜那几篇东西的。吉川幸次郎氏以"细腻亲切"评其《异国心影录》（《怀乡记》三篇之一），我以为这就是作者所特有的风格，不仅是一两篇文字这样。我个人所最爱读的，倒是那几篇怀念他母校"北大"的《汉园梦》和《再游汉园》，读了这几篇文章，使足迹从来不会踏到过北平的我对于这所全国闻名的最高学府也不禁悠然神往。作者写来除了充满毫不见世故的人情味外，还极多别人文章里少有的真切感。下面便是一段使我读了感到十分舒服的文章：

在这个大学里面，这几十年来所产生的特出的人才——如果也像其他各校标榜的所谓人才的话——那么，它所已经产生的能够独当一面的"要人"，也决计不仅仅限于区区的古语所常说的车载斗量。其中，有的已经是官高极品的长官，虽然在校内大约最少得人崇颂，也已列为党国名人。有的也是大学校长，驻外使节，实业巨擘，文坛名流，列为二三流的知名人物。又有的竟然因着事业的不幸，罗网的株连，热血的沸腾，成了著名的烈士；或环境的恶劣，人事的蹉跎，变为落伍的蠹虫；甚或时移岁改，不知所终的，详细的统计虽然不易获得，想来也不止三万五万，这些人也都曾经在报纸的要电栏里，排过或消失或大或小的铅字，记载过多少的新闻。然而奇特的是，在这个俯拾即是"要人"，同学多半不"贱"的古城老学府里面，很少——我甚至于想说没有——人会引以为荣的提起上述的任何一班人的"光荣"的或"伟人"的史迹。就是在学校里，当着胡适之或顾颉刚的面前，也不会有一个学生走上前去，说上几句应酬恭维他们的客套话，更从来没有听见过张

口"院长"闭口"主任"的称呼，虽然他们的名字在别处也许会令人心醉……（二—三页《古城古学府》）

够了，够了，再钞下去太占篇幅了。可惜时光不能倒流，青春不可复驻，否则我倒很想也"负笈"前往，和这个超然物外的最高学府发生一度因缘，为我个人的历史添加光泽。我们再来看看他笔下的北大教授和"黉舍"：

北京大学的教授们的生活，也不庄严，也不枯燥，只是一种合理的修养和不断地增加学问的总成绩。近年以来，虽然刘半农、黄节、钱玄同先后都相继逝世了，可是沈兼士先生的文字学，唐兰先生的甲骨金石，罗常培、魏建功先生的语音声韵，余嘉锡、赵万里先生的目录版本，胡适、郑奠、罗庸先生的文学史，孙楷第先生的小说史，顾随先生的戏曲，如果不能够被认为是代表中国的最高的权威，那么，你应该告诉我谁是比他们更好的。这单是指的中国文学系。史学系呢，近年逝去的孟森，不但他的常州官话永远的嵌在我们的脑里，他的清史考据的伟大成就，他的道德信仰，正气磅礴，又谁不感到钦仰、兴奋？除了孟心史先生外，史学系还有陈援庵、钱穆、毛准、郑天挺、蒙文通、姚士鳌；哲学系呢，汤用彤、熊十力、周叔通……如其不是在"此地空余文化城"的北平，如其不是在绝对自由绝对幽静的北大，这许多实大声宏的学者又怎样能够紧压着各人的心情，在同样的一间客厅里面静听学术论文的宣读根告……（一九页《古城古学府》）

如果你是怀着一颗远道"慕名"而来的诚心，已经在广州的岭南大学、武昌的武汉大学，或杭州的之江大学住了一年，负笈远来投奔各校转学的话，那我真不敢想象汉花园——北京大学第一院（文法学院）——给予你的第一个印象或打击，将是怎样的惨酷、无情和冷漠。汉花园的建筑，外表是坚实的，不过也已经渗染着一种风吹雨打的色彩，很容易叫你引起和陋旧、保守、陈腐，甚至于龌龊……想象的联念。盘花色式的旧铁门常开着，门上并无可以使你认明不误的招牌。那一块棕黑色硬木白字直书的是长条匾额："国立北京大学第一院"是挂在顺着水泥从走进去的红楼廊下的圆石柱上面的，字迹很是黯淡，好像同仁堂乐家老药铺的仿单一样，外行的人绝难认识明白。……（二三页《汉花园的冷静》）

此外，他还详细的写出一般的学生生活，以至学校的一切动态。我从来没有看见过一篇追写关于一个学校的种种方面的文章，像这样深刻有致而感人，这样有力的，这座大学府和写大学府的人都将因是而永垂不朽。

在《怀乡记》里，还有许多简短随笔式的文章，写来也不坏，但我却最欢喜《表哥书》（作者时常欢喜用"令人意想不到"的突兀的题目，这便是一个最好的例），作者在序文里说：

至于《表哥书》那样，则是有一点儿骨梗在咽，不吐固然不快，吐了知道又有别人感到头痛，偶把宋代的留声机片开唱一番，反复重回，那是因为它尚不为人注意，因而要求警醒的缘故。不过这也许无用，并且我怕也太迟了，唯之与阿亦如后之视今，虽然这里仍旧不妨略加一点说明。

凡是"吐骨梗"的文章，在一般人（我自己也在内）的笔下，多少总含着一些火气，或者索性出之以幽默的口吻，然而在作者，却和他写其他的文章一样，仍是一味冲淡得很。他这种态度，正和从前人颂赞作"三百篇"的诗人们的态度一样，通体是"温柔敦厚"，而一部分却是"怨而不怒"。我很希望作者能够多写这种"温柔敦厚""怨而不怒"的文章，如果有着好材料的话。

浮夸在某种社会的人事上有着广大的用处，甚至可以用来达到个人理想的收获，但是在文章里却不许你这样。而且在文章里单是消极的戒除浮夸还不就算数，尤须积极的出之以真诚的态度。凡是感人最深最有刺激力的文章，作者的态度一定是挺诚挚挺真实的。我为什么会对于作者所写的"北大"那样神往，最大原因就是由于"真实"，他不是专程放在嘴里说说，或只是在字面上写写的，就在作者自己不注意的琐小的场角上，也可以体味出来，例如：

我在鼎鼎大名的文字学专门权威沈兼士先生的课上，连睡了三星期的觉，因为他也用了同样多的时间继续了他的，连说活的层次程度语句都并不更易，做学问功夫首重"困知勉行"的训辞。（《汉花园的冷静》二五页）

他对于自己既不讳言到这样子，那他写别人别事当然更无用其讳言与虚饰了。

因为作者不是一个"载道"的散文作家，所以在他的文章里发现不出他的有系统的或是比较近于完整的思想来。只是偶然的在《风雨初谈》一文里，发现了一些作者对于"人生"的非抽象的看法：

> 在阴雨濛濛的季节里，闷坐在市楼的一角，看完了
> 自己爱读的几部书籍，正待苏散一下精神的时候，忽然
> 你的太太端上一碗热气腾腾的鱼片粥来，这个大概是没
> 有方法拒绝的罢！许多人侈谈精神，不重物资，有的人
> 却又相反，菲薄精神。这原是一柄两面锋的利刃，自古
> 迄今，原有许多场官司。不过我的意思，则以为此种争
> 端大可免掉。精神的饥饿和物质的需求，本来并不会冲
> 突的，他们只是相利的，一贯的。不过每一方面，都不
> 必太苛责就是。一位普罗列塔利亚渴望吃得一碗好粥，
> 吃到之后就欢喜赞叹，这就叫人生。（《广州的吃》五
> 八页）

这不脱是调和论者、中庸主义者的人生观，但却是
真正的地道的中国学者的人生观。但绝不是像那些固执
的腐化的，而没有一些世界观的自以为是儒家的继承者
们所说。（我常以为如果这些盲从迷信，实际上毫没有
学识的伪儒教徒不打倒，真正的中国文化有将被他们牵
累到完全消亡的可能）这种人生观在一般有修养的中国
学者和文人中是很普遍的。

在最近，作者似乎已不大写散文，而很努力于小说
的创作。已发表的有《排云殿》《日丽天和》《鬼吃记》
《栗子书》《发神记》《入怀记》《雾》《挞妻记》诸篇，
其中我最欢喜读的是《排云殿》。这篇小说大概还是作
者在香港时所作，他在一篇旅行随感的文字（此文没有
收入他的散文集，见《杂志》复刊第十号）中曾提到
过它：

回到珠的寓所，已午后四时了。这是惆怅离别的时季，心里的难过，非常难排遣。我告诉她，我在香港《大风》半月刊曾作中篇小说《排云殿》，其主角就是你。

在这篇文章的全篇里，作者公开地告诉我们：他在某城有一位他的心里所时常怀念的"善女人"，他称她做"珠"，不幸她已做了未亡人，膝下仅有一个十龄的孤儿，在他们中间，有着崇高圣洁的感情。在下面一段文字里，作者更坦白地写着：

我永远爱慕着珠，她是我的复杂的脑海中永远牵挂着记忆着的一部分。虽然这天我总共没有和她单独谈话超过一点钟，可是这一点钟，不能够不认为是我一年来比较很愉快很安慰的许多一点钟里的一次了。我想起了李易安，我面前幻现着那位风华绝世的女词人。我想起了沈从文的小说《绿的梦》，那里面的情境，正和我这时的心灵仿佛。

这位绝世风华的女子，不正同《排云殿》的女主角居佩青的遭遇一样吗？《排云殿》里的阮凤书，那就不用说，当然是作者"夫子自道"了。但是小说总是小说，小说中的人物虽有模特儿，但决不能"胶柱鼓瑟"，一样一样去"按图索骥"。我相信《排云殿》的女主角，果然如作者所说"就是你"，但是事实却不一定全是事实。不过，因为这是一篇作者寄寓他真情实感的作品，所以在我所读到的他的全部小说中，不能不推为"白眉"。就是他后来所写的各篇，其风格，其技巧，甚至其思想，他不能超过这一篇所写。他写创作小说，心理描写是他最所擅长，尤其是写女子，有别位男性作家所没有的体会。我们看他写居佩青寡居在母家时的一段：

　　院子里没有旁人时，她不免轻轻地叹起气来，没有回声，更无人答应，倒是天空时常发现一群一群隔壁人家喂养的白鸽，在空际飞翔时，鸽翼飘飘的闪着一片银光，又带着音乐的哨子，一会儿翻高，一会儿落低，慢慢地就飞远了。对着这一群鸽子，佩青倒也欢喜看，觉得总比空望着单调的白云蓝空要好一点，她也说不出什么原因，只是尽对着它们怅望。

　　空虚，寂寞，孤独，绝望……的情绪，像蛛丝样的在作者笔尖下绵延地吐了出来，但在文字上没有着下一丝痕迹，这是作者独有的风格，也是他在创作上的成功。

　　写到这里，忽然使我想起《发神记》里一段，也是作者的自白。《发神记》的女主人公之娟，她的性格，她的言论，都是非常真率自由的。你看，之娟是一个新近和她丈夫离了婚的女子，而且很怀念她和他所生的孩子，她又在火车里直言谈相地对她的朋友京生说：

　　我现在又要说老实话了。女人实在是欢喜坏男人的。听说某人的私生活很浪漫，某人有许多女朋友，总比说是去会晤一个道学家来得动人得多呀！

　　这还用得到什么"考证"和"索隐"吗？一位豪放不羁的智识女性的轮廓，不已刻画得不必再加什么渲染已经够明白了吗？为了她和他谈到他婚前有没有跟别人恋爱，于是乎京生自述道：

……我返到北方进了大学，因为学校的宿舍太阴黯了，就寄住在胡同的小公寓里。公寓的主人有一位小姐，年纪不过二十多岁光景，出嫁后不到一年，忽然丈夫死了。新寡之后，她又返到公寓里去独住，郁郁寡欢，真是最难排遣的了。她曾受过旧式的高等教育，当然不会有什么越礼的举动，不过大家相处得久了，自然而然的也有一种亲切的感情。我在当时是时常以爱护她的人的地位自居的，结婚？不要说她的旧礼教的环境是不可能，就是我自己的环境也不允许。那么怎么办呢？当我想到我怎样遏制自己感情冲动的时候，我就要咒骂所谓精神恋爱的无聊和痛苦了。精神根本就是肉体的。直到现在，我们分别也快十年了，虽然大家不能够时常聚晤，我的心里却时常觉得，她一定是懂得我了解我的人。

这，我想不多啰唆了，关于《排云殿》的主角的"考证"和"索隐"，就此一马带住吧！在《发神记》里，作者还曾吐露他的恋爱观，就在上引一段文字之后，京生在火车中继续对之娟说：

我渐渐地明白，渐渐地才相信，一个男子的爱人如果说只有一个，并且只可以有一个，那就是他的妻，那是假的，并且是虚伪的，也不合理……我跟金蓉的结婚，不也是经过一番长长的奋斗的历史才获得圆满的吗？我相信她纯洁地爱我，我纯洁地爱她，从开始恋爱的时候起直到今天，我们的热情还始终是活活泼泼的热烈奔湃的。可是，我在认识她以前，我们都有过旁的爱人。如果我们真是爱过他们的话，我们怎么能说，我们现在不再爱他们了呢？又譬如我，结婚之后已经五年了。我再遇见旁的女人，我还是要爱她的，并且如果我曾经爱上了她，我也会永远爱她的。实际上我已发现了好几个这样可爱的女性了。她们认为可以信赖，可以托付的时候，我觉得我又多了一个亲近的了解的人。

仅仅读过作者的散文而没有见过他本人的读者，谁都以为他一定是位处世非常拘谨的已经入了中年的人，谁能料到一个未满三十岁的青年，会写出这样平淡和易的文章来呢？可是在读他的小说的时候，会发现他突然地又回复了他的青春。有奔放的热情，有不羁的胸怀，有赤裸裸无避忌的描写，也有海阔天空无所不有的倾吐，正像读了欧阳修的古文再读他的"小词"一样，他那种少年特有的心情，几乎使人不信会是出于同一作者的笔下的。但不是奇迹，这是生命的腾跃，也是人性的显露，他本是个言志派的散文作家，直叙体的散文既限制他的畅所欲言，于是只有利用客观的小说体来把它无所避忌地发挥出来。他这种"泛爱"的主张，在他的《鬼吃记》和《栗子书》里，以至在最近发表的《雾》里，都坦白地郑重地一再表示。《鬼吃记》和《栗子书》实在只是一篇小说的两半截，但不知作者是不是还有意再来第三篇以完成他的"三部曲"，否则我以为还是并做一篇的好。这两篇小说里写的是一个在香港政府的某一机关里服务的中国青年，在他妻子怀了孕送她到上海去生产后，他和一个外国女子爱丽斯的一段罗曼司。虽然他在作品里把故事发生的时代提早了十多年，但作者自己在《谈自传》一文后所附"作者略传"里，却曾这样说出：

民国二十九年夏，在沪，与上海姜小姐结婚，爱情弥笃，遂赴香港，任前香港政府文化检察官。……（《怀乡记》八八页）

那么，纵然要我不相信写的是他自己的，或至少和他自己有关的事，也因为他的小说几乎篇篇都是写他自己或和他自己有关而使我有所不能。我本来不预备替作者的文章下"考证"和"索隐"的工作，然而顺手牵来的材料却又那样的多而又那样的"显"而不"隐"，又使我欲罢不能。我曾经这样想过，作者与其把这些材料用来写成小说，不如索性除去非事实的想象部分，而用白描的手法，写成一篇篇的自叙传，像鲁迅的《朝花夕拾》，似乎比较合式，这样，那篇《日丽天和》或许应该例外。我也这样猜想过，作者已把他的小说集题名《日丽天和》，想来因在他全部创作中，要以这篇所写才算是纯客观的创作的缘故。

没头没脑写到这里，不由得又要回过头来。写言志的小说，这是很平凡的发展。可是在我这篇"论"里，却似乎在极端地推重学者的言志的散文，那么在把学者的言志的散文和小说看得分文不值的另一园地里，不免要被视为反动。学者的文章所以给他们无视的原因，罪状不外乎是思想中庸而不澈底，行文都和古书有关，不能大众化，所以算陈旧的、腐朽的，不是现代所需要的。如果确实全如所说，那我倒也无话可驳，因为时代究竟已到了现代，世界不容后退只许前进。可是他们所谓陈旧和腐朽，澈底和不澈底，大众化和非大众化，不据实际而全以笼统的空论为标准，在他们的口里或是笔下，只知道推重"今"和"外"，而排斥"古"和"中"；凡是今的外的都是新的，古的中的都是旧的，旧的应该淘汰，新的才容存在。这理论已只有一半是对的，加之他们对于一般作家的批判，完全拿这样来做标准。用譬如来说，假如有一个某甲读了十本线装书（姑以代表所谓古的中的），和十本洋装书（姑以代表所谓今的外的），而另外一个某乙只读了五本洋装书，他们就说某乙是新的，某甲是旧的。另外在一般国粹学者（？）的眼光里，也以为只读了五本线装书的某丙比某甲高明得多。所以在现代，一个纯正的学者或作家，他对学问和艺术抱着只问是非好坏，而不问古今中外的态度的，却常常置身在双重夹攻中，无论在那偏狭的方面，都视之为非我族类，而加以排斥鄙弃。因此又受到一般社会盲从无识的人的蔑视，而只让他们默默以终。此所以现代一个只会写写"小猫三只四只"的人反能一跃而为当代成名作家，而一班有学问、有修养的人反而被人踏在脚底下也。

写到这里，不知不觉似乎又写到了题外去，其实还是不曾离开题目的。我写这篇文章，为了我和柳雨生君是朋友，同时又是同志，所以不免有"阿好""徇私"之嫌。而且，在有些人的口碑中，他们对于柳君文章的看法，刚巧和我相反的。为了坚持我个人的意见，也为了文人应持的正义，我是始终鄙视那些从来没有下过一些修养功夫，全靠生来的小聪明，搬弄一些实在自己也莫名其妙在别人又不熟悉的新名词，就居之不疑，自以为是一个不可一世的了不得的新进作家的那一种人！

这篇文章的题目是《柳雨生论》，实际上不过是写出我读了柳君文章后的一点感想，而且有时还联想到其他的。但是题目不大，不能表示自己的阔气，所以竟不揣配和不配，而写上这个最冠冕的题目，曰《柳雨生论》。

一九四四、七、二一，下午写

（原载《风雨谈》一九四四年第十四期，发表时用笔名谭雯）

忆滕固

在上一个月底的某日，我到上海美专去授课时，逢到代理校长谢海燕先生，他突然对我道："滕固死了！可惜得很！"我好似当头浇了一勺冷水，不禁失声道："呀！哪天死的？为什么我竟没有知道！"一经证明，才知道见于数天前的《新闻报》专电，恰巧我近来每天专看《申报》，所以竟没有见到。我和他没有通信已将近一年了，万想不到一个精力本来极强而正在中年的学者，也会在这次国难最严重的时期里遭到死亡的，所以我起初竟疑心他是死于空袭，问明白了才知是因患脑膜炎，死在重庆的某医院里。

他本是一个美术家，同时又是个文艺创作者，最后却专门走上了考古学的一途。凡是爱好艺术的人，总是富于热情与革命性的，所以他又是中国国民党里的一个忠实同志。我和他在文艺上虽为同道，但起初彼此并不相识；后来我因为也从事于所谓党务工作，才在偶然的机会中和他会晤。我们即一见如故。可是这却不是为了是同志，而是为了是同道的关系。

滕固

民国十八年的秋天，我在故乡县党部里任监察委员，他那时恰任省党部执行委员会的常务会员。一次，为了故乡的党政纠纷，闹得满城风雨，无法解决。党员中在政界服务的一派，又为了位置关系，甘心受他人的嗾使，在党的内部自己捣乱自己。上诉到省党部时，省方内部情形正与县方相同，也不问是非，只知党同伐异。那时的我，一心只晓得有国民党，不知有什么系派，只知据理力争，不去做什么联络工作，所以结果弄得处处碰壁，着着失败。后来我受了全县代表大会的推举，复亲到省党部去申诉，那天恰巧是滕固兄值日接见下属机关人员。（那时常务委员有三人，一人为叶楚伧师，另一人的名字却忘了。）当时我把县方纠纷情形说明后，他便很同意我们的主张和请求，一口答应在会议中力争。过了一天，果然我们的陈请得在执行委员会议中通过。可是那时他正任某派的秘密工作，行动已失自由（当时我没有知道，直到事后方知），不久即弃职离省。最是可笑可叹的，已经通过的我们的陈请案，也即在他离职后的下一次会议中重又推翻。

从此我明白了所谓党务工作的实在，便渐渐对所任工作消极起来。可是我对滕固兄那种一见如故而又力持正义的态度，却感到非常深刻的印象。此后他在上海进行他所担任的秘密工作，我也曾和他秘密会谈过好几次，很谅解他当时的抱负。过了不久，因为他曾在省方会议席上竭力为我们的陈请力争，因此县方的反对派，便诬指我们是他的同党。省方不察，竟把我加上"迹近反动"的罪名，下令撤职。老实说，像我这样的老实人去做党务工作，本来是自不量力，说我"反动"，那实在把我的能力瞧得太高了。

他的秘密工作不久便失败，因上海不能存身，就亡命到香港去。那时他对党事也已异常消极，从此决心摆脱工作，再为学问努力。所以在香港耽搁了不久，便筹备川资，乘了邮船到欧洲大陆去。他在中国文坛上，本来很有名望，所以一到欧洲，就受到彼邦学者们的欢迎。他便在德国居住，入柏林大学专攻美学。其时已在民国十九年了。

此后三年中，我们时常有书信来往，所以我很明白他当时在欧的生活情形。欧洲的生活当然非中国可比，可是德人是以忍劳耐苦出名的，所以他在那边过那每天只吃几片黑面包，把咸鱼当作珍馐的生活，不但不受轻视，反为他们所尊敬。那时他开始从事于考古的工作，曾专诚去访过"美术的都城"罗马的邦贝，著有《罗马之游》一文，登在《东方杂志》上，字里行间，充满着怀古的幽情，他那时的胸怀全是超现实的。德国人知道他是中国有名的文艺家，所以时常请他参加各种座谈会。有一次，因为他要在某处座谈会讲述中国唐代的诗歌，便老远地写信来托我寄了许多唐诗选集去，以作谈诗的参考。于此可见他做事治学的不肯苟且。在柏林大学卒业的那年，为了作博士论文，他又托我代找批评唐人王维绘画及宋人苏轼论画的材料。当时我就把赵殿成的《王右丞集笺注》（因为书末搜集批评王维诗画的材料都极详尽）与《东坡题跋》，以及从《东坡诗文集》中抄下来的所有关于论画的材料立即寄往。他在那样刻苦生活的研攻时期中，我们能帮助他的只有这样一些些，使我平时常常觉得对他非常抱愧。

从他的通信里，又使我知道了我在和他相识前，无意中曾做了一桩极对不起他的事情。原来我在十八年春间，曾出版了一部《中国文学进化史》，那书的末章《新时代的文学》中曾提到他，因为他是创造社一派的作家，所以我不加考虑，竟称他为"专门憧憬于肉爱的迷梦中而忘却了现实"的颓废派作家。大概德国人就根据了我这部书，都以颓废派的文艺家目他，使他承认既不好，否认又麻烦。他因此劝我，研究文学史须从个别研究作家入手。他这番好意，我当然极愿接受，从此我编写书籍，对于作家的批评，便不再仅凭主观下断，以弥补我过去对不起良朋的罪过。

民国二十一年秋天，他在柏林大学得了哲学博士的学位回国，那时党内已消除系派的成见，所以表面上对他已没有什么芥蒂。可是他竟一时找不到相当工作，他本想在国立大学里当一专任教授，也竟不能如愿。这年冬天，我到南京去访杨君，他恰巧住在杨君家里。这次的聚会使我非常高兴。他和我和杨君都是老朋友，当然不肯叫杨君常做多破费的招待，所以有一次，滕固兄提议到包子铺去吃包子当晚餐，我当然极赞成。杨君果然买了些鸡鸭肫肝，同到一家包子铺去大嚼了一顿。那时的情形，我想滕固兄在后来当了行政院佥事而坐了汽车再经过那里时，不免要哑然失笑的。可是在我却多年来想再来一次而不可得。

他很知道我的习性，而且很希望我再有所深造，所以他很想介绍我到一处规模较大的图书馆里去工作。某一个早上，他约我同到国学图书馆去参观。到了那里之后，职员一看见他的签名，便很殷勤地招待。他乘便索了几份章程。在参观珍本藏书室时，招待员拿出许多宋元版本给我们观赏，一面又滔滔地从旁加以说明。我们看了一回，也就回来。他翻了翻章程，很失望地对我道："我本来料想馆中一定有我的或我朋友的熟人，可以设法替你介绍，可是竟一个也找不出来，只好以后再说了。"

姓名	职别	原支薪额	现支维持费	备注
刘 骢	图案系主任	八〇.〇〇元	停薪	留职
沈勇为	军事教官	六〇.〇〇元	停薪	留职
楼辛壶	国画教授	四〇.〇〇元	停薪	留职
顾坤伯	国画教授	一二.〇〇元	停薪	留职
杜考祥	国画教授	一二.〇〇元	停薪	留职
朱天梵	题跋教授诗学教授	三六.〇〇元	停薪	留职
马公愚	书法教授	一〇.〇〇元	停薪	留职
黄 义	国画教授	一二.〇〇元	停薪	留职
方炳潮	图案教授	六〇.〇〇元	停薪	留职
何孝章	机械工艺实习	五〇.〇〇元	停薪	留职
张光年	图案教授	三六.〇〇元	停薪	留职
朱棠年	体育	一八.〇〇元	停薪	留职
李昌星	图书管理	二五.〇〇元	停薪	解职
李开麟	国画助教	一二.〇〇元	停薪	解职
何文鎏	声乐教授	四八.〇〇元	停薪	解职

六、上海美专教授一览（二十七年度第二学期）

姓名	别号	性别	年龄	籍贯	担任课目	每周时数	每月薪金	备注
刘海粟		男	44	江苏武进	艺术思潮教授	2	60	支职薪
王 贤	个簃	男	43	江苏启东	国画花卉教授	8	32	
李 健	仲乾	男	58	江西临川	金石学、书法、篆刻教授	6	24	
汪声远		男	42	安徽歙县	国画山水教授	6	24	

上海美专教授一览表（一）

姓名	别号	性别	年龄	籍贯	担任课目	每周时数	每月薪金	备注
俞剑华		男	45	山东	国画史教授	2	8	
刘肃熙		男	62	江苏武进	国文教授	2	40	支职薪
蓝肇枫		男	31	江苏常熟	美术教学法、艺术概论、色彩学教授	6	24	
高 杰		男		江苏	教育心理、教育概论讲师	2	8	
刘思训		男	30	江苏武进	英文教授	4	16	
谭正璧		男		江苏	国文讲师	2	8	

七、上海美专教室表

教室	课别	地点	备注
第一教室	国画实习	前三楼	
第二教室	图案实习	前三楼	
第三教室	水彩实习素描实习	前三楼	
第四教室	音乐	前三楼	
第五教室	素描实习	前三楼	
第六教室	人体实习	前三楼	
第七教室	理论	前三楼下	
第八教室	工艺	三进平房	
第九教室	理论	后二楼下	

上海美专教授一览表（二）

　　这次他在南京自己也没有找到位置，只好回到上海。从此便独住在学艺社的宿舍里。我那时也来上海任事，曾去望过他几次。有一次去时，他满室都堆着碑画的拓本，正在一一展玩。他告诉我，他正在研究中国古代的石画，想写成他的《中国石画史》。后来遇到他时，我自悔不曾问起他过，他对《石画史》不知已否动笔。如得早日完稿，那么和郑振铎的《中国版画史》异曲同工，不是同样足以惊动中外艺坛的双璧吗？民国二十二年的全年，他就是在上海埋首于研究著述中度过去的。

　　民国二十三年，他得了某种机缘，一跃而为行政院的佥事。那时他就想借了他的地位来成就他志愿中的工作，和叶恭绰等发起组织中央古物保管委员会。会的组织经行政院会议通过后，就委任他们做委员，而且指定他和叶恭绰、傅汝霖做常务委员。这时他很想大大地做一番对于保存文化极有贡献的事业，可是会中经费的预算得到行政院通过而令财政部拨给时，财政部却只允许拨放预算的十分之一。这样使他感到大大的失望，把他充满希望的伟大计划完全打破。从此他想对于文化事业有所贡献的热忱，遂逐渐地冷淡下来了。

　　此后，我每到南京必去看他，他也曾替我设法介绍了许多作品给书局出版。后来国都内迁，他也跟着到重庆。在这几年里，他曾一度出任国立艺术学院的院长，直到去秋，才仍旧回到行政院任职。去年春天，我因职务上的事曾托他写过一封介绍信，他也托我转寄过一封给他老师天虚我生家属的吊唁信，从来信中只知他一切情形均照常。去年下半年，我因生活在极度的愁苦压迫中，就没有和他通过信。今年生活虽稍安定，但因精神经了过度刺激后，疲乏到一切都懒于动手，所以仍旧没有写过信给他，因此连他已回行政院也没有知道。如果没有谢海燕先生告诉我，恐怕直到现在，我还以为他好好地生活在昆明的艺术学院里呢！

他在中年后颇抱严正的学者态度。他自欧洲回国，便不再从事于文艺的写作。他对于他过去的自己的作品，也似抱着轻弁的态度。有人说他是做了官的缘故，我却以为并不如此。文艺本是穷愁的产物，在生活安定时看了自己决不会感到满意的，这样，他那里再能写得出来？就以有关生活而论，一般穷作家明知学术研究有永久的价值，但他不能不写些艺术文字来换取面包。这正因学术文章不易换钱，而且得不到大众的欢迎，除非业余去从事，才不至于饿死冻死。这或许就是许多文艺家年青时活跃一时，而中年后往往抱着严正的态度，似乎不屑再去从事的原因了。

我对于滕固兄过去的关系只是如此。因为相识过晚，所以对于他年青时及家庭的一切很是隔膜。我想，这可让将来替他作传记的人去弥补吧！他一生的著作，据我所知，在未去欧洲前，有小说集：《壁画》（狮吼社丛书之一）、《银杏之果》《平凡的死》《迷宫》（创造社丛书之一，《壁画》的改编）、《外遇》与《睡莲》（二书均金屋书店出版）；诗与散文集：《死人之叹息》（创造社丛书之一）。论文：《中国美术小史》（商务百科小丛书之一）、《唯美派的文学》（似为译本）。在欧洲回来后，译有《先史考古学方法论》（德国 Oscar Montelius 原著）；著有《唐宋绘画史》（神州国光社出版）、《征途访古述记》（商务百科小丛书之一）。记得杨君曾告诉过我：《睡莲》是别人借他的名字出版的，不知道确与不确？

在二十四年出版的拙著《新编中国文学史》上，写着关于滕固在文坛上的一切道："滕固（一九〇一— ）字若渠，江苏宝山人。毕业于上海美专后，曾留学日本。归国，任美专教授。国民党公开后，历任江苏省党部执行委员会常委。民国十九年，复出国至德国留学，得柏林大学哲学博士学位。归国后，任国民政府行政院佥事，现兼任中央古物保管委员会常务委员。他的初期作品，大都发表在《创造季刊》（有《壁画》《石像的复活》《二人之间》三篇）、《创造周报》（有《乡愁》《秋祭》《诗画家 D. G. Rossetti》《科学与艺术》等文）上。创作集有《壁画》《银杏之果》《平凡的死》《死人之叹息》《迷宫》等，大都是写青年人的恋爱失意的悲剧，不脱那时文坛习用的普遍的题材。最后出版的《外遇》与《睡莲》，作风却与前此微微不同了，然而作者亦从此搁笔，而致力于他的考古工作了。"（页四四八—四四九）此后，只需再加上："迁都后，西行至渝，不久，赴昆明任国立艺术学院院长。二十九年秋，仍回行政院任事。今年五月，以脑膜炎殁于重庆某医院。"他的一生，就这样的完了！

（原载《万象》一九四一年第一年第三期）

忆虚舟

死别已吞声；生别常恻恻！

——摘自杜甫《梦李白二首》之一

在一年多前，我为了纪念那位在重庆故世的老友若渠君，曾在十分悲楚的心境中，写成了一篇《忆滕固》。从那时起，更引起了我对于那些生别了的许多朋友的怀念。自从内地与上海隔绝而成为两个不相同的世界以后，留在那边的朋友们，虽然不能像平日那样常常互相通信，但他们的行踪，至少可以由直接或间接的得知一二。只有虚舟君，不知为了什么缘故，四五年来，总是消息杳然，而且连朋友间提起他的人也一个没有。所以每一想到了他，不禁引起我回忆我们那过去的一番交谊。

矮小的个子，瘦削的脸庞，说语时常常侧着头，一口带些口吃的上海话，颇有些诗人雅士的风度。这是我和他在民国八年初会于上海省立第二师范学校自修室中时所得的印象。那年我第二度投考二师，以第七名录取，他是第十四名，所以派在一个自修室里，而且又是同寝室。当时在对于古籍有一点同样的爱好上，我们一接谈便很投合，从此便成了莫逆的朋友。

那时候他的老母还健在，两个哥哥都离开学校，大的在银行，小的在电报局服务，只有他和他的一个弟弟和一个妹妹还在读书。在假日，我在他很诚意的约请下，曾到他府上拜访过几次。他在学校里很少相知的朋友，除了我以外。因为生来个性很坚强，他对于自己所提出的主张，从来不肯因了别人的指摘而有所迁变，所以时常要和人家起争论。但他那副不长于辩论的口才，往往胜不过人家，结果，总是吃吃地说道："任你们怎样去说，我的主张总是不错的！"可是他从来不曾因此和同学们翻脸过。有的同学有时还要故意表示反对他，以引起他吃吃的争辩，作为我们课后的消遣。

他的年纪，记得似乎比我大一二岁。那时他不知受到了什么感触，向人家表示他抱着独身主义，因此很欢喜看看佛经。恰巧我们的校长贾季英先生也是位佛子研究者，著过一本《佛学易解》，承他的推荐，我也去买了一本来拜读。其时校里又请了一位居士来讲唯识论，每星期讲二次；又承他的好意，约我和他一同去听讲。因为对于讲者言语的不解了，和唯识论的深奥难懂，我去听了两次，始终一些都没有听懂，所以便辜负他的好意不再听下去。可是他自己却始终不倦，逢讲必听，而且还写了许多听讲的札记。

此外，他又欢喜金石与书画。那时教我们书法和图书的是海上有名的金石书画家吴景蓬先生，他时常在课外向他问业，所以独多心得。可是他生性缺少艺术的天才，全然为了爱好而努力，结果自然是事倍功半。他的金石书画一味仿古，而且一派是文人的作风，以险怪奇崛来表示与世俗的工致异其旨趣，所以常为不识的人所讥笑。可是他却处之泰然。就是同学们时常请他刻图章，他替他们刻了，从来难于得到他们一句满意的赞许，但他始终有求必应，从来不曾因此而拒绝过人家的请求。

他和我一样，并不爱好运动，但他却加入了学校里组织的童子军，据说这是因为他在小学里也曾加入的缘故。那时上海的学生界正承着五四余波，常常由学生会主持，跑到校外去做那宣传的工作。我虽然也不会演讲，却是很欢喜去参加，但他却对此没有丝毫兴趣，且常常反对我们的行动。那么他应当是位极用功的学生了，却又不是。他也和我一样，课后只管做着自己爱好做的事情，对于校里功课并没有什么特殊的成绩。

半年后，我和他便不派在同一自修室里，但我们的友谊始终不变。那时已在民国九年，上海的学生运动又为了反对不良政治而膨胀起来，久动难静，学生们都无心于读书。但他们的反抗意识却在这时期无形中逐渐养成，对于现状一有不满意，便想毁灭了重行改造。其时我因在报纸副刊上投稿正投得高兴，偶然为了一种不平的事，写了一封暴露学校的黑暗的信，而信却在《民国日报》的副刊"觉悟"上发表了。我自己既不守秘密，同学们当然也不替我秘密这件事，于是在破坏学校这个罪名之下，我被逼离开了二师。而和我接近的同学们，有的品行分数减等，有的却得了留校察看的严重的警告。虚舟当然也是其中之一。

我自己很引以自慰的，便是我虽然离开了二师。但同学们的精神却始终没有和我暌隔过。直到现在为止，那班和我同级的同学，始终当我和他们在校读到毕业的同学一样看得。而虚舟，他和我的友谊却比了在同学时尤为深进。

民国十一年，我为了经济关系，在故乡做一家乡绅人家的家庭教师，他仍在二师。那年六月，我生了一场极重的病，等到病愈已是暑假。那时他的家已不在上海，所以他假期中到杭州去住在他的二哥家里。他的二哥那时正当杭州江干电报局的局长。在他学校将放假时，承他好意，约我和他同到杭州去游玩，因为这是一个难得的机会。我果然应约到了上海，和他同到杭州。——这是我第一次到杭州，因了他的指引，虽然只游了三天，但所游的地方却比任何那一次为多，虽是又在很热的夏天。

少年时代的心性有时是极可笑的。在没有动身出发之先，原想在杭州度过暑假的，可是一到杭州，换了一个极客气的地方，心里已感到异常不安，便不想多住下去。所以在过了一宵之后，急不及待，便催虚舟一同出去游玩。江干是在钱塘江边，到西湖上却隔着一条山岭。我们一早便起身，带了水壶雨伞等出发。经过了八卦田，由慈云岭上玉皇山。山上有七星缸，据虚舟告诉吾，这缸里的水从来不放它干涸，否则杭州城里便要发生火灾的。山顶有玉皇庙，庙里有只双桂堂。那时我们同去得太早，所以道士们都后起来，双桂堂的门还关着。由山顶下来，再由慈云岭北面下去，便到了西子湖边。

那时正在盛夏。虽是早上，太阳也很有威力。可是一到湖滨，便觉波光潋滟，眼界为之一广，把怕热的心理早灭了一半。于是沿湖滨而西，在一个渡口，雇了一只船到茅家埠。在湖上看山，另成一番景色，而西湖三面是山，一面是城，景致又很别致。由茅家埠上岸，一路问路到灵隐寺。先游了飞来峰和金泉寺，然后再进寺里。那时大殿正在重建，所以只游了罗汉堂。

堂里五百个罗汉，果然奇形怪状，没有一尊相像。出了右后门，上山到韬光寺。在寺前石台上，可从山坳处窥见钱塘江的一角。再上去便是北高峰。我是初次玩山，一时好奇，竟不顾热的一口气跑到了山巅。由北高峰下来，再向前去，便是三天竺。在上天竺的仙人洞喝了一回泉水，觉得精神为之一爽，便装了一水壶，预备在路上再喝。

由天竺回头，仍经过灵隐寺，一直到"玉泉观鱼"。由玉泉出来，再经过"九里松涛"，早到了栖霞山，走上栖霞岭，想去探紫云洞，谁知因时间过晚，洞门深闭，懊丧而退。又想去游栖霞洞，找来找去，却始终没有找到。（就是我后来去了两次，也始终没有找到，不知是什么缘故。）由岭上下来，再过去便是岳王庙。这座奉祀历史上唯一伟大的民族英雄的庙宇，果然相当地宏丽壮大。进去到大殿上仰瞻遗容后，又到右旁坟团去兜了一转，也去把那几个跪着的铁像，用砖石击了几下。出庙，然后换道到白堤，经过"曲院风荷"，不但荷花没有，就是荷叶也早已破败不堪。这时天色很晚，沿湖渡船正在招呼客人渡湖进城。我们便坐了一只渡船到旗下，在湖滨旅馆借宿。晚上在湖滨公园乘凉，可惜没有月亮，否则湖上必定另有一番景色可以观赏。

明天清早，即由旅馆出发，沿马路而北，经过昭庆寺，进去兜了一转，便退出来再向前进，到达宝石山下，晨曦还不十分的高。走上山去，在保俶塔下逗留了一下。又下山前进上葛岭，游炼丹台，再上到初阳台。那时两峰在望，苏堤、白堤好似水田里的两条阡陌，狭得仅够驻足。由葛岭后面下山，经过了极长的田野，到了秦庭山的后面。上山到山顶，上面有座玄武庙。到庙里去喝了一回茶，便由庙后经过一条极长的山脊。那时正当中午，骄阳迫人，汗下如雨。山路又相当狭小，积草没路，峻险处崖岩如削，向下探看，谷深无底，十分怕人。走尽山脊，从桃源岭下山，已经到了西溪道上。

这天我们的目的地是在西溪的留下，所以一下了山，便再向西前进。经过花坞，由竹篁中曲折而进，走到了坞底，是一所人家的布置极精的别墅。那时足力已疲极，跑进去时，寂然无人，便不管什么，皆在厅里藤椅上休息。后来主人出来，他好似司空见惯，不以为意，我们和他寒暄了一会儿，即就下山，仍由原道曲折而出，回到西溪道上。其时，时候已不早，预计到了留下，便不及回城。大家正在担心着留下有没有旅馆。恰巧在路上逢到一个同路人，他是到留下警察局去看朋友的，和虚舟乱谈了一下之后，很是投机。于是他允许我们，到了留下时，由他托警察局的友人代吾们雇到一船，送我们回松木场。到了那边，便有人力车可以回城了。

到了留下镇，我们便请那人到茶馆去喝了一会儿茶，果然由他去设法，雇到了一只小艇。下艇时，夕阳正衔山。一路由古荡东行，两岸尽是芦苇。那时芦叶正青，与天齐色。一路观赏，倒不厌闷。可是艇到松木场时，天已乌黑，一问舟子，才知已在水上行了近二十里的路。上岸后，人力车已没有，幸亏进城是大道，二人便在黑暗中挽了手一路前进。不知走了多少路，终于仍回到了湖滨。那时已靠近黄昏时候了，便在清泰第二旅馆借住。两人到了这时候，都已疲乏到极度，看定了房间便睡觉。这天虚舟他有些中了暑，肚中忽然作痛，我连忙给他吃了许多人丹，不久也便停止。

第三天因足力疲到极点，决定专作舟游。清早起身，便到湖滨去雇了一只小游艇，包定全天，只有银元一元。我们一下艇便在晨风拂拂中离城向白堤划去。在西湖公园前上岸，先到公园去走了一转，然后再向东去游文澜阁、东坡祠、秋坟、苏小墓，再抄小路，到孤山去。登放鹤亭，拜林和靖墓，可惜这时不在梅花开放时候，但绿叶成荫，置身其中，颇觉凉爽。再由原路退回，经过公园，到西泠印社，又想游俞楼，可是不开放。重新下艇，再划到"三潭印月"。那时因为是夏天，所以放生池上冷清清的游人很少。我们登岸，走过九曲桥，一直到了彭刚直公的退省庵，然后再回出来下艇。向苏堤驶去，到"苏堤春晓"上岸，但见堤上草深没胫，桃花当然已没有，就是杨柳已很萧条。一会儿仍返艇中，再驶向南屏，在净慈寺前登岸。我们因准备回江干，所以就发放艇子回去。

经过了好几处的耽搁后，时间已经不早。同进净慈寺去兜了一转，觉得禅房深处，幽静异常。方丈室里正有几个和尚在下棋，态度静穆已极，不觉很是羡慕。出寺时，又到寺旁去看济公运木井。井底果然还有几丈木桩留着。寺前是南屏山，雷峰塔就在它的顶上。山很低小，没有多少级便已到顶。这是我第一次看到雷峰塔，同时也是最后一次，因为后来再去时，塔已坍倒了。那时塔下住着许多丐僧，据虚舟告诉吾，他们都是因不守清规，被追去度牒而逐出本庙的，所以别的庙都不肯收，只有求乞度日。我们站在塔前对着西湖远眺，那时夕阳正红，湖山尽被滥染，瑰丽异常。因时间已晚，只好恋恋下山。仍沿湖而东，再上慈云岭，渡过玉皇凤凰二山中间的山坳，由南面下岭，经过八卦田，回到江干。

我们回到电报局后，便大家好好地洗了一个澡，略略乘了回凉，便即归寝。三天来的疲劳，到了这时竟完全发作。明天，我在一只藤椅上躺了一天，神智迷迷糊糊地，终已像在梦中。但经过这样一天的休息，也即复了原。当时曾写了几首白话诗，寄给《民国日报》，在附刊《平民》上发表。到了第五天，便向虚舟告别，仍绕道上海，回到故乡。趁着游兴未衰，又曾写了几十首七字绝句，作为这次游杭的纪念。

　　此后他仍在二师肄业。那时二师的本科行分科制，分为国文英文技术三科，他入的是技术科，这当然是为适合于他的爱好起见。民国二十年秋季，我在神州女校教书，和慧频同住在闸北宝通路某一间小楼里，他在假日曾来看过我们几次。但一年后，我即离开上海，他在二师毕业后，便进交通银行任职。因为他的大哥这时正在山东济南做分行行长，加之他诚恳的为人，所以他在行里的位置升得很快。不久，他被派到青岛分行里，担任会计主任之职。那时我在故乡任职，他有好次约吾去到青岛游玩，可惜我总因懒于出门，辜负了他的好意。现在想想，还觉很是懊悔，他又曾寄给我许多青岛的风景画片，又写信告诉吾那边的生活状况。我的脑中至今还留下一些关于青岛的印象，都是出于他的赐予。

　　他后来也到过湖南。游过泰山，再后又派到浙江宁波，最后又派到杭州。他在这时期中，曾游过严子陵的钓台：浙东的天台、雁岩，当然他不会把它放过。他每次出游，必写信告诉我，所以我对于他的行踪是很了然的。民国十七年，我和慧频结婚，他仍是独身。但在不久以后，忽然接到他从杭州寄来结婚请帖。在十分诧异之下，一看结婚日期，是在收到那天的一星期以前。这当然是由邮局的耽误。为了俗忌的关系，连送礼也不及，后来只补写了一封恭贺他的信。据说他的夫人是他二哥家的邻居，他的二哥仍在江干电报局，那么她当然是杭州人了。十八年，我和盛张二君重游杭州，曾去看他一次，可惜没有逢到。

"一二八"事变，他适回到上海总行任职，住在施高塔路。他在那晚仓促中逃出，把他生平所积藏的许多名贵书画和佛经都遗弃在那里，所以和我碰到而谈起时，十分懊丧。但事平后他回去一看，寓中物件分毫未动，书画当然一本也不失，他那时的欣喜可想而知了，但不久以后，他又被派到杭州。民国二十三年春假，我和慧频因把那一百多万字的《中国文学家大辞典》写成，在欣喜的心情之下，第三次重游杭州。那时我们已有二个孩子，大的已有六岁，小的只有二岁，也带了同去。我们趁着在城厢游览的时候，曾到他银行里去看过他。他邀我们到他家里去，但我们因忙于出游，终未如愿。第二天晚上，他买了许多本地土产送到我们住的旅馆里，我们向他道了不能到他府上的歉意。过了一天，我们遂于十分疲乏中回来。自从这一次别后，便没有再和他面会过。但我们间的书信仍照常在来往，所以彼此的消息仍不隔膜。

"八一三"事变后，一时断绝了消息的朋友们都陆续知道了他们行踪。有的照常直接通信，有的从别的朋友的信里得知了他们在内地的一切，而有的已从内地回来，在起初一二年中，我很想登报访问他，可是总觉得有些小题大做，踌躇而止，自后即在不知不觉中淡漠了下去。去年因了若渠兄的噩耗，不觉把我对于他的怀念重新引起。他虽然是一个很平凡的人，但他那副始终沉浸于他所爱好的艺术以及忠于他的职务的态度，在我朋友中却绝少见到：况且我们的交谊又和普通不同，我们只是淡淡的来往，可是从相识到"八一三"事变初起的十年中，从来不曾有过一天的隔膜。

他的原籍是江苏的太仓：他因为生长在上海的缘故，似已改籍上海。"虚舟"是他的别号。在这个别号的字义上，我们可以看出他对于人生的看法，和处世所抱的态度。而他的行动的确与他的思想和态度十分的切合。

我希望靠了"文字有灵"，在这篇文章发表后不久，便飞来了我这位天天怀念着的朋友的消息！

（原载《新流》一九四三年第一卷第一期）

附注：虚舟为号，本名陆廷抡。下面为谭正璧怀旧之作。

丙下　陆廷抡

一载同窗意气投，
登堂拜母识昆俦。
童军十绝曾酬和，
词笔戎心非俗流。

作客羡君清福多，
西湖烟柳明湖荷。
历城泉冽劳山酽，
海岛风光胜画图。

名士丰标好学禅，
因明唯识作常谈。
他年赠我香奁集，
毕竟难通色相关。

曾约孤山深处游，
鹤亭梅树两清幽。

怜君一世操筹算，
只为妻孥作马牛。

龙门旧事恨吞声，
细数真交只有君。
临命未能握手别，
人天恨事永难平。

（以上摘自谭正璧《古稀怀人集》，1970—1971 年作）

论苏青及张爱玲

在个人主义风靡一时的现社会里，即使是被压抑者反抗的呼声，也不免是属于个人主义的。读了目前最红的两位女作家——张爱玲和苏青——的作品，往往要引起我这样的感想。革命之后三十多年来，中国社会固有的宗法和旧礼教势力对于女性的压抑，非但没有消除，反而变本加厉，资本主义在外国是封建势力的仇敌，然而到了我们中国，却会化敌为友，互相狼狈，造成更多重的压力，依旧盘踞在各个黑暗的角落里。然而人总是有着"人性"的生物，当那些被压抑者一朝觉醒而倾向于自由的要求的时候，她们不但会喊出反抗的呼声，甚至也会见之于行动。不过在同样的倾向里，我们读了以前冯沅君、谢冰莹、黄白薇诸家的作品再来读这两位的，便生出了后来何以不能居上的疑问。因为前者都向着全面的压抑作反抗，后者仅仅争取属于人性的一部分——情欲——的自由；前者是社会大众的呼声，后者只喊出了就在个人也仅是偏方面的苦闷。

两人中，张爱玲是专写小说的，因此她的思想不及苏青明朗；同时作品里的气氛也和苏青截然不同，前者阴沉而后者明爽，所以前者始终是女性的，而后者含有男性的豪放。苏青是个散文作家，写作小说在她似乎不过是偶然的兴会。但是在重视意识过于技巧的批评家的笔下，苏青却高过于张爱玲。我们如果把两者同样重视，那么张爱玲在技巧方面始终下着极深的功夫，而苏青却单凭着她天生的聪明来吐出别的女性所不敢吐露的惊人豪语，对于技巧似乎从来不去十分注意。就文艺来论文艺，两个人的高下应该从这地方来判分和决定的。

在张爱玲的小说里，题材尽有不同，气氛总是相似。它的主要人物的一切思想和行动，处处都为情欲所主宰，所以她或他的行动没有不是出之于疯狂的变态心理，似乎他们的生存是专为着情欲的。她的成名作《倾城之恋》和《金锁记》是这样，她的其他作品如《花凋》《年青的时候》《封锁》《茉莉香片》等也都是这样。《封锁》的题目确是挺现实了，可是内容所写一对在电车上邂逅的男女霎时的罗曼司，如果没有读过性心理学一类书本，或自己也曾有过同样变态心理的人，一定会疑惑这是作者自己在疯狂中所发的呓语。《茉莉香片》写一个少年在无法遂他情欲后对于他的恋人施以疯狂的虐待，几乎致之于死，而她为了爱他，事后并没有丝毫报复的意念，尤非普通人所能了解。《花凋》写来似和世情略略接近，然而因为它是个绝对的悲剧的缘故。《年青的时候》比较地松弛，写一个青年迷恋他的异国人的女教师，情调非常优美。总之，作者是个珍惜人性过于世情的人，所以她始终是个世情的叛逆者，然而在另一方面又跳不出是情欲的奴隶。

意识是作品不可少的生命，技巧是作品外表面必须有的修饰。美丽的生命如果加上美丽的修饰做外表，那么至少比了没有美丽的外表更容易获致多量的读者。所以一个哲学家积贮他一生辛苦研究所得而写成的皇皇巨著，往往不如一个文艺家在一霎时间引起的思绪所写成的几行诗或一篇短文会立刻传诵于全世界。有人批评张爱玲的小说的缺点，是好用美妙的技巧来掩盖她平凡的意识，所以同样是她的成名作品，《倾城之恋》不如《金锁记》，这是一种极苛刻的批判。《倾城之恋》果然有着高人一等的技巧，它的富于传奇性的故事确比《金锁记》安排和剪裁得妥当，而《金锁记》全像是一个长篇小说的节本，时时流露着支离脱节、捉襟见肘的窘状。然而在意识方面，两者实在无从分别它的轩轾，因为故事的发生既有年代的相差，社会又不是冻结不变的化石，所以同样是苦闷，自然有着深浅高低的分别。这相差的程度并不是作者的意识高下的程度，即使不是批评家也极容易明白这个平凡的道理，为了《倾城之恋》有着比较美丽的外表，就成为我所以选入《倾城之恋》而放弃《金锁记》的重大理由。

作者好用象征的手法，把整个故事的性质，在作品的开端那段时空间里预先暗示出来，使人读完全篇，感着有一种通体谐和的情调。在她的《金锁记》里这样，《倾城之恋》里也是这样。你看：

上海为了"节省天光"，将所有的时钟都拨快了一小时，然而白公馆里说："我们用的是老钟。"他们的十点钟是人家的十一点。他们唱歌唱走了板，跟不上生命的胡琴。

在这段短短的引子里，使我们知道全篇的故事人物都是比一般都落后一点钟的老钟，也都是在生命胡琴上已走了板的歌唱。这样一开场就罩住了全篇的故事人物，直接是融合了作品通体的情调，间接是增加了读者感应的效果，这是作者所特有的风格。但是她还擅长心理的描写。她写两个因为彼此都十分矜持而不肯相下的，然而都已有了很深的世故经验的一对男女，在彼此追逐了好久时候，而一朝表示"他爱她"，他吻她的嘴时：

这是他第一次吻她，然而他们两人都疑惑不是第一次，因为在幻想中已经发生过无数次了。从前他们有过许多机会——适当的环境，适当的情调；他也想到过，她也顾虑到那可能性。然而两方面都是精刮的人，算盘打得太仔细了，始终不肯冒失。现在这忽然成了真的，两人都糊涂了。流苏觉得她溜溜的转了个圈子，倒在镜子上，背心紧紧抵着冰冷的镜子。他的嘴始终没有离开过她的嘴。他还把她往镜子上推，他们似乎是跌到镜子里面，另一个昏昏的世界里去了，凉的凉，烫的烫，野火花直烧上身。

只是接吻的一刹那，她写得这样的精细，这样的深刻！在别人的笔下，至多能够写出一些肉麻的词和句来，而她是那么缠绵，那么沉醉！

作者本是位有着多方面修养的艺术家，善绘画，又好音乐，在文艺上又善于运用旧文学遗产。她熟读《红楼梦》，也熟读《金瓶梅》，这两部最长于描写女性和情欲的过时的伟大作品，却给了她以无限的语汇，不尽的技巧。所以新旧文学的糅合，新旧意境的交错，也成为作者特殊的风格。然而糅合只是糅合，交错只是交错，无限量的运用便要成为滥调与俗套，本是赖以成功的因素，往往就会是招致失败的绊脚石。她的尚未发表完全的长篇小说《连环套》因此引起了一位批评家的反感，然而正也是一班有识的读者所对她抱着的"杞忧"。

一提到苏青，仿佛听到了一个什么社会闻人的名字似的。她是目前一位挺有名的散文作家，同时也写着小说。因为她有着海阔天空的胸襟，大胆直爽的性格，她所感到的想到的都毫无嫌避、毫不掩饰地在她的笔下抒写出来。这种别的女作家所不敢有的作风，我在前面说张爱玲的思想不及她的明朗，就是指这种地方，却使她站上了目前文坛的很高地位。但是在读者方面，除了少数真正能够了解她而同情于她的智识群外，大多数人对于她的作品（恕我在下面说出这样一句非常冒犯作者和读者，然而在我是很忠实的话），不过是抱着和一般人欢喜读《金瓶梅》《×史》相同的态度。这种态度并不是读者程度的幼稚，或是心理的堕落，而全以作者全部文章的内容为因子。正如她的朋友实斋在《记苏青》一文里所说：

除掉苏青的爽直以外，其文字的另一特点是坦白。那是赤裸裸的直言谈相，绝无忌讳。在读者看来，只觉她的文笔的妩媚可爱与天真，决不是粗鲁与俚俗的感觉。在她最近的一篇文章中，有一句警句说："饮食男，女人之大欲存焉。"经她巧妙地标点一下，而将女人的心眼儿透露无遗了。……

果如这篇文章的作者所说，我们随时可以在她的作品里读到她的"赤裸裸的直言谈相"，像"性欲""月经""生理需要"一类在一般文艺作品中不大用到的名词成语，在她的笔下简直是"家常便饭"。我并不以为一个女性不应该写这些，但是好像陶渊明的爱"酒"一样，如果在它诗里首首都有"酒"字，好像没有了"酒"就写不成诗，那一定会引起读者单调寡味的感觉的。我对于苏青的大胆直爽，没有女性的扭捏是钦佩的，但是她的过多的"直言谈相"，有时很使我感到肉麻。她的"直言谈相"仿佛是和味用的"辣火"，偶然用些是很够刺激的，但是如果像"四川菜"那样每菜必用，那就要辣得我们口舌麻木。不知一般的读者以为我这个譬喻用得怎样？

苏青以多写散文的缘故，所以创作小说并不多，但是比了张爱玲似乎又并不少。读者所最欢喜的是她的长篇小说《结婚十年》。这是一本自传体小说，因为书中的主角是女性，又是用第一人称来写，思想和行动也和作者相似，所以曾有不少读者误以为是她的自叙传。我以为所叙当至不会就是作者自己的事实，但不能说全和作者的思想经验绝对没有关系，因为一般用第一人称的文艺作品都是这样的。但这是个不必在这里讨论的问题。作者在小说里所擅长的也是心理描写，她所描写的又全都是女性的性欲心理，这正和她在散文里所主张的完全一致，于此可以看出她纯粹是个为了争取性欲满足而斗争的斗士。她的短篇小说也好用第一人称来写，而且也大都渗入自己的生活体验，如《两条鱼》《胸前的秘密》《蛾》都是。在《蛾》这篇被我选入的小说里，作者刻画一个女性的性欲的苦闷深刻到极点，于此可以看出作者自己过的是何等样的苦闷的人生。她竟这样不顾一切地再三大喊着："我要……！我要……！我要……呀！"

她在文章里是这样地写出来了，也就是喊出来了，但她的文章里的主人公却是：

她想喊，猛烈地喊，但却塞嗓住不能发声。房间是死寂的，庭院也死寂了，整个的宇宙都死寂得不闻人声。她想：怎么好呢？关了窗，一线光明也许会带来一线温暖？……但是她的眼睛直瞪着，脚是僵冷的，手指也僵冷。

如果自己是没有这种经验的人，写一个性的饥渴者的感受和形象，能够写得这样"逼真""如活"吗？所以这篇文章是最能代表作者的个性、思想和作风的。但是主人公在满足她的欲望的时候，她所感到的是"她此刻在他的心中，只不过是一件叫作'女'的东西，而没有其他什么'人'的成分存在"。这种锐敏的感觉，便是她的苦闷的源泉。因此她断定："男女间根本没有爱，欲望像火，人便是扑火的蛾！""为了追求热烈，假如葬身在火焰中……是死得悲壮痛快的。"这就是作者否认了"爱"然而还希望有异性来填满她的空虚的主要原因。可是在最后，她也竟发现了人类所以有这种本能的真实原因，就是为了孩子，而孩子就成了她的温暖，她的光明。于是在老医生替她打去了胎，善意地忠告她"好好嫁个人吧，不要再胡闹"以后，她竟直直爽爽地告诉他："老医生，请你不要笑我，我是还想做扑火的飞蛾，只要有目的，便不算胡闹。"

这篇小说的主题，便是在写这个"扑火的飞蛾"怎样发现她"只要有目的，便不算胡闹"的爱欲哲学的经过的历程。

日本与谢野晶子夫人这样说过："实在说：妇人描写妇人自己的心理，最能够使人有感动的地方，因为这是妇人自己描写自身的心理。所以妇人若能在男的短处方面努力，比较容易收到效果。"这一段话就是这两位最红的作家成功的圣经!

〔本文系谭正璧编《当代女作家小说选》（太平书局
一九四四年版）序言之一部分，后发表于《风雨谈》一
九四四年第十六期。〕

忆白冰

　　近来在一个人静着的时候，往往会无缘无故地回忆起那些这许多年来没有得到一些消息的朋友们的往事。结果，自然是只有徒然的怅惘。这或许也是季节的关系吧！"伊人秋水"，古今人的情感，原是没有什么殊异的。

　　昨晚在一个宴会席上，偶然逢到我所最爱读的《结婚十年》的作者，也是《天地》杂志的编者苏青女士。她本来已托了好几个朋友向我为《天地》索稿，当然啦，当了面那有反而放过之理？于是在她殷殷相约之下，我一口答应了她。因此，在一个人踽踽地归来的路上，忽然又想起了使我怀念多年而失去了行踪的而从前曾经主编过《女子月刊》的白冰女士。

　　我一想到她，便清清楚楚的记得我们第一次相晤时的情形。那是一个深秋的清晨，我在微雨濛濛中，从南市蓬莱路寓所出发，换了几次电车和公共汽车，才到达了目的地——康脑脱路延平路的转角。

　　那时延平路的路面正在动手建筑，全路都是一片乌

白冰

黑的煤屑，踏得脚底痒痒的，我一面向前走，一面留心着两旁里弄的题额。好不容易，才找到了我所要找的太平坊。那坊又分做好几条弄，走了几条，才找到了我所要找的号数的门牌，那是当时《女子月刊》编辑部的所在地。

我就站住了脚，揿了一下门铃，一面等着开门，一面除下被雨沾湿的眼镜用手帕来拭干。一会儿，一个女仆开出门来招呼我进去。里面是间极简单的会客室，右偏便是座楼梯，我便在室中的桌子旁坐下。女仆把我的名片送到楼上去。约莫过了几分钟，一位披着睡衣，穿着拖鞋、不施脂粉的年轻小姐从楼上慢慢地走下来。我想：这位就是白冰吗？连忙站立起来迎接。经过一番寒暄后，才知她果然就是白冰。她是那么自然，通脱，对待我这个还是第一次看见的朋友。我起初以为一个女性的编辑，一定是那么矜持，那么爱修饰的，不料白冰适得其反。但这丝毫没有引起我的失望，反而使我得到一个至今还没有淡去的很深刻的印象。

那次我去拜访白冰的动机是这样产生的。

大约在不到二个月之前，我在光明书局逢到施蛰存君。他告诉我："现在《女子月刊》已换白冰当编辑，她托我请你写些稿子。"当下我就顺口答应了。不料隔得没有多少天，又得到了白冰的直接来信。她那时总算已是个杂志的编辑了，可是她写的信是那么谦虚，自卑。在杂志编辑多数都是傲慢对人的，当时我对她确是肃然起敬的。尤其我也是一个文人，而文人总是珍惜自己的著作的，她在那次给我的信里，曾说了这么几句话："在四五年前，我就看了两遍你写的《中国女性的文学生活》，早就很想能够见见你。"起初我以为这不过也是和一个不相识的朋友初次通信常用的虚伪的恭维语，后来经过几次会

《女子月刊》刊影

面，多次通信之后，才知她确是出于衷心的诚实的话，因此不由我不承认她是我生平知己之一，而种下了历久不忘的友谊。

那时我是不欢喜替一般杂志写稿的，可是在她诚意地间接直接请求下，我就把我新编的《中国女性文学小史》交给她在《女子月刊》按期发表。从此信便不断地时常来往。在她每次的信里，她总是说要来看我，可是总不见她的到来。后来我一想，她在上海是客地，怕不多认得路，而且我住的地方和她的编辑部距离的确相当地远，来往实在有种种不方便。于是我就决定由我自己去看她，因而有了那一次的访问。

但是，后来她不是没有来看过我。她一共也来过三次。她每次来时，总是穿着很朴素的服装，完全像一个还在中学里求学的女学生，在不认识她的人看见了，决计想不到她会是一个杂志的编者的。因此更增加了我对她的敬意。我引为遗憾的是，她每次信里总是要我指出她所编刊物的缺点，或贡献她些改进的意见。可是终究我对于编辑刊物是门外汉，从来不曾有过一些好的意见提供她。这或许曾经使她失望过也未可知，虽然她没有对我明白表示过。

她编了几期《女子月刊》之后，忽然辞去了职务。她在给我的信里从来没有说明她为什么要辞职的原因，但是她不说我已知道得清清楚楚。原来主办这个刊物的人是著作家姚名达君。既是著作家，他当然懂得文人生活的甘苦。可是这位先生却居例外。我替《女子月刊》写了四五期的稿，白冰每期开了稿费单叫他发，他从来没有发出过。但是由他自己去拉来的稿，却分文不欠。这是我问了赵景深君而知道的。而且不但对我这样，凡是她请人写的稿，都不给稿费，在这样情形之下，叫她怎能安于职位呢？于是，只有一辞了之。关于这件事，我始终不明白姚名达君到底是抱着什么心理，凭着什么理由，叫白冰无故地掮这木梢？幸而那时生活程度很低，像我又根本不是靠卖稿生活的，所以知道了实情后，不独不再叫白冰去催索稿费，反而写信去安慰她一番。这当然也因为我们中间已经有了友谊的缘故。

但是初时她虽然辞去了主编的职务，还担着编辑委员的名义，而且仍住在编辑部里。不过，她从此不再向我拉稿了。又过了不久，她忽然写信告诉我，她已离开那个杂志的编辑部，而住到辣斐德路的一家妇孺医院里去。我得了信，想问问她究竟为了什么，去找了她两次，结果都没有找到。一位年轻的小姐，离了遥远的故乡——她是厦门人——单身到上海来就职业，我很钦佩她的大胆。可是，却因此又引起了我对她的不安的怀念。因为世界是那么丑恶，上海尤其是最最丑恶的一角，所以我猜测她那时的遭遇一定有着什么难言之隐。可惜的是我在那时对待朋友始终抱持着"淡如水"的态度，尤其对于一个年轻的异性朋友，虽然认之为知己，更不敢表示一些对她应有的热情。现在想想，却不免有些近乎傻的。

在"八一三"以前不久，我突然又接到她自她故乡——厦门鼓浪屿——寄来的一张明片。因为在那明片上告诉我：她即日便须回到上海，一到上海便来看我，所以我遂没有回信给她。从此不独书信断绝，连消息也一些没有听到过。当前年厦门沦陷的时候，每次在报上读到那边的战事消息，常令我怅望云天，惦念着这位久已不知行迹的知友的平安。正是"身无彩凤双飞翼"，这句诗虽引用得不合我们的身份，但除此外也一时想不起别的话可以表示我这时的心境了。

女子書店股份有限公司啟事用箋

上海跑馬路五二三號　電話八〇五一號

輔助女子教育　　　提倡女子職業

發表女子作品　　　供給女子讀物

正璧先生：承想昨天到達來賜看候，因為是星期一恐怕您

不在家。接到您的信後才知道五店要改七月寄結課，後來

我問過她們，才知道地沒有寄，我打算這兩天去領到生之一

這樣月刊華文。

因子很快的來手，我□□的先生□□，在近日

□□□□備□□□□我□華手結好。

我說在同風覺自己還須好之地望了，不得把時間太虛費去。

字第　　號　民國二十　年　　月　　日發

女子書店股份有限公司啟事用箋
上海福煦路五二二號　電話八〇五一號

輔助女子教育　　　　提倡女子職業

正璧先生：

同允先容西姚先生事三辭多
月編務，但得不好如意，後
來統我保述辭職理由才答應由他重
編，現在要期程長了，我將舊已他向答辯上
力辭現在已月，現我要程程長了，我將舊已他向答辯上
弟，我望您能給教導些好的，給我事辭上好辭
假如您有空，請告訴我一個時間，我要去
請安

發素女子作品

供給女子讀物

祝

　　　　　　弟冰再行得得

弟 傅義

字第　　號　民國二十　年　2 月 18 日發

白冰致譚正璧函（二）

回到家后，一夜的睡不着，一面还是怀念远人，一面又想明天应该写一些什么文章来应《天地》编者的约请。最后，遂决定把我这一晚所感的情绪抒写出来，借此吐一吐那久已郁积在我心头的愁闷！

写到这里，我还要补充几句来责怪我自己，对于那样一位知友，竟连她的身世一些也没有知道，这实在未免不近人情。就是她在上海的朋友，除了知道她和施蛰存君的妹妹很要好外，此外我也毫无所知，否则我或许可以从各方面转辗打听到她的消息。就是她本人的学历，我也有些模糊，记得好像她是集美师范出身，后来便来上海。她曾写过一个剧本，叫做《晚饭之前》，列为《女子文库》之一。她姓陈，名爱，在她主编的几期《女子月刊》上，就用这名字。她写信给我，也用这名字，可见这是她的真姓名。对人不大欢喜多说话，这或许因为她说的是土话的关系。个子不高，但在一般女性中也不能算矮。态度很静默，一望而知是位性格非常中庸的善良小姐。

我常想把一切我所敬爱的人，在适当机会里把他们或她们一一写出来，可是我这枝笨拙生硬的笔总是使我不敢贸然从事。这篇文章是我在一时的感情冲动下，放弃了一切顾虑才写成的。写得好不好本非所计。在我写的这一段时间里，我的心始终在默祷着：

现在她很平安地在一处我所不知道的地方！

（原载《天地》一九四三年第二期）

附注：白冰即《延安颂》作者莫耶，原名陈淑媛。下面
是谭正璧怀旧之作。

己上　陈白冰

文字因缘最可珍，
蓬门三顾见情真。
扫眉才子知多少，
庄靓温良独见君。

细雨濛濛迷太空，
延平路上探芳踪。
海棠慵睡惊乍起，
一幅鲛绡裹玉虹。

旅燕遽归七七前，
玉珰缄扎来南天。
烽烟隔断凌波步，
从此音容两渺然。

万里烽烟不忍看，
彩云消逝月空圆。
佳人锦瑟知何处，
无限心情寄笔端。

劫后重来歇浦滨，
旧时日月随天新。
岑南驿使无消息，
但睹桃花笑迎人。

（以上摘自谭正璧《古稀怀人集》，1970—1971 年作）

现代中国的女作家

　　所谓现代中国文学，自当以近二十多年来最流行的新文学为限。当文学革命运动开始的时候，白话诗运动即随之而起，不久而白话体的新小说新剧本亦继续有人创作。在这时候，第一个献身于新文坛的女性作家，当推谢婉莹，继之有黄庐隐、冯沅君等。谢婉莹以诗人而兼小说家，影响于后来文坛至深且大，在国内大多数青年的文艺习作里，差不多都潜藏有她的意识与笔调，这种风气，直到现在还没完全消除。如果讲起普及的力量来，那么即以中国的高尔基见称的鲁迅的作品，其本身价值尽管高过于她，在这一点上却是望尘莫及的。

　　自胡适提倡用白话作诗后，首先所有作品，仍旧大都未脱旧诗词的气息，真像缠足女性放大的脚一样，无论怎样，总难免带些不自然的扭捏的姿态。等到无韵诗与小诗起来，诗体解放才算有了成功。所谓无韵诗与小诗，除了体裁长短不同外，其内容亦大有区别：无韵诗大概以叙事写景为多，小诗则以抒情述志为尚。小诗的起来，当推谢婉莹为第一人，后来宗白华、梁宗岱等继起，遂造成了一时风气。

谢婉莹（一九〇三—　），笔名冰心，福建闽侯人。父亲是个海军军官，非常钟爱她，自幼把她扮作男装。她在燕京大学读书时，便常常写些诗歌与小说，在《晨报副刊》及《小说月报》等刊物上投稿。她的诗集《繁星》与《春水》，小说集《超人》与《往事》；大都为这时候所作。后来留学美国卫斯莱大学，专攻文学，她的《寄小读者》，就是她在美国卧病医院时为《晨报副刊》而作的儿童通信集。回国后，任燕大教授，与吴文藻博士结婚。不久，遭了母丧，遂有《南归》等作品。她因为出身于丰衣足食的家庭里，所过学校生活也极优裕，从不会和污浊的社会相接触，而且婚后生活也极美满，所以无论诗歌、小说与散文，她所吟咏所描写的，总不出于有闲阶级安逸生活的赞美，于是自然的美和父母家人的爱成了她每篇作品的要素，甚至主张用由母爱而扩展的博爱，来解除社会上的罪恶，来拯救苦难的众生。这是完全不明了社会一切的人所发的空虚的同情，正同晋惠帝想用肉糜来救饥民一样，用心虽仁但是极无聊的。

她的《繁星》与《春水》两诗集，同在一九二三年出版，但初次发表尚在是年以前。前者所收纯为小诗，后者则兼收无韵的诗。作者曾自述她的诗是受了印度诗哲太戈尔的影响，所以述志多于抒情，而间或也有些美丽的写景诗。在技巧或情绪上，《繁星》却比不上《春水》的纯熟，但所用题材则两者完全相间，都不外是自然的歌颂，母爱的赞扬，人生的怀疑，青春消逝的感伤，以及艺术的歌咏，等等。她的诗体在形式上确是极解放的、自由的、无韵的，语句极飘忽，音调也自然，可是在内容方面仍难使人满意，仍然没有脱去旧诗词的躯壳。她只知道将自己一时的所感杂念和盘写出，却没有对于诗情加以选择。批评家说她爱把怀疑、彷徨的情绪含在诗里，自己以为是尽了探讨如谜的人生的能事，正是她那些美丽清秀的诗的致命伤，我也有此同感。但这正是她受了太戈尔诗的影响的结果啊！

和她同时并起的女诗人，本来还有以"CF 女士"这一笔名出名的张近芬。她是江苏嘉定人，曾肄业于北京大学，后来改入同济医科大学。一九二四年，她的诗集《浪花》出版，都是她曾在刊物上发表过的作品，其中颇多翻译之作。同时，她又译了许多南非女作家须林娜的小说，也陆续在刊物上发表，后来合并周作人所译《欢乐的花园》及《沙漠间的三个梦》两篇，总称为《梦》，单行出版。她后来又赴德国留学，从此便不再见她在文坛上现身。她的诗属于无韵诗一派，颇多大胆的抒情之作，可是内容很平凡，没有足以引人注意的特色，而她后来又不努力于此，于是她在文坛上的地位，真如"昙花一现"，瞬时即消逝无踪了。

在文学革命后初期的小说家，他们都受了西洋小说的影响，不独在技术方面尽量模仿，而在文辞方面也倾向于"欧化"，许多新语辞，都在他们笔下很流行的应用起来。这种现象是作家们有意造成的，因为模仿西洋，原是文学革命运动者既定步骤之一，必须经过这个阶段，才能使瘦瘠的中国文学语辞慢慢丰裕起来；贫弱的技巧，也逐渐趋向于密织。这时期的著名作家们，不属于提倡写实主义的文学研究会，即属于以浪漫作风著名的创造社；女性作家谢婉莹和黄庐隐的作品大都发表于文学研究会主办的《小说月报》上，而冯沅君的便发表在创造社出版的《创造季刊》和《创造周报》。

谢婉莹的作品的一般特色已见前述，她的小说似乎比她诗歌为胜，虽然所写也都不脱是母爱的歌颂和自然的赞扬。她在国内读书时代，写了《超人》和《往事》，留美及从美国回来后，又写了《寄小读者》《南归》《去国》《姑姑》等。她这些作品所写，都不外如陈西滢对她《超人》的批评："《超人》里大部分的小说，一望而知是一个没有出过学校大门的聪明女子的作品。人物和情节都离实际太远了。"但正因是离实际太远了，所写的都是狭隘的家庭和学校以内的琐事，所以最配合一般没有厕身过社会的青年们的口味，而获得了大量的青年读者群。一般批评家都希望她把她的眼光和心血集中在现社会，这果然是出于他们的好意，可是他们都不知道一个真实的文学家的作品，所写都不能超出他的生活环境，如果勉强去写他不熟悉的事，不独如"雾里看花"，也似"隔靴搔痒"，必将为老于社会经验者所讪笑，而一方面又必失去那原有的青年读者群。我们只要看了目前一般青年对于巴金的《家》《春》《秋》的倾倒，而批评家却说作者所写"家"以外的事都太近于理想，就知道一个文学家仅凭经验以外的想象来创作，是极容易失败的。可是她也并非没有缺点，正如她自己在《最后的使命》一篇中所说："神呵！你赋予我以独特的天才，使我的诗思横溢，使我笔下惊动了千万的读者。不过我细细的观察，他们从我的诗中所得去的，只是忧愁、烦闷和悲伤。于人类，于世界，只是些灰心绝望的影响。神呵，这难道是我唯一的使命么？"她实有自知之明。但她有自知之明而不肯改变其态度，那可见她也为了舍不得那"万千的读者"了。

黄庐隐（一八九八——一九三四），名英，庐隐是她的笔名。她和谢婉莹是同乡。她开始创作生活时，还是北京女子高等师范学校的学生。那时专攻社会学的郭梦良也在北京大学读书，他们一见倾心。梦良是一个已经有妻子的人，她竟不顾一切地和他结了婚。不幸梦良夭死，她便带了她的孤女到处漂泊。一九三〇年，忽然"古井重波"，又与清华大学学生李惟建发生恋爱，那时她正在清华当教授，于是不能不离去职务，二人同往日本去小住。惟建的年龄比她要小得多，一时"小丈夫"之名，颇传播为文坛佳话。她回国后在上海工部局女子中学任职。一九三四年五月，以难产死于医院。她同谢婉莹一样，初期作品也发表于《晨报副刊》及《小说月报》上。后来陆续结集出版，有《海滨故人》《灵海潮汐》《玫瑰的刺》《归雁》《女人的心》《象牙戒指》《火焰》《雪鸥情书集》《曼丽》等。谢婉莹以善写家庭中天性之爱著名，而她写的却是家庭外饱经世故的悲哀，以及两性间的爱，这自然是由于两人处境和际遇完全不相同的缘故。所以同样对于人生问题，谢婉莹却把人生看得非常的庄严，非常的神秘，非常的伟大，而用一种诗的生活的理想调和了它。她因对于人生得不着切实的解答而感到失望与悲哀，于是把它看得一文不值，觉得不过尔尔，而以游戏的态度来处理着一切的问题。不过在社会经验的复杂上，在能把专门注视于家庭自然的眼光转向社会各方面的一点上，她似较谢婉莹胜过一筹；但她不能像谢婉莹用爱的学说来导引人类，她只能发挥她的厌世思想驱人类于灭亡，所以不能获得和谢婉莹同样广大的读者群，而也不能给予社会以大的影响。

　　冯沅君（一九〇二—　　），名淑兰，河南唐河人。一九二四年，她用"淦女士"的笔名，在《创造季刊》及《创造周报》上接连发表了《隔绝》《旅行》《慈母》《隔绝以后》等短篇小说，大胆地暴露出一般女作家不敢写的女性的毫无隐饰的恋爱心理，很引起了大众的骇

异。那时她还在国立北京女子高等师范读书。此后陆续
出版了创作集《卷葹》《春痕》《劫灰》。一九二九年，
在上海与陆侃如结婚。此后便专力于学术的研究，与侃
如合编《中国文学史简编》《中国诗史》及《南戏拾遗》
等，历任金陵、中法、暨南、持志、复旦、安徽等各大
学教授。她的作品和黄庐隐同样善写两性间的爱，但庐
隐作品中多的是伤感的气息和悲哀的情绪，而她却满是
挣扎和反抗的呼声。所以谢婉莹和黄庐隐仍都不脱旧式
闺阁女性的娴淑性格，她才以反封建的新女性的奋斗姿
态出现在文坛上。她的创作集虽有三本，可是分量极
少，并合起来怕不到一般创作集的一本，里面所收的作
品，从一九二三年开始创作时起，到一九二九年止，非
常有系统地表现了一个女性的生活的转变。她在《创
造》上发表的作品，都收在《卷葹》里，所以一般批评
家都推为她的代表作。因为在这里面，不但具有不少的
时代的意义，而且潜藏着一种生命的活力。这种青春的
生命的活力，虽只在恋爱一方面得到发展，然而从著者
笔尖上流到纸上的，情感是那样的奔放，意志是那样的
坚决，无怪要震惊那一般麻木惯了的世俗大众了。后来
在《劫灰》里，虽则也会显示着这种活力，但是已不如
在《卷葹》时代那样强烈。至于《春痕》，活力差不多
全部的病态化，是结束了梦的青春时代的表现。实在也
因为到了这个时候，她的恋爱已有了归宿，她的性的苦
闷已经完全消失了。

　　和上述三人同时，专攻历史学的陈衡哲，也很早从
事文学创作。以年龄及行辈论，恐怕她可算是上述三人
的前辈，因为胡适在美国留学时，她也已在美国读书，
当胡适提出文学革命及主张用白话作诗，她是首先赞成
的一人。他们的感情也相当地好。她是江苏武进人，在

美国芝加哥大学得到文学硕士学位。回国后，历任北京大学、东南大学等教授，与科学家任鸿隽结婚。胡适文章中时常提起的莎菲，就是她的笔名。在一九一八年九月出版的《新青年》五卷三号上，已刊载她的新诗《人家说我发了痴》，在下一号里又有她的小说《老夫妻》，可见她从事新文学创作之早。之后，又在《新青年》上发表了小说《小雨点》《波儿》等及其他文字。直至一九二八年，才将前作结集出版，而把《小雨点》作集名。之后，遂不见有第二部作品出世。《小雨点》所收小说十篇，大约可分为两类：一类是借自然界的景物而富有寓意的象征小说；一类是描写异国故事的小说。一般女性的创作大都是抒情的、自叙传式的，一切的题材跳不出个人生活的圆圈，感情的成分比理智的成分来得特重，独有她却能用理智支配她的感情，很客观地叙述创作中所要描写的一切事件，而且绝对没有旧时代的"工愁善病"的女性形态，取材也跳出了自己的圆圈，而推广到社会的一切事物上去。所以在她的作品里，可以看到作者对于人生问题的见解，如为现代一切智识女性共有的结婚与学业的影响的问题，爱情与义务的战斗的问题，以及对于人生的态度的问题，等等。这些都是其他女性作家所不曾注意过的。在思想方面来说，她的作品里充满了为自由快乐而奋斗的精神，能使读者不满于现在的丑恶的世界，而有急进向上的勇气。她又欢喜采用象征的表现方法，可见她对于西洋文学是极有心得的。可惜的是她后来中止在文学方面的努力，然而在历史学方面，也不过写了几部《西洋史》《文艺复兴小史》之类，无论在文学界或史学界都不曾发生十分重大影响，这是桩很可惜的事。

其他的小说作家，在时代上都已后于上述诸人。著名的有凌淑华、蒋冰之、谢冰莹、苏梅、陈学昭、陈因、陆晶清、陈蕙漪、冯铿……

凌淑华是现代评论编者陈西滢的夫人，她的学历没有人在文章里提到过。一九二四年起，她在《现代评论》《晨报副刊》《燕大周刊》《新月月刊》上发表了不少短篇创作。后来编为《花之寺》《女人》《小孩》三集。在她的作品里，极富于甜蜜的滋味，因为她所描写的，不外是资产阶级家庭里的日常琐事，主人公都是些太太、小姐、官僚、女学生等。作风以消遣和趣味为主，到处弥漫着不自然的玩笑和浅薄的滑稽。大概因为作者是处于较安适的环境中，人生的悲哀，人间的冷酷，都不曾尝到过，因此作风是平和的，没有讽刺的气味，也没有偏激的狂热，只是把感觉到的现象，忠实的写在纸上而已。

蒋冰之（一九〇七—　），又名炜，笔名丁玲，湖南安福人。她在十三四岁时进省立第二女子师范，不久，自由的到了长沙，更由长沙到上海，入上海大学的中国文学系。上大解散后，北走燕京，和胡也频开始度那甜蜜的生活。她的第一个创作集《在黑暗中》所收各篇，都是在一九二七年所写，陆续发表在《小说月报》上。这时冰心的时代已经过去，她遂成为当时最受读者欢迎的女作家。明年，回上海，与沈从文等出版《红黑》半月刊。一九三〇年，加入左翼作家联盟，主编《北斗》，胡也频于此时失踪。之后，又出版了创作集《自杀日记》《一个女人》《一个人的诞生》《夜会》及长篇《韦护》《水》《母亲》等。一九三三年，她突然也失踪。二年后，又在南京出现，但不见她有什么写作了。她受到西洋小说的影响很大，长于心理的分析。她的全部作品，可以《在黑暗中》为代表。所写虽亦以恋爱为主，但她的风格与历来女性作家的以及其他的作品不同：她暗示了现代妇女的实际生活极其痛苦；她创出了大胆而赤裸的、性欲的、热恋的描写；她具有精细的女子心理的分析。还有一个优点，就是每篇配有很好的物质背景，譬如《梦珂》里所写的上海，《莎菲女士日记》里的北京，《暑假中》里的武陵，《阿毛姑娘》里的西湖：都是表现得非常相像而切实的。在长篇中，《水》极严肃而深刻地刻画了一九三一年时代的中国社会，描写着巨大的事变中的各方面的形式，而主体地反映到阶级意识上来。作者在这时候，已完全跳出了恋爱和个人生活的题材，而注意实际的事变和狂流下的群众生活了。

谢冰莹（一九〇八——　），字芙英，湖南新化人。幼时即富于革命热情，与顽固的封建家庭斗争。长沙第一女子师范毕业。国民军北伐时，入武昌中央军事政治学校女生队，著有《从军日记》，为中国女子参加革命战争的第一部作品。此书出版后，即有英、法、俄、日等国的译文，在外国杂志上并有专文介绍。她又曾在北平女子师范大学肄业三年，继往日本留学。一九三〇年回国，在上海与顾凤城结婚。不久，因过不惯不自由的家庭生活，与凤城脱离而到福建兵队中去任事。此后，又一直过着那流浪生活。所著尚有《前路》《血流》《麓山集》及长篇《王国材》《伟大的女性》《一个女兵的自传》和《我的学生生活》等。她的作品都是她的革命的热情，猛烈地向着腐旧社会作战的表现，文笔也很流利动人。《从军日记》的译本流传到外国后，法国文豪罗曼·罗兰和美国文豪高尔德都惊异于她的天才而和她通信，日本新兴作家藤枝丈夫并采此书为教本。其在国际间所受之荣誉，在女作家中从来没有过第二个人。

苏梅（一八九七——　），字雪林，笔名绿漪，安徽太平人。当她在北京高等女子师范读书时，校中出了许多擅长文学的女学生，最著名的为四大金刚，她即为其中之一。后来在法国里昂大学毕业，历任沪江、东吴、安徽各大学教授。她的初期作品，也发表在《晨报副刊》上，留法回来，常为《北新》《现代评论》《语丝》写稿。她的作品是多方面的，她写诗，她创作小说，也写剧本，但她本人的兴趣，似在以文学为中心的考据工作。单行本的创作，有一九二八年出版的《绿天》和一九二八年出版的《棘心》。两书在名义上虽前者为短篇小说，后者为长篇小说，实际上都是些美妙而富于诗意的小品文字，都可称是她的自叙传。她赋性豪迈，有侠气，而《棘心》的女主人醒秋，"却富于燕赵之士慷慨悲歌的气质，虽是一个女子，血管中都含有野蛮时代男人的血液"，斯人非作者自己莫属；书中所写为她留法时代的生活，可当一本美丽的游记读。《绿天》所收为六个短篇，完全是纪念她的结婚而作，所以所为全是些婚后家常琐事，所取的题材，除了他们夫妇的生活外，就是自然界动植物的繁殖状况，如鸽儿的孵卵、瓜果的收护等事。这因为作者对于家禽野兽，以及草木虫蝶的生殖现象很有研究，而研究所得便表现在这本作品里，所以可以当做一本科学小品文阅读。关于考据的文章，有《李义山恋爱事迹考》《蠹鱼生活》《青鸟集》《唐诗概论》《辽金元文学》等。

陈学昭，笔名野渠，浙江人。早年过着流浪生活，后来任职北新书局，与孙福熙相恋，《倦旅》《寸草心》《烟霞伴侣》等都是她这时所写她过去生活的回忆录。后来因失恋而走巴黎，所写虽亦以流浪生活为多，但多愁苦惆怅之词，已不像过去那样的丰满，有《忆巴黎》《待婚者》《海上》《幸福》《如梦》等。《南风的梦》为一写三角恋爱的长篇小说，不啻是她的自叙传，以议论太多，描写太琐碎，篇幅虽长至十余万字，但并没有引起一般读者的注意。

陈因，一名英，笔名沉樱，亦名小玲，山东人。戏剧家马彦祥的夫人，现已离婚。曾为上海明星影片公司演员。著有《喜筵之夜》《某少女》《夜阑》《女性》《一个女作家》等。她善于写短篇恋爱小说，对于青年男女的恋爱心理分析得极其细腻而适当，作风有似冯沅君，但所写都为夫妇婚后恋爱心理的变化，而不是少女性苦闷的发泄。文字极美丽，有些写得竟像散文诗一样，情绪很热烈，趣味也很浓厚，读了令人爱不释手。

陆晶清也是国立北京女子师范大学的毕业生，文学家王礼锡的夫人。礼锡编《物观中国文学史稿》，她写了一本《唐代女诗人》。创作有《素笺》《流浪集》《低诉》等。

陈蕙漪，名乃文，江苏崇明人，上海持志大学文学士，历任母校教授，著有《我们的证人》《鸣惊集》等。

冯铿（？——一九三一），笔名严梅，也因参加左翼作家联盟而失踪，著有《红的日记》《贩卖婴儿的妇人》等。这三位女性作家，前二人都是温和的智识闺秀，所写都不脱自身闺阁所感到或看到的事物，后者为一思想极"左"倾的新女性，题材取之于一般社会，设非突然失踪，她的努力一定不会下于驰誉一时的丁玲的。

戏剧的创作，在新文学运动中并不较其他创作为落后，但女性戏剧作家的起来，却在女性诗人女性小说家之后。最先起来的有袁昌英与濮舜卿，较后有黄白薇，在女性剧坛上鼎足而三。

袁昌英（一八九四——　），字兰紫，湖南醴陵人，英国爱丁堡大学文学硕士。她是经济学家杨端六的夫人，历任北京法政、国立中央、国立武汉、中国公学等大学教授。以行辈论，她也在谢婉莹、黄庐隐等之前，与陈衡哲同时，但发表作品却在她们之后。她与陈衡哲有一相似之点，就是她们都不是以创作生活为主要事业，而另外有所努力，陈衡哲专攻的学科是历史学，她却致力于艺术史与戏剧的研究。所以陈衡哲的主要著作是《西洋史》与《文艺复兴小史》，而作为她的主要著作的，乃是《西洋音乐史》与《法兰西文学小史》。她的戏剧作品大都发表在《现代评论》与《东方杂志》上面，后来辑为《孔雀东南飞及其他》出版。此书包含《孔雀东南飞》《活诗人》《究竟谁是扫帚星》《前方战士》《结婚前的一吻》《人之道》等六剧。在《孔雀东南飞》里，她写焦母驱逐兰芝的原因，是因仲卿结婚后和他母亲疏隔了，她像弃妇般孤寡地可怕，所以她把这个怨恨发泄在她媳妇身上，把她驱走，以致演成一幕惨痛的家庭悲剧。这种根据心理分析的新的解释，确是一种大胆的创造。在描写的技术方面，亦有相当的成就，如口齿的伶俐，布局的开拓，取材的适当，都恰到好处，虽然表现力有时感到贫弱，但这是当时一般戏剧作家所共有的通病，不能单单指摘她一个人的。

濮舜卿，名儁，浙江杭县人。她是东南大学的学生，曾与侯曜等组织东南剧社，常亲饰剧中主角。后来并曾在长城影片公司充演员，饰《弃妇》中的主角采兰。之后，在上海充律师。她作有剧本三种：《人间的乐园》取材于《创世纪》中亚当夏娃的故事，而用新的意识写出。《黎明》为讨论妇女问题的独幕剧。《爱神的玩偶》攻击封建制度下不自然的婚姻颇剧烈，曾改作电影剧本，开映时尤得观众的赞美。

黄白薇（一八九四——　　　），名素如，笔名楚洪，湖南资兴人。她在长沙省立第一女子师范毕业后，因不安于家庭束缚，逃往日本。在日本曾充下女，后考入东京女子高等师范科。一九二七年，任职武汉总政治部国际编辑局，同时在武昌中山大学当教师。后来到上海当中国公学教授，与诗人杨骚同居，因而染到不幸的恶疾，几致死亡。她在一九二五年发表了她的三幕诗剧《琳丽》，歌颂恋爱神圣，其思想偏于艺术至上主义。但她在一九二八年发表的《打出幽灵塔》，因为那时她的思想已受革命的洗礼，所以完全转变了。这是她离开了童年的幻梦走入现实社会以后的作品，在这里面，她反对土豪劣绅，暴露土劣家庭的黑暗，并且在表现着潜藏在黑暗里的斗争的力量。此外，散见于一九二六年至一九二九年间的《小说月报》《语丝》《真美善》《现代小说》等上面的独幕剧，有与《琳丽》同作风而取材于《红楼梦》的《访雯》，反统治阶级的《革命神受难》，反军阀战争的《蔷薇酒》，暴露官僚家庭黑幕的《莺》，以及社会剧《姨娘》《假洋人》等。一九三〇年起，又移用她写戏剧的手腕来创作小说，先在《奔流》上发表《炸弹与征鸟》，以革命前后的武汉为背景，用长篇的韵文来写出。之后，又写了长篇《爱网》与《悲剧生涯》。这两部书都是她的自叙传：前者写她挣扎在恋爱网中的种种痛苦，后者乃写她得病后所受生理和心理上的惨酷遭遇。但一般批评家都对她表示不满，因为她反从描写社会大众，转而专写个人的无聊的心绪，简直是在开倒车了。此外，她又写过长诗《琴声泪影》与《春笋的歌》，都是一九二九年及其前的产物，所以意识都很前进，前者发表于《北新》上，后者发表于《奔流》上。

自从一九三二年后，中国情形发生严重变化，一般进步的文学家都倾向于民族主义的大众文学，其中也有若干出类的女性作家，写出她们前此所无的新意识、新形态的作品。可是因为经过多年事变之后，书籍散佚，一时无所依据，所以根本无从说起。这笔清账，只有留待将来再算了。

总之，过去的一般女性作家，在现代中国文学史上，都是占着光荣的位置的。

（原载《中国学生（南京）》一九四三年第二卷第四期，发表时用笔名谭雯）

记『新中国丛书社』

　　近来常在各刊物上读到许多专门记载过去有名的文学社团的历史文章，如"记××社""记××会"之类，颇令人兴"年光如水"之感。

　　这些"社"或"会"，有的固然因为他有着历史的价值，如"创造社"和"文学研究会"，他们在中国新文学史上都有着永垂不朽的光荣的生命，可是有的不过假此来提醒别人已经遗忘了的记忆，如"弥洒社"之类，在当时仅仅是多得可以"车载斗量"的社团中的一个，虽然有他历史的存在，但是比了"创造社"和"文学研究会"，恰如是星星之与日月，他们的光辉都是极微弱的。但是星星总是星星，它在当时既有它存在的意义，决不能因为光辉的微弱而就此抹杀它的历史。于是使我也想起了我自己亲身参与过的"新中国丛书社"。

　　这是一个现在不见有人提起的小社团，就是过去也没有人注意过，可是它的产生的时代却很早，还是在民国十二年。它既没有什么组织的形式，也没有什么远大的计划，只是集合了几个爱好文学的青年，想印出和发行他们自己所想作的或翻译的文学作品而为。在他们微弱的力量下，因为没有大书局撑他们的腰，居然也出过几本丛书，在当时的文学园地里总算也尽过播撒种子的微力。不问其影响如何，功绩如何，他们的努力，在当时新书集还没有萌芽的时代，不是足自夸，总是够称道的。

现在，我以身亲其事的资格，把有关于它的一切记叙下来。虽然有的已记忆不清，但大体尚不至于相去很远。

民国十二年的春天，我在上海大学读书。想起来真有些好笑，那时候我的朋友朱枕薪君因为他新从俄国游历回来，也在这个学校里当英文教授。他比我年轻，我们还是在三四年前，由大家同在《民国日报》旬刊《觉悟》上投稿，经主编邵力子的介绍而成为朋友的，却不料他这时却做了先生，而我反做了学生。一天，他碰到我，他说要组织一个发行社，印行社中个人的原作，叫我也加入合作。那时我虽然已有多年在报纸副刊上投稿，可是还不能写出什么像样的东西来，但是不能说没有写作过和发表一点，于是立刻就答应下来。当时除了我和朱君外，合作的还有其他的同化朋友，因为后来他们没有印出过什么东西，所以现在连他们的姓名都也忘记了。

于是由朱君负责去和泰东图书局同民智书局接洽，丛书出版后，归他们代发行。由我筹了一笔小小的款子，把我写的一个中篇小说《芭蕉底心》和朱君译的《泰国儿戏曲集》第一集付印。我们的计划是，把印出来的书卖掉了，将赚来的钱再添印其他书籍。

我的《芭蕉底心》还是在一年前读了德国司笃姆的《茵梦湖》，和《新晓》第一期上题目已经忘了的独幕剧，一时有感而写的，文学既幼稚浅陋，思想也没有成熟，然而还自以为是受着老庄思想影响的产物，说起来极其可笑。幸而这时书已失去，已经连自己也不想再读，否则一定会使我汗颜无地的。倒是朱君译的《泰国儿戏曲集》，第一集收有《国王与王后》和《隐士》两篇，那时文学研究会丛书中的《太戈尔戏曲集》还没有出版，他是翻译《太戈尔戏曲集》作品的先锋。而且他的外国文的程度极高，译文非常忠实流利，如果现在还在继续出版的话，一定还会有着很多的读者的，我敢担保。

两种新书出版后不久，朱君忽然离开上海。他是以《民国日报》驻京记者的资格，到北京去的。他在北京时，除了职务外，兼在北京大学做旁听生，因此他又认识了李小峰、朱谦之诸君，便邀请他们也加入了我们的丛书社。其时我也离开上大，在神州女校执教，关于丛书出版和发行的事，便由我一个人在上海负责接洽。在那时，因为同事的关系，我认识了谢六逸、郑振铎、周予同诸君。又因为托各学校代销丛书，又认识了 CF 女士等。他们都是在当时已经成名了的著作家。

不久，朱君从北京寄来了丛书三种的稿子：一是朱谦之君和他爱人杨没累女士的通讯集《荷心》；二是朱君和李小峰等共同笔记的爱罗先珂演讲集《过去的幽灵及其他》；三是朱君独译的英国某作家的剧本《爱恋之果》。我就把这三种书交给民智书局的印刷所排印；印成后，便由民智独家代发行。因为这个关系我认识现在光明书局的老板王子澄君，他那时正在民智的批发部里任职。

《荷心》虽然名义上是部"爱情书信集"，记得在它内封面上就题着这五个字，但他们都是深通哲理，专精佛经的人，所以在喊出他们所主张的"真情之流"，而

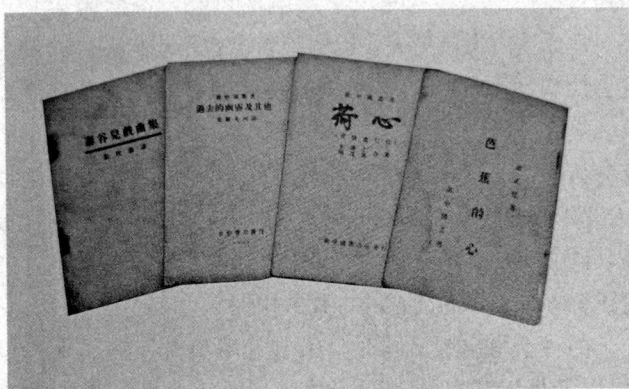

"新中国丛书社"出版的图书

得到很多量的读者。《过去的幽灵》中收有演讲词十节：
（一）智识阶级的使命。（二）现代问题。（三）过去的幽
灵。（四）我们应该知道的几件事。（五）世界语与其文
学。（六）公用语之必要。（七）现代戏剧艺术在中国的
目的。（八）春天与其力量。（九）俄国文学在世界上的
位置。（十）安特莱夫与其戏剧。其中一、八两篇，现在
中学校里都采作国文教材，就是由这本书里保存下来
的。那时爱罗先珂正在北京大学当教授。《恋爱之果》
是个很短的剧本，原作者的名字我已经忘记，仅记得是
个英国人。这本书在后来出版的各种年谱、书目、索
引、史料一类书中都没有列入，可见当时卖出去的极
少，所以人家都不知道。

这五种丛书，除了《荷心》以外后来都没有重印
过。当民智书局倒闭的时候，各书都没有卖完，而这笔
账也遂以不了了之，因为我们还欠着民智的印刷费，而
民智对于这五种托他代发行的书，始终没有结过一次
账。因此我个人给出的那笔小小的款子，始终没有收回
过分文，不过拿到了许多的书。可惜这些书都放在乡
下，大约也都在这次事变中毁去了。

丛书社也有过社址，就在当时我住的闸北宝通路顺
泰里内。那时文学研究会主编的《文学》正脱离《时事
新报》而独立发刊，他的编辑部和发行所就在叶绍钧先
生的家里，而他的家也在宝通路上某里内，这个里就在
顺泰里的对面。记得我为了请叶先生代刻"新中国丛书
社"的图章，跑去看叶先生时，他的书斋里正摊满了文
稿，大约是在把已出版的加以清理。而我和叶先生相
识，也就是在这时候开始。

后来我离开上海，朱君虽已从北京回来，但他没有
兴趣再做这种赔钱工作，于是关于丛书社的事，就在无

宝通路顺泰里现状

形中停顿下来，一直到现在。

现在想想，这段小小的历史，在我个人的生命史上，是很值得怀念着的。

（原载《文友》一九四三年第二卷第三期）

读《凄风苦雨记》

　　读阿英君的《晚清小说史》，读到第五章"反华工禁约运动"，使我忽然想起了这部读了使人毛骨悚然的《凄风苦雨记》。

　　"反华工禁约运动"，顾名思义当然产生于"华工禁约运动"，是"华工禁约运动"的反响。"华工禁约运动"发轫于前清德宗光绪初年，至光绪末年而登峰造极。美国人为了本国产业界发生恐慌，遂限制华工入境，但为通商条约的所限，遂不衅用欺诈手腕，与清政府另订限制华工条约。此约一成立，在美的华工遂备受虐待，失去自由。其虐待的情形，不独违反人道，而且惨酷到暗无天日。在此情形之下，遂产生了"反华工禁约运动"。

　　这一运动，开展于光绪三十年，由在美国旧金山的华人发起，接着国内也响应起来。其对抗的武器，为抵制美货，顷刻成为普遍全国的反美运动。其结果，因中国政府的软弱与民众意见的不一致，以及奸商的破坏抵制，终至于完全消灭。

　　反映这一时代的小说，据阿英君所引述，最重要的一部为《苦社会》，刊于光绪三十一年，无著者姓名，其内容尽如漱石生序文中所言，一部很实际的"华工血泪生活史"，从开始赴美，一直写到因禁例而引起的种种之纠纷，与被虐待的情形。第二部是《拒约奇谈》，署"中国凉血人著"，光绪三十二年出版，作者主张用振兴自己国内的工商业代替抵制美货，但全书后有小说的结构，文字也相当的坏。第三部为《黄金世界》，署"碧荷馆主人"，刊于光绪三十三年，全书以写国内的"反华工禁约运动"为中心，首叙美国人在广东贩卖猪仔，以及华工被骗后所遇到的非人生活，同时写到上海"拒约"的情形，奸商利用官宪的力量是来破坏抵制，终至于这一运动完全失败。

　　此外，大小说家我佛山人吴趼人也写过一部《劫余灰》小说，叙述因丈夫被诱卖作猪仔后的……（注：原文不清）种不人道的猪仔生活。这位作者本是亲身参与这一运动的健将，他曾因此辞去了《汉口楚报》的编辑职务到上海来参加。所以在运动失败后，上海绅商还大开欢迎会由菲律宾来的美国兵部大臣达孚特使，他又慨而作短篇小说《人镜学社鬼哭传》，并署"南海吴趼人挥涕证"字样以痛骂之。这位大小说家后来的意志趋于消沉，据说是受到这一次运动失败的刺激很有关系，于此可见他当时愤慨的程度是怎样的深了。

　　上述的几部写"反华工禁约运动"的小说，除了《劫余灰》现在有普通翻印本可以得到外，其他诸书都不容易读到，但看了阿英君在《晚清小说史》里所引的片段，已足够你惊心怵目。至于我所想到而要说的这部《凄风苦雨记》，是部结构极好的长篇小说，所以没有被阿英君叙及的原因，大约一是因为所写为南洋荷兰人虐待华工的情形，和美国无关，二是著作的时代已在民国初年，而书里所写的事又发生在光绪末宣统初年之间。但我以为这部书写得比前述的几本书都好，虽然故事的轮廓有些像《苦社会》，但也未见得就是模仿《苦社会》而作。因为《苦社会》所叙，是"一共是三个主人公，都是智识份子，弄得走投无路，分途去谋生。一对夫妇去做华工，在途中即被虐待死。一个往美经商，将近十年，后来为禁例所逼，不得已弃产逃命，回到故国。另一个也是做工，因路遇友人被救，后来在轮船上服务。即以此三人生活为全书线索，忽分忽合地写华商华工的全部生活"。（《晚清小说史》，八七页）而《凄风苦雨记》却是"叙穷士三人，醉心南洋谋生之易，备资前往，竟遇巨骗，卖为猪仔，一人乘间逃归，二人不堪虐待，首倡反抗，遂遭惨戮。通体于南洋各地之虐待华工，与我国国权所不能保获，切实道之……文情之刻画尽致，较之《黑奴吁天录》有过之无不及"。（本书卷首提要）于此可见后者所写，为他人所未道过的白种人统治下的南洋的情形是在以"反华工禁约运动"为中心的题材之外另开一蹊径。不过这种虐待华工的恶风，当然系由美国传来的，而是"华工禁约运动"的应声，而且一样是我们中国人的奇辱大耻。所以推原祸始，美国人也是不能辞"作俑"之咎的。

《凄风苦雨记》凡二十二回，每回两目，对句很工整，分装上、下二册，约有十多万字。作者署"上杭黄权"，用"黄权"来隐喻黄种的权利，其非作者真姓名可知。作者是个非常反对那些借"维新"党的主义来升官发财的人，而他写这部书中主人翁的所以要到南洋去，也为了可以借此发财来谋官。所以他写他们在南洋所受种种苦况，一方果然在暴露白种人加于我国同胞的惨无人道的种种酷行，但同时也在讽刺这般贪财的人的咎由自取。所以他在第一回的开端，便开宗明义说：

人生的富贵，只可智取，不可强求，此中虽说不得命运，却也有些秘诀。贪容钻谋，本来是处世的锦囊，有此本领，保可腰缠十万，位极人臣，无此本领的，就要潦倒穷途，终身蹭蹬。不料世风日下，变诈丛生，贪容钻谋，又换做狠辣诈骗，有升官的机会，不妨诬陷同志；有发财的机会，不妨残害同胞，如此便可顶戴荣身，立设富贵。说也奇怪，那班人守着这妙诀做去，竟是百发百中。在下眼看他们一个个都做了官，发了财，有的是点翰林主事，有的是做了巡察太守，有的是在墨西哥开了银行，有的是在槟榔屿办了本局。良心虽由红而黑，顶子却由黑而红，银子由千而万？惹将那一班无识庸徒，眼红而热，虽未得此中好诀，也要想步武后尘，不但不能飞黄腾达，并且闹到潦倒终身。有的是做些小本营生，尚要被人诬陷，有的是到了文岛做了猪仔，一半送却性命。咳，放下屠刀，立地成佛，在下奉劝列位，或是想在中国做官，或是想在外洋发财，都可趁早收心，休作痴心。于此可见，作者对于书中主人翁所抱态度，也是深恶而痛绝的。

妄想了。

书中此后即叙上海有三个羡慕维新的志士，一个叫春无，一个叫夏发，一个叫冬藏。他们是患难相处，谊同生死，遂彼此相约，检定一个日子，割发留须，改作西装，从事维新运动，想借此为升官捷径。不料官运不通，债台高筑，连生活也成了问题。有人劝告冬藏，说只要拿他的两个朋友诬害一个，包可立刻做官，可是他没有一副"狼心狗肺"，因此不忍做出。书中写他们这时落魄情形，文章颇有烘云托月之妙：

> 冬藏遂扣上房门，顺便托房主代为照看，与二个人同出大门。那冷风一阵阵迎面吹来，春生只是发抖，夏发拿破袖子遮了脸，大声狂啸，冬藏也拿手插在外套里面，时时叹气。一路行来，街上的人，没一个不望着三人笑。最可笑的，那人力车夫远远望着两个穿西装的人，便飞也似的赶了过来。及至见了这副形状都垂头丧气的拉了回去。

书中像这样写的极多，可见作者文艺修养的深造。后来他们得到一位朋友喜新的资助，决计到南洋去谋出路。他们一同乘船到香港，在船上遇到贩猪仔的黄怪芷。他施展手段，将他们骗得服服帖帖，受他的摆布。等到他们由广州游毕重返香港，黄怪芷已将他们出卖，遂用蒙汗药将他们麻醉，送上贩运猪仔的船出口。从此三人都投入了不幸的命运中。

三人醒来后，才知被骗，春生和夏发因为不服从管猪仔人的指挥，遭了第一次的毒打。你看他们被打后的可惨情形：

> 冬藏直等到二人走远，回头看他两个，只见都是奄奄一息，头上面上，也有黏的，也有湿的；也有红的，也有青的；也有凸的，也有凹的。

作者更在后面加以说明云：

在下知列位看到此处，自然不信，一个人受了打，那里就有这许多的怪状出来？列位不知，这些做工的人，既然名叫猪仔，就是猪的儿子，连猪也不如了，所以无论管工的工头，贩运的船主，都不把人理去待他。当时把他们一顿打，还算是开宗明义第一章，还有全部文章在后呢！原来那粘的是汗，湿的是泪，红的是血，青的是伤痕，凸的是坟地，凹的是鞭痕，有这样没天理的恶打，所以两人头面上才有这些怪状。

船到星加坡，发现了猪仔中人患上痘症，于是都被送到土山病院去消毒种痘。这次是被驱在小划船上载去的。当换船的时候，又发生了一幕可怕的惨剧：

随后一个，好像有病的神气，一瘸一拐的在那里慢腾腾的爬。海轮上一个水手，约有二十多岁年纪，看得不耐烦了，随手拾起一条木棍，往下一拨，只见那人立脚不住，扑通的掉下海去。三只船上都吃了一惊。又是见小船上一个水手，不慌不忙的，提了桡钩，三脚两步，跳到这边，跳得那只小船左右乱晃，吓得夏发心胆俱碎。再仔细看他时，原来是一个黑鬼，一副棕色面皮，满头灰发，赤条条的挂一条单裙，满身油光光的黑肉，两只碧绿眼睛一闪一照，好不怕人。这不是阎罗殿上的小鬼，定是魍魉国的夜叉。只见他提起桡钩，往水内一丢，手拿着绳索，用力一提，便从海里提起一个人来，好像是钓了一尾大鱼。众人看时，正是先前掉下去的那个人。黑鬼随手把这人欲放在船头板上，在那人腿上拔去桡钩，腿上的血，好似流水一般。满船的人，都吓得目瞪口呆，心惊肉颤。冬藏等三人，更吓得三魂出窍，七魄离身；当时有个老头子，颤声叹气的，念了一声："南无救苦救难观世音菩萨。"那黑鬼嫌他叹声，随即掉转桃钩的绳索，抽了几下，打得老头子动也不敢动，响也不敢响，众人更不敢再哼一声。

小划船到了土山，猪仔们都上岸进医院，在毒日头下面，由正午一直等到四点钟，才轮到冬藏等三人去消毒种痘。这一番惨酷的待遇，也不是一个平常的人所能忍受的：

当时有人领了这一班人，从廊下转入里面，一间半新不旧的房屋跟前，先叫头先的五人，站定了，喝教脱下衣服，除去鞋袜，须要一丝不挂。那些人那敢违拗，只得脱下衣服，堆在地上。那人将门推开，喝教进去，五人低头进去，那人随手将门关好。衣裳排头脱去，轮到冬藏等三人，也不等他开口，照样的脱了精光，钻了进去。里面黑暗无光，四面又没一丝细缝，竟如地狱一般。又闻得一股硫黄臭，更觉难当。等到人数到齐，一间小屋，挤满了三十人，你想热也不热，闷也不闷。正在无可如何的时候，又见那人把门推开，提进一个火盆来，上面烧着血红的炭，拿来排在房门，随手将门锁上。众人只觉得硫黄更厉害了。冬藏等三人，方知这样就是熏硫黄验疫。当时又□又热，又臭又闷，不下十五分钟，也有叫的，也有跳的，也有号的，也有哭的，却是总没有一个敢高声骂的。及至闹到半点钟，早有几个人闷倒在地。忽听那人将门开了，歇了半晌，硫黄气已放尽，乃走入将火炉提出，让众人到门口穿衣，一面将那闷倒的几个人，命人拖了出去。众人穿好裤子，方欲着上身衣服，那人喝声且慢，众人只得先套鞋袜，手内拿了衣服，跟着他走。又走到一间屋内，却四面都是玻璃窗，明亮非常，有几个医生，都拿着明晃晃的尖刀，在那里等候。众人一见，都吓得魂飞天外。冬藏自经熏验之后，知未来的苦处更多，巴不得早一死才好，此时已置此身于处外，所以倒也不甚害怕。夏生春发二人也不十分惧怯。三人都抢先一步，挺身上去。只见那医生，举起尖刀戳下，正戳在肩膀子上。鲜血直冒，痛彻心脾，三人大叫一声。医生又取出一个吸管，按在上面，用嘴含住，尽力一吹，更觉疼痛。连戳三刀，吹了三次，然后叫三人穿好衣服，露出那只臂膀。他们种了痘后，罪还没有受尽，还有难受的事在后面哩。你看，冬藏等三人在病院中，非止一日，每日须至验疫房中，用硫黄熏灼一次。熏过之后，都赤条条地赶入后面浴室，有人监着，用冷水兜头淋下，名为冲凉，说是热带地方，必须如此，不然就生热病的。众人虽是不惯，却不敢不从。无奈几百人所用的，就是这几缸冷水，既不更换，又不加添，先几排人，尚是便宜，后几排人，所冲的都是汗腥臭气，闻着那股又酸又咸的骚臭，胸中就要作恶，你要躲懒不冲，出来便打个半死。况且新种的牛痘，一经冷水，无不溃烂，满屋腥臭。如是数日，有几个身体薄弱的，已经病倒。

他们重被送回星加坡，又被锁入铁屋，装在编号的麻袋里，再送到市场上去发卖。冬藏也被装入一只袋里，而且从此和春生、夏发作了永别。他被装入袋后：

过了一会儿，只觉得有人将袋扛起，装入车内。那车就风驰电掣的开行。在袋内又气闷又头晕。走不到一个时辰，只觉得车已停行，又有人把袋扛起，扛了一阵。安放在地。耳边只听得人声嘈杂，俨如市场，又听得"嗳阿"怪叫的人声。又听得"叮东嗞"银洋的响声。在袋内一些也看不见，也猜不出是什么所以。正在呆想的时候，忽觉得有皮靴声走到面前，猛然间一脚踢来，踢在冬藏孤拐上，觉得腿痛骨折，不觉"哎呵"一声，却又不敢高声叫唤。忽听得有人说道："这喉咙很低，眼见得是个瘦弱的，只好值五十元罢了。"又听得有人同他力争，说是强壮结实，要不信可以打开来看……那人只是不信……同他争执不已，忽觉身体悬空，听得有人唱道："一百六十磅。"冬藏知是过磅。这才听他们说定七十元。冬藏方知是猪仔拍卖场，凭声音的高下，定价值的低昂……约莫有两个时辰光景，忽觉又有人将他扛起，扛到外面，往车上一丢，从半空中直跌下来，跌得昏头昏脑，满身疼痛。只觉得车又开行……

等到从袋中放出，他已到了海边，岸上密密层层约有五百多人，都是被卖的猪仔，给人押上一只又破又小的蓝烟囱船。这时候，惨剧又在那里发生了……

有一个先走上船来，走到船梯边，走错了一步，只见一个管押的西人，睁张怪眼，把皮鞭指着，嘴里"叽里咕噜"说了两句，一个手提皮鞭的中国人，大声喝道："你走到旁边想要逃走吗?"那人方欲分辨，已走过一个黑鬼赶上去伸手一掌，打在面门上、打得鼻血直流。又赶上两三个中国人，拳脚交加，一阵乱打。打完之后，有个黑鬼扭住辫子，押将上去。细望那人时，已满头满脸满身都是血迹，变成一个血人，实在难看。第二个上去，眼睛朝旁一望，那管押的西人又说了一句话，又有个提鞭的中国人大声问道："你眼朝外望，要想逃走吗?"又赶上几个黑鬼，一一如前例，痛打一顿。第三个上去，吓得心惊胆战，走到半扶梯跌下一跤，那西人更是大怒，恶狠狠的一片乱嚷，有两三个中国人也接着同声喊道："这人想自己寻死，打呀，打呀！打死这贼猪仔呀！"一片喧嚷之中，走过七八个黑鬼同中国人，先赶上前。把这人掀倒在地，夹七夹八，一阵蛮打，打得那人满地乱滚，始而尚是极声喊救，后来竟是直着喉咙干喊，凄惨难闻，打到后来，声息俱无，手脚伸直，动弹不得，想必已是打死，遂有几个黄鬼把这人抬了开去。冬藏见了，打了几十个寒噤，满身起了肌栗，又惊又怕又骇。

作者又借一个在旁边立着的人，说明所以这样毒打的原因，说是：

这是叫作惊众，向例知此，先上去的一个人，不是打死，定要打伤，使后来的，就帖帖服服不敢倔强了。这是杀一儆百的意思。

你看：这些都是出于文明的白种人指挥之下，由没脑子的中国人等所做出的惨绝人寰的恶毒手段。而且这都是实事，并不是全出于小说家笔下的过分的造作。

冬藏经历了这许多惊心触目惨事后，已抱着必死之心，所以当他被选到一个岛上的烟园里，他看那进园的人：

每人都是三棍，也有打得头破血流的，也有打得胫骨折断的。冬藏心想，《水浒》中凡是军流人犯发到配所，都要打一百杀威棒，这里莫非也有这个规矩吗？心想时，前面人早已走完，轮到自己，一步一步的挨上去。方要走到门，忽然大叫一声，口中鲜血直喷，扑地便倒。

他因为不愿受那毒打，所以嚼舌自杀。结果，为一老人所救。从此反渐渐走入了好运。原来老人也是猪仔出身，现在岛上做苦工，曾娶妻生女，女已成长，老人将冬藏救到自己家里后，替他向主人告了病假。又由他的引荐，得任书记之职。后来又将女儿嫁给他。一天，他跟主人缎大王出巡，看见一株烟草将被太阳晒枯，又目睹了一幕惊人的惨剧：

缎大王不觉大怒，就拿出叫子嘘哩哩一吹，随即有一工头走上前来，鞠躬为礼。缎大王睁起怪睛，喝令将这处猪仔带上前来。那个工头也吓得满头大汗，急急的跑去，不到一刻，就带了三个人来，回说："这地的烟草，都是这三个人管理的。"缎大王就喝问："这株烟草为何枯焦？"三个人一声也不讲言语，只是跪下，磕头求饶。冬藏细看这三人，都是骨瘦如柴，皮黄而蜡，经这一吓，从那黄蜡颜色中泛出紫来，那种形状，着实可怜。心里暗想：这三个人一顿毒打总不能免的了。但见那缎大王问过之后，冷笑一声，举起手中木棒，向人头上挨次打去。你们试想：他三个人的头纵使是铁叶包成的，经这包铁木棒一打，也要破烂，何况是皮骨做的呢？自然不到五分钟工夫，一个个脑浆迸裂，呜呼哀哉！冬藏看了，吓得目瞪口呆，魂飞魄散。

他因此又病倒，而且有了去志，这时，他的丈人已代他放债，积了很多的钱。刚巧这时中国因破获了通过骗卖工人一案，严禁华工出口，缎大王缺乏工人，一时无从买得。冬藏遂自告奋勇，由丈人作保，放他回中国去招工后再回来。他与丈人妻子约好将来再会的方法后，便坐船离开了那个小岛。他便到文岛去寻找春生夏发了，想把他们赎出来。可是打探不着他们的下落。后来在星加坡遇到一个叫做秋收的苦力，他是浙江人。也是被骗卖作猪仔后逃走出来的。冬藏遂收留在身边，预备带他回乡。从秋收的嘴里，才知道他二位朋友，已在文岛闹过一场轰轰烈烈的革命而死了。

原来他们两人被装入袋中后，被卖到文岛去做工，也受尽种种苦痛。一天，他们病倒，说到此后万难有回去的希望：

春生道："横竖总是个死，我们听死就是了。"夏发道："话虽如此说，但死有死法，与其这样的受他磨折而死，何如轰轰烈烈的大闹而死。"春生听了，也大以为然。这二人足足商量了一夜。

此后，他们遂专事联络各猪仔，灌输他们以反抗思想。后来成了一个密党，歃血为盟，约定半月以后起事，先杀缎大王，后杀矿主众工头，最后捣毁公司。事情实现了，夏发乘缎大王巡阅工程之际，将他刺死，自己也当场被大王手下的土番戮死。这些土番又被猪仔们捏成肉饼。工头也被他们打死不少。不料这时荷兰军营已得报，遂调兵往剿。一场厮杀。写得有声色，为二人增光不少。现在不嫌冗长，也引在下面：

这时园内放火的放火，杀人的杀人，已闹得不成样子。那知不上一点钟工夫，远远的听见军号声，众人知是荷兰调兵来了，个个都骇得手足无措。到底还是春生有些主意，连忙带着众人，奔到园门口把铁门一关，几

百人守住大门，几百人跑到石楼上，预备抵敌。荷兰兵
一到之后，不问三七二十一，就向着园内开枪。当时众
猪仔在内抗敌，荷兰兵在外力攻。一面是硝烟弹雨，如
飞一般的冲入园中，一面锡块铁器，如雨一般的掷下楼
来。一个锡矿公司，瞬间变作一个战场。正在攻得紧急
时候，忽然间荷兰兵方面大乱起来。原来是春生领了一
群猪仔，由边门出去，抄在荷兰兵后头，拼命杀来，一
顿铁锄木棍，乱杀乱砍，杀得荷兰兵七零八落。你想一
边是穿皮靴着操衣、养尊处优的陆军，奉公差遣，杀学
生则有余，杀猪仔则不足；一边是赤足赤身、受尽苦楚
的苦工，拼命想死，杀一群猛虎尚有余，何况这几百陆
军，如何敌得过？当下这些荷兵，竟被众猪仔所打得死
伤过半，各自逃回，奔到营中，诉于主将。你道那荷兰
人，经此挫折，如何肯依？当即发令调兵，齐集营门，
打着号鼓，扬着国旗，众兵在前，主将在后，浩浩荡荡
杀奔公司而来。一到公司门口，远远站住，当下由主将
发令，抬出两尊大炮，对住铁门轰轰两炮，烟火迷漫之
中，只听得震天塌地的一声响亮，那铁门已是倒了下
来。里面哭声震天。荷兵趁势直入，以枪刀乱杀。可怜
这班无知的猪仔，哭的喊的逃命的，四面乱窜。有的被
荷兵用枪打死，有的被荷兵枪刀刺死，有的是逃在山中
跌死的，有的跳在水里淹死的，一公司的猪仔十死七
八。其余都跪在地下乞降，荷兵定要众猪仔交出为首的
人来。当下各荷兵，用投降的猪仔做眼线，各处寻找，
寻到一间草屋，只见春生伏在屋顶上，拖下来，用绳索
捆绑起来，押入荷营。主将传令将春生剖心，代缎大王
报仇。可怜天真烂漫的一个春生，竟做了无心之鬼了！

　　一场轰轰烈烈的革命运动的领导者，终竟在众寡不

敌之下牺牲了。但是他们也没有完全白死：

> 文岛矿工，自经此一番闹事之后，以后的待猪仔，
> 比从前就宽了许多。

终竟也应了二人游说猪仔们时所说的"我们在这里总是死多活少，何妨闹他一闹，也让后来的人可以少受些艰苦，再不至如我们这般吃亏，不是我们这一班人又体面又积德么"那一段极深刻意义的话。

冬藏在星加坡时已在无意中得悉那位资助他们到南洋的朋友喜新，也因在国内做革命工作失败，流落在日本而死，已使他唏嘘不已，又知道了这二位同到南洋去的谊友丧亡消息，更使他悲伤异常。他同秋收就在星加坡上船回国，在途中又做了一个他的妻子因他逃归中国不返而被处死的梦。全书就在这个梦醒来时作来。这种收场写得很好。

这的确是部能够反映时代的作品，比同时那些专写国内维新做事及于他题材的小说要有意义有价值的多。将来即使整部中国现代史上或许竟会找不见一段南洋白种人虐待我们中国人的史实，就是那段"华工禁约运动"的史实，现存的中国近百年史中也已不易找到，因为有了这样一部小说，那我们就可不致叹息于失去了这种历史材料的惆怅了。

我希望以后的中国小说史家，在叙述现代小说时，不要忘记了这样一部有血有肉有灵魂的好作品！

二三、八、五

（原载《自由评论》一九四三年第三期，发表时用笔名谭雯）

关于韩侂胄读书散记

自古和戎有大权，未闻函首可安边。生灵肝脑空涂地，祖父冤仇共戴天。晁错已诛终叛汉，于期未遣尚存燕。庙堂自谓万全策，却恐防边未必然！

这首诗是宋朝把韩侂胄的首级送到金国去求和时某太学生所作。宋朝的太学生在历史上时露头角，而且对于当时的政治常有准确的批评和见解，不像同时那班理学家们的迂腐可厌。而他们对于韩侂胄的看法，尤持着和理学家们完全相反的意见，从这首诗里便可看到。

一提起韩侂胄，一班不熟悉历史的人们，往往便会联想到秦桧、贾似道，以为他们是一流人物。这事正同把王伦和秦桧等量齐观一样，着实有些对不起古人的。但王伦因为死得很壮烈，所以一般人对他都还有恕辞，至于韩侂胄，除了宋末周密等外，几乎众口一词，把他当做恃势弄权的奸佞看待。

韩侂胄是一个失败了的政治家，我以为他至少够得上这个称谓的。最可惜的是他只会有他的政治主张，而没有他的政治手腕，这就是他没有造成势力，造成舆论，使他的主张得到大众的拥护。所以处处受到牵掣，终至失败，而反把恶名落到自己身上来了。

本来，一种政治势力的造成，应该是渐进的，而主持的人物，也须有相当的声望。最不幸的，韩侂胄正生在那理学盛行极严于君子小人之分的时代。他们以读书明理者为君子，否则便为小人。韩侂胄虽然不见得不会读书，但他的出身正犯着这班理学家们所造成的舆论的大忌：其一，因为他是宰相韩琦的曾孙，他的做官并不由正途出身，换句话就是不是靠自己的本事，所以当他是个普通的纨绔子弟；其二，他是高宗皇帝的姨甥，高宗的皇后吴氏，是他母亲的姊姊，所以他是一个外戚。纨绔子弟和外戚，在历史上的确玩过许多恶劣的把戏，为君子们所深恶痛绝，不能稍加宽恕。加之韩侂胄又是趁着一时的机会，凭借他的特殊势力而抓到了政权，在君子们的有色眼镜中看来，必然更是个极端要不得的人物了。于是排挤痛斥的结果，他的一切好的政治主张当然不能实行，一切的事实自然而然地都归于他一个人的身上。

小人不一定生来就是小人，也不一定永远是小人。当小人要想学做君子的时候，如果君子们肯奖誉他，甚至扶掖他，那么小人未始不能成为君子。最不应当的是君子视小人如天生的仇敌，仿佛小人学成了君子会挤去了自己的地位，于是小人要往上爬，他们偏拼命把他们向下压。于是小人无路可走，索性横一横心，继续做他的小人下去，而专和君子们作对。所以当时韩侂胄在屡被朱熹弹劾之后，他也屡次与伪学伪党之禁，在历史家当然以为这又是韩侂胄的虐政，不知这正是朱熹辈自己所造成。他们不许韩侂胄做君子，他们反助长他成为小人而去攻讦他。

在拥主宁宗皇帝这一事上，韩侂胄确有大功于国家的。因为当时如果任那位患着神经病的孝宗皇帝一直做下去，这只有将国家生生的断送。这个计划虽然发动于赵汝愚，但没有他和吴太后姨甥的关系，决不会得到成功，因为那时一切的权力都属于吴太后。在宁宗就位后，他本该因功而获得政治上较高的势力的，但赵汝愚却在利用他后便排斥他。我想，这就是君子们也不肯容忍的吧，于是他凭借他和宫中的特殊关系，反把赵汝愚挤了出去。这本是赵汝愚自己造成的结果，正同朱熹辈自己造成自己被斥一样，也不是韩侂胄的什么绝恶大罪。

虽然是机会把韩侂胄送上了独当一面的政治地位，可是一半也靠着他本有的天才，否则刘阿斗早成为英明的国主了。他在政治上的成绩，除了排斥伪学伪党外，几乎一无可见。但历史家便把这个他们以为是过恶的成绩作为他一生的盖棺之定论。不知道任何一个政治家，一上政治舞台，似乎就得来一下"排除异己"，这是古今中外皆然的，理由是为了要免除推行自己的政治主张时的障碍。韩侂胄要实行他的政治主张，而朱熹们偏偏一味攻讦他，于是在众矛齐举之下，他便永远的体无完肤了。

他一生中也有过两个有名的人物做他的"同志"，他们都赞同他收复失地的主张。一个是诗人陆游，一个是词人兼军事家辛弃疾。陆游是"同志"，或许有人以为陆游是书生之见，所以他盲从他不顾实力的危国主张；但辛弃疾自己本是个军事家，那么他的成为他的"同志"，当然是必有所见的志同道合了。最可笑的是：陆游替他做了一篇《南园记》，引起了无数君子们的摇头太息，于是这篇文章便在《渭南文集》中被挤了出去。我想：陆游如果还在，他一定不会赞成这件事的，因为他不是一位理学家。至于辛弃疾，如不得他的擢用，那么他只有一生以词家著名；而他的军事天才得在江上发展，使后世的人都知道他不仅是个文弱的书生，那便是韩侂胄眼光独具的结果，在这一事上，韩侂胄决非真正恃势弄权的奸臣，我敢相信。

为了受理学家的环攻，他一面要突围而出，一面还要把他们排除了再来实行他自己的主张，这却使他费尽了半生的心血。大概是朱熹死了的缘故吧，或者是因为有些理学家已看出他并不是一位怎样万恶而不可恕的人物，于是攻势渐渐松了下来。在压力愈大抵抗力亦愈大的原则下，攻势既衰，自然抵抗力也可松弛了。所以在韩侂胄做到平原郡王的时候，便解除了伪学伪党之禁，而又追复了朱熹等的职分。从这里，可以证明我所说韩侂胄的禁伪学伪党是出于被逼一语的正确。否则他一帆风顺做到了这样的大官，正好跟他势力的增大而加紧他的压力，来厉行他小人惯使的手段，何必这样的假仁假义？

在内政稍稍平稳、政敌不再和他为难的时候，他便提出了一震惊世俗的伟大计划，就是伐金——其实这名词很不通，应该称为收复失地。当时因为用了"伐金"这一不通的名词，却把他的深虑远见，只为好大喜功。我们想想，如果他真的好大喜功，那么只消学着童贯，出出兵、喊喊口号就够了，他不真的去打金人，金人也不会来犯他，他的位置尽可安如泰山。可是他坚信伐金收复失地，为当时执政的人应负的责任，所以他稍得喘息便不顾一切真的出兵去打了。但不幸的是一出兵就打了败仗，使他在得到败耗后急得鬓发皆白。但这也正可见他对于这事的认真，因为他知道自己负有重大责任。否则也尽可像贾似道那样在半闲堂斗他的蟋蟀好了，元兵渡过了长江，把皇帝赶走了也不管，他只要一投降便可以仍旧不失为"元勋"。

收复失地的计制，不独国内溺于苟安的人闻而耸惊，就是金国的人听了也为之震动不止。所以在这一方是当全国人民苟安惯了的心理下去进攻，在那一方是用全副力量来抵御这好久不曾有过的新生的力量。于是在心理上的相形见绌之下自然更加速了失败性，而金兵反渡过了淮水，更失去了许多土地。于是民众的心理愈加动摇了，政敌们便乘机出来活动，对他大肆攻讦。投井下石本是士大夫们拿手的惯技，于是他便成为众矢之的。可是他的心还不死，他拿出家财二十万以助军用——这个数目在现在大发国难财的官僚们看来并不算多，因为他们不消一天就可赚了回来，但在当时却颇不算小了；而且也少有像他那样慷慨地牺牲的。这就因为他知道国家亡了、家财也不保的缘故——预备再接再厉的进取。不料正在重新布置的时候，来了一次猝不及防的大政变。苟安的政府和苟安的政敌结合起来，在杨皇后和史弥远的诡计之下，他突然遭到了惨杀。而且还差王柟把他的首级送给了敌方求和，更接受了敌方提出的屈辱条件。胜败本为兵家常事，转败为胜也是历史上所常见，可是他一失败便为政敌所乘，而政敌又把接受屈辱条件的罪名归到他的身上，以为这是他"开罪友邦"的结果，这那里会叫他折服呢？但他终于死了，在他的政敌和全国懦怯的民众的快慰中死了。纵不甘心，又将怎样？

历史家常常痛诋"成则为王，败则为寇"这种标准的不合理；只论成败而不问是非，可是除了司马迁外——因为他列《项羽本纪》，确能打破那种不公平的见解——有那位历史家能从这见解中超越出来？如果说韩侂胄的抗金，是不量自己的实力，有些近乎玩火自焚，那么我倒又要说，如果先操必胜之见然后用兵，那么敌人早都闻风而降，战争根本可免除，然而世上会有这种便宜的事么？所以涿鹿一战，幸而黄帝胜了；汉武帝几次发兵打匈奴，也幸而匈奴兵不曾到过长安。否则这两位雄才大略的帝王，一定会和韩侂胄一样大受訾议。虽然他们身分比较显贵，远非不从正途出身的韩侂胄可比。

但韩侂胄终竟是死了，家产被抄，儿子被流放于沙门岛。抄家的结果，史上只说是"多乘舆服御之饰，真僭窃极矣"。果如所说，那可见他家里并没什么过量的财产，于此更可证实他确没什么罪恶。所谓"僭窃极矣"是"欲加之罪"的诬词，谁也不会相信的。因为历史上多数的外戚权臣们到了抄家的时候，总是金银珠宝不可胜计，但他偏不是这样，足见他拿出二十万家财来助军饷，确是尽他最大的努力而当得起"慷慨"两字。

周密在《齐东野语》里写道："平原身戮之后，众恶归焉。杂记所载，赵师弄犬吠，乃郑斗所造，以报挞武学生之愤。至如许及之屈膝，费士寅狗宝，亦皆不得志抱私仇者撰造丑诋……"对于和他有关的人尚且受尽株连污蔑，那么对韩氏本身更可想而知了。周密是宋末人，和他时代很近，他的一切当然知道得很清楚。但他虽替韩氏作不平之鸣，可也不会发过公平的议论，这还是失之美中不足。

倒是金国的君臣较有"风度"，《贵耳集》说："韩侂胄函首才至虏界，虏之台谏交章言侂胄忠于其国，谬于为身，封为忠谬侯。将函首附葬于魏公（韩琦）墓下。"

"忠于其国，谬于为身"，这些话出于敌人的口中，愈显得能得其真实。就是在我们现在，觉得除了这八个字外，也没有更适当的话可以称誉他，而他的收复失地的主张，无论如何总是对的。和他同样当得起这个称誉的，我以为只有前于他不久而亦以身殉国的岳飞！

我另外再引一首当时太学生所作的诗来作结束：

岁币顿增三百万，和戎又送一于期。无人说与王桦道，莫谴当年寇准知。

一九四一、一一、六，下午写成
（原载《萧萧》一九四一年第三期）

日本古代小说概观

一、绪论

日本自从明治维新以后，跟着思想的蜕变，一切的文学都有了新的开展；在小说方面，也逐渐离开了古代"物语"风的定型，而走上了具有世界文学性的新意识新形态的路。这情形正同中国辛亥革命后起了文学革命一样，中国小说从此和原来的"话本系"小说毅然消除了联系，与现代世界文学同流合进。就拿古代小说而论，日本的有"物语"型，同中国的有"话本"小说一样，他们都表现着、保存着古代民族固有的性格与习俗，虽然思想内容都富于保守、迷信、色情、神秘等种种色彩。但在能保持民族特性和时代背景这一点上，两者却有着同样的历史意思及价值的。

代表古代日本小说的是物语，所以我们研究日本古代的小说，不能不专倾向于物语的研究。所谓"物语"，据他们的作者所同守戒律"以话的故事、人物、背景为其构成的要素"看来，正也和中国的话本是"说话人所用的底本"的性质很相近。但就"物语"二字的原始含义言，是语说事物的意思。因为上古还没有文字，所以不能记载相传的故事，只得施用口传的形式，互相传说，以保存上代的故事，因此称这些口传的故事为语说着事物——即物语。照这样说来，那么和话本的作用恰完全相反，因为前者是"保存说话"，后者是"创造说话"；前者不过是种记录，后者乃是创作。但是现代日本人所称道的物语，都是有了假名文字以后的疑作，也都是创作而不是记录，所以除了用途上的不同外，与话本还是异途同归的。

物语的体裁，先有"歌物语"，后来才走入散文的形式；这情形可同中国的话本，先有"变文"体的"诗话"与"词话"，然后有纯散文体的"平话"一样。以内容言，物语里有英雄传说、恋爱故事、幻想说话、历史记录、战争描述，那么话本也脱掉这些内容不能存在。物话的全盛时代为自平安到镰仓时代，那时已在唐代中日文化沟通之后，所以上述种种日本小说与中国小说相似之处，是值得一般侈谈中日文化沟通的人的注意的。

真正合于物语定义的原始物语，既施用口传的形式，那么不会固定的内容是可想而知了。但其实所谓原始物语也者，也是其他各国文学史上所称的神话与传说。神话是原始民族以自己的想象对于宇宙万象加以现实的解释的事象，而传说则是远离了历史的现实性而用想象来美化了理想了的东西。到了拟物语起来，才成为一种有固定内容的技巧的"说话"。他的地位，在日本古代小说里，与传说和神话合成为物语的三大本源。

二、传说与神话

原始物语虽用口传，但传到了有文字的后代，未尝不可以用文字记录下来。不过在一般人的眼光里，都把他们当作有史以前的历史看待，所以大都被记录在古代史籍及叙事诗（亦即史诗）里，而没有加以某种物语的题目。所以我们要进窥日本没有自己文字以前的物语，必须从那些用中国文字也即他们所称汉字来写的《古事记》《日本书纪》《风土记》及《万叶集》里去找，正如要找中亚细亚古代的传说与神话，必须从《旧约》中《创世纪》等篇中去找一样。

《古事记》是现存的最古日本国史，编于天武天皇代。天武天皇于勘定乱事后，即用意于文治，于是敕臣下编纂这部官撰的史书——《古事记》。原书共分三卷，第一卷最富文字的价值，叙日本建国的神话与传说，等于建国物语；第二、三两卷叙历代的史实与传说，等于历史物语。这是一部日本神话传说的总集，内容包含战争、恋爱、动物、英雄的故事等。文章以记事为主，中间插入歌谣，有似中国话本中的诗话（如《大唐三藏取经诗话》）或词语（如《金瓶梅词话》），即为后来"歌物语"一体的滥觞。那时日本的文字还未完全，所用的文字是很异样的，以表音的汉字与表意的汉字混合着使用，所以读了很是难懂。但在这里面，充溢了日本民族所有的明朗气氛，和轻快的精神，丝毫感不到西洋神话中一般的苦闷、灰色。因此，它不但是日本文学的珠玉，就是在世界古文学史里，也有它独特的位置。

《日本书纪》亦简称《日本纪》，为舍人亲王奉敕所编，成于养老四年（公元七二〇年），全书的内容，是由神代开始，直到持统天皇为止，所记以天皇的世系及其动静为中心，但前半部充满了神话传说的色彩，后半部是与以后的国史没有什么不同的历史事实。其第一、二两卷，称为神代卷的，是古代传下的关于国土创造的神话的集成，卷三以下，为始于神武天皇的历代记但内容仍是神话的继续，直到二十五卷以后，即从孝德天皇的记事起，神话分子才告绝迹。体裁是一部大规模的编年史，模仿中国的《史记》《汉书》的形式，全用汉文写成。所以如以修史的体裁与记事的正确言，当推本书，若从文学方面看，则《古事记》的艺术的价值，极为重大。因为本书是一部历史，而《古事记》则为文学的古籍。

《风土记》也是一部敕撰的书。元明女帝和铜六年（公元七一三年），下诏全国命编纂《风土记》，记载各处物产、土壤之肥瘠、地名的起源和古老的传说等，以为编辑国史的资料，这是一部没有固定数量的全国地方志，大部分已经失传，现在残存的古《风土记》，仅有《出云国风土记》《播磨风土记》《常陆国记》《肥前风土记》及《丰后风土记》五种。其中仅《出云》尚首尾完全，《播磨》已缺书卷首，其他三种，则完全是辑佚本。他们的文字都是用汉文写的，但也未必尽同，如《常陆》，是用比较纯粹的汉文。如《播磨》，则用日本化的汉文。《常陆》中竟至连歌谣也有汉译的。因为里面含有不少的传说、古词、歌谣等的关系，所以虽是部残缺不全的古地志，在日本文学史上及小说史上都不能略去他的。

《万叶集》是一部诗歌总集，名字是取"万世之集"的意思。相传为大伴家持（？—公元七八五年）所辑。家持自幼将见闻的歌笔记下来，成为此集，又混入自己所作的歌。原集共二十卷，歌数计有四千四百九十六首。作者包罗皇帝、皇后、农夫、渔夫、大臣、将军、兵卒、衙役、艺技各阶级的人，足以代表当时民族的性情；但其中最有名者为柿本人磨、山部赤人、山上忆良、大伴旅人、大伴家持、笠公村、石川郎、笠女郎等。歌的形式可分长歌、短歌、旋头歌；以内容来分，有相闻（广义的恋歌）、挽歌、譬喻、杂歌、四季相闻、四季难歌、东歌等。至其取材，大抵为卑近的自然界或日常生活，例如在现象上多取风、云、日、雾，在地理上多为山、川、野、海，兽类则取马，草木则取荻、梅、藻，用具则取玉、衣、带、镜、剑。在这里面，便含有着许多原始的传说与神话。

上述四种古代历史、地理志、诗歌总集，都是平安朝以前的产物，为了要说明那些原始物语附托所在，不觉说得太多了些。但这种说法，正和谈中国小说起源的人必须追溯到《穆天子传》《山海经》《诗经》《楚辞》等一样，在中国小说形式未成立以前，古代的传说与神话，也正附托在这些历史、地理、诗歌总集里面，为了探本穷源，不能省此一着的。

三、物语的创作

后世用"物语"这一名字来作的"说话"书，如照原来的字义言，不过是种拟物语。这种拟物语是日本小说的最初产品，换句话说，就是最初备具小说形式的日本小说。但其内容，却不脱古代口传的原始物语的范围，惟多出之于想象而已。首先出的为《竹取物语》，稍后有《伊势物语》《大和物语》《宇津保物语》《落洼物语》，等到《源氏物语》出来，物语的造作，遂登峰造极。

《竹取物语》的作者或以为佟源顺。他的思想和取材，有着印度和中国的成分，如竹中生人等，是出于《大宝广博楼阁经》《善住秘密陀民经序品》《后汉书·西南夷传》《华阳国志》的。藤冈博士则谓脱胎自中国

《汉武内传》西王母的故事。在他们本国，或看作对于当时醉心渔色的游冶郎的讽刺，或当他是厌弃蔑视尘秽的下界而憧憬于天上之高的理想之歌，或看他是象征地描写却除肉的恋爱而实现理想的恋爱的东西，可见他的被重视。此书在西洋亦有名，题作《月之处女》(*The moon maid*)。《伊势物语》为在原业平作，包含一百二十六节各独立的短话，这些短话都用来说明其中所含的和歌，所以称之为"歌物语"。内容大概都是些充满热情的恋爱谈，偶然也有些纪行传说等。《大和物语》为与《伊势物语》同型的作品，作者相传为在原注春，或云在山院，分为二卷。内容较《伊势物语》稍显散乱，而文章亦缺少热情与魅力。《宇津保物语》的作者不详，内容虽充满浓厚的幻想，但有写实的倾向。卷数很零乱，约略地可分为上下二组，每组述一故事；上组以技艺传说为中心，下组侧重于写宫廷中的生活和世相。《落洼物语》相传亦为源顺作，以长于性格描写为其特长，为以后"晚娘"故事型的物语的范畴。

《厚氏物语》是日本古典文学的杰作，是足以反映当时的时代背景的名著的一部。作者为紫式部女士。她的父亲是位当代硕学，所以她也读了很多的书，不幸在二十四岁时即丧失了丈夫，遂入宫中为女宦。她的官职为中宫上东门院，有似中国东汉时代的班昭。那时是日本古代最盛平的时候，一切文物，都仿唐代制度，所以当时的社会，很流于淫逸。宫廷中充满了女官，有所谓女御、更衣、内侍、典侍等。被征召进宫女子，一旦得宠，便可册封皇后，家族借此显达，得为外戚。所以有女儿的人家，都设法向宫里送去。正亦有中国唐玄宗时那样"不重生男重生女"的倾向。因此皇宫里"群雌粥粥"，习歌学舞，吹弹玩弄，无所不有。而且当时贵族社会的男女关系，又是很自由的。紫式部在宫多年，她将观察所得，写成这部恋爱小说。全书其有五十四帖，结构共分两段，前部四十四帖，写书中主人源氏为一多情的皇子，其母为皇帝所宠爱，遭了嫉妒，后来病死，他一生过着恋爱的生活，直到五十一岁死去，中间衬以他的情妇紫之上。后十帖写他的儿子薰大将，这一段描写的地方是洛南宇治的河畔，所以又名宇治十帖。作者构思的巧妙与行文的富丽，在日本文中允推独步。心理描写之纤细，为近代小说之先河。三浦圭三举出原文有八种特色：（一）修辞巧妙；（二）描写内心的活动；（三）描写细密；（四）优雅；（五）照应巧妙；（六）引用古歌《催马乐》等是以诗心作成的散文；（七）短歌与文相联语；（八）写情写景融化为一。自此书出后，一切物语，多模仿他的体裁，尊之为典型。惟文字晦涩难解，后人读它很不容易。现代女诗人与谢野晶子自幼爱读此书，曾费去三年的工夫，将它译成近代语。

　　后于紫式部，有《狭衣物语》，其作者或称紫式帝女大贰三位，或称宣旨，都不确定。其中描写恋爱心理，有模拟《源氏物语》的痕迹，但颇有耽美的倾向和阴郁颓废的气氛。滨松中《纳言物语》为《更级日记》作者管标孝之女所作，约与《狭衣物语》同时。此作因有散佚，故有阙卷。取材多自中国，故极新颖，已渐渐脱离了抒写宫廷，但大体上仍有《源氏物语》的投影。惟书中充满梦与佛教色彩，为其唯一的特色。《夜半寐觉》作者似亦为管标孝之女，但所写的恋爱侧重纯情和真挚，故作风虽受有浓厚的《源氏物语》影响，而态度则全不同。同时还有《愿替换物语》，以侧重于新奇的探求，并注目于技巧和官能的描写见称；《提中纳言物语》是日本最初的短篇小说集，所收的十篇物语，都是通过一个事象而现出人世的杂相，文章极潇洒可诵。

《今昔物语》也是和前述诸作同时的作品，但它和其他带有贵族色彩的作品相异，多少带有民众的倾向，因为在这部书里，不但有王公、贵族、佛的世界，而且有乞食、监贼、庶民的世界，以及天狗、狐狸、地狱的世界。且因文体素朴，所以能感到浓厚的庶民情调。相传此书为宇治大纳言隆国所作。其内容计分三部：从卷一至卷五为天竺之部，大都是叙述释迦的生涯，取材于《法华验记》《佛祖统记》《地藏灵验记》《法苑珠林》等；从卷六到卷十为震旦（即中国）之部，述说佛教东渐、宿报孝谈及史谈杂话，系取材于《说苑》《新序》《世说新语》《搜神记》等；自卷十一到三十一为本国（日本）之部，内中又分为二，一部为佛教的记事和佛教思想的表现，一部为贵族传、武勇语、民间闲话、妖怪盗贼故事等，取材于本国的典籍和道听途说。

四、物语的引展

统观前述平安朝的诸物语，可以看到一个显著的事实，就是他们的取材，不离平安宫廷中的生活状态和爱欲诸相，因之后代文学史家统称这些物语为宫廷小说。这倾向到了镰仓时代还继续着。但平安朝的文化以贵族为中心，而镰仓朝则为武家文化，故所有作品缺少平安时代丰富的想像因子，而渐趋于后落。此外，却崛兴了一种反映时代精神的战纪物语和历史物语，以及记述杂志卷闻的说话小说。

这时期继续平安朝式的宫廷小说，可以《山路之露》《苔衣》《住吉物语》《松浦宫物语》《石清水物语》为代表，前二者全为平安朝式物语的引申，后三者则已渗有时代的精神。《山路之露》相传为世尊寺伊行作，内容系接续《源氏物语》终篇的《梦之浮桥》，也叙薰大将的事，文藻虽有风情，但因是《源氏物语》的续貂，故不免有蛇足之感。《苔衣》的作者不详，内写关白子右大将夫妇的失恋和忧愁，很是精彩，实是首吊送衰残期宫廷小说的《韭露歌》。《住吉物语》的内容模拟《落洼物语》，亦为一"晚娘"故事，但充满了劝惩的思想和佛教的因果报应，明显地表现出镰仓时代的社会特色。《松浦宫物语》叙唐副使辨君在中国的故事，全属凭空造作，也充满神佛思想及神佛一体的新教义。《石清水物语》叙关白之弟左大臣的失恋故事，存有浓厚的神佛佑护、悟道达观等的观念，并且以武家阶级为作品中的主人公，亦为镰仓时代所特有的产物。

"战记物语"又称"军记物语"，是十足代表武家文化的产物。武人不讲美术学艺，不喜儿女柔情，又缺少空想想像，遂使当时作品，成了记录式的《战记物语》。这种物语滥觞于平安朝的《将门记》，及《今昔物语》第二十五卷取材《将门记》的重叙。但纯粹的《战记物语》，当以《保元物语》为首，继之为《平治物语》《平家物语》《源平盛衰》和《太平记》等，而以《平家物语》为最杰出。《保元物语》和《平治物语》似出于同一作者。《保元物语》的作者或称为叶室时长，或以为中厚师梁，源喻僧正，但皆不确。此书叙保元之乱的本末，描写新院与主上之相争，终于新院方面的失败。《平治物语》则叙平治之乱的本末。两书对于败亡者的破灭，颇致其无限的哀感，故都飞迸着至纯痛切的人情，使读者迸流同情之泪。《平家物语》的作者，据考证所得，有信浓前司行长、叶室时长、吉田资经、源光行等十六人，但不知究竟为谁。此书以源平的争乱为主材，但以平家一门之行动为叙述和兴味的中心，前半叙平家的荣华，后半叙其后落的惨史。中间都插入许多独立的小故事，都富于诗味，如妓王描写歌妓的争宠，足颤描写被贬者的悲惨非人生活，都深切动人。批评家说他有六种优点：（一）有作为极大的运命悲剧之悲哀美；（二）时代精神的反映；（三）表现了国民性；（四）由文章美与自然佳构所引起的对照美；（五）战事的美化；（六）点缀着恋爱美。书中充满着佛教的诸行无常盛极必衰的小乘思想，这是这时代一般作品所共有的特色。《源平盛衰记》的作者不详，内容为将《平家物语》中所缺少的源氏事项，尽量加以补充，详说源平二氏兴亡和隆替，记述精细，文章亦见修饰。《太平记》的作者或以为玄惠法师，或称小岛法师，所叙自后醍醐天皇起兵讨北條氏失败后至郁郁闷死于吉野止，约五十年间的史迹，文字华丽，阐说佛理之处很多，为室町时期历史文学之一。此外，还有叙写义经个人事迹的《义经记》，描写曾我十郎五郎兄弟为父报仇故事的《曾我物语》，后者为后世报仇物语的先声，也都是室町初期的作品。

历史物语也是武家文化表现之一，是贵族阶级崩溃后的产物，起自平安朝末期，终至江户时代，经过的时间极长，它是熔化历史与文学于一炉的东西，和中国的平话（即历史演义）差不多。首先出现的为《荣华物语》，系宇多和堀河所作。此书又称《世继》或《世继物语》，所谓"世继"乃是记录历代之事的历史。体裁仿《源氏物语》，全部分上下二卷，然后又分成四十卷，各卷皆有小题。全书以描写御堂关白道长的荣华为中心，其间并插入与藤原族有关的皇室纪子，以及宫中行事等。时间共历六朝之久。其中写花山帝宠姬忯子早逝，帝衷心悲痛，终至削发为僧一段，全同中国清世祖出家为僧的传说。但《荣华物语》仅为历史物语的草创

者，至大镜始为最初实现调和文学与历史的作品，就是
以后的历史物语，也几乎都奉《大镜》为畴范。此书已
不明为何人所作，凡八卷，所记自文德天皇起，至后一
条天皇止，共历十四代，但其中心人物则为藤原道成。
《今镜》为源通亲所作，凡十卷，又名《小镜》《续世
继》。所记上续《大镜》，至高仓天皇止，共历十三代。
文笔虽不及《大镜》劲健，但颇多插入风雅的逸话。
《水镜》三卷，为中山忠亲所作，结构全模仿《大镜》，
材料系采自《扶桑略记》等书，所记自神武天皇起至仁
明天皇止，共历五十四代，时代适当《大镜》之前。
《增镜》与上述"三镜"合称"四镜"，凡十七卷，作者
不详。所记自后鸟羽天皇起，至后醍醐天皇止，凡历十
五代。其他各镜都以人物为中心，此书则以一代皇室为
中心；所以其他各镜等于别传体，此书则为纪传体。
《秋津岛物语》为最近发现的书，作者亦不详，体裁模
拟"四镜"，叙述有史以前的神代故事，多取材于《日
本书记》卷一卷二。《月之行程》二卷，为荒木田丽女
所作，叙述高仓安德两天皇的历史，材料都探自《平家
物语》及《源平盛衰记》。此书显然为补漏之作，因为
他适上续《今镜》，而下接《增镜》。另有《弥世继》一
册，为藤原信隆所作，亦记述高仓安德二天皇朝的事
情，但已散佚不存。《池之藻屑》凡十四卷，亦为荒木
田丽女所作，记事适续《增镜》，记述自后醍醐天皇至
后阳成天皇十二代的历史，取材宏博。富于古典趣味。
作者在日本有"女中董狐"之称，可见其所作的名
贵了。

　　说话小说比较的更属于纯文学，其体裁犹似中国的
《太平广记》《夷坚志》之类，所以在镰仓时代最占势
力，而几乎成为小说的主潮。属于这一类的作品，最著

者有《宇治拾遗物语》，作者不详，其中所收说话，有半数与《今昔物语》相同，其他则多与《土佐日记》《古事谈》《江谈抄》等相类似，内容包括佛教说话、教训说话、卷谈杂说及童话四类，都富于宣传佛教的气息。《十训抄》的作者亦不详，全书分成《节操行为动作必须注意》《宜戒骄慢事》《不许乱伦》《宜戒多言他人之事》等十篇，含有浓厚的教训色彩，取材亦多采自昔日所作物语，其范围亦广及印度与中国。《古今著闻集》为橘成季作，凡二十卷，分神祇、释教、政道、文学、私歌、管弦、歌舞等十三篇，似受中国《世说新语》的影响，取材多道听途说或札记，颇带有批评的教训，大胆地暴露当时的社会诸色相。除上述外，尚有《古事谈》《宝物集》《撰集抄》《发心集》《沙石集》等的佛教说话，由此可见当时佛教思想狂靡的一斑。

在室町时代，又流行着一种称为"御枷草子"的物语，其作者和读者都已扩大到民间。如以性质来分，这类作品大约有下列诸种：（一）女物语，以贵族社会的爱恋为主题，为继续宫廷小说的余绪，其作品有《忍音物语》《初濑物语》《岩屋草子》《小落洼》《戴钵》等。（二）稚儿物语，乃是暴露人间爱欲的小语说，多取材于寺院僧房之间，有《幻梦物语》《秋夜长》《嵯峨》《辨草子》等。（三）遁世物，以佛教的舍身遁世为作品的核心，有《朽樱树》《三人法师》等。（四）本地物，以本地的佛教垂迹为主题，有《梵天同》《物臭太郎》《一寸法师》《今宵之少将》等。（五）拟人物，是把一切物象人类化的作品，有《十二类合战》《精进鱼类物语》《蟋蟀蜂草子》《玉虫草子》《木蟠狐》《付丧神》《玉藻草子》等。（六）传设物，以历史人物为中心，有《田村草子》《浦岛太郎》《小町草子》《和泉式部》等。（七）其他，不能归属于上述各类的，如《福富草子》《破镜翁》《梅津长者物语》等。这许多物语虽说话平易，富于想像，为民众所爱好，但取材陈旧，描写粗疏，缺少艺术的成分，只能当作中国人所谓"闲书"看而已。

五、江户小说

此后为江户时代。这时候镰仓室町时代的武家文化已告了中落，成为日本文字史上的文艺中兴时代。这时一切文学作品都很发达。支配这时代的思想，也由佛教而转入了儒家，伦理之说，颇为当世所重。在小说方面，最初起来是假名草子，接着是世草浮子、草双纸、读本、洒落本、滑稽本、人情本等。

假名草子是一种翻译汉籍佛书及古文而成的平易的假名文，初期作品有如偶子的《可笑记》和《百八町记》，山冈之邻的《谁的身上》和《小杯》，铃木正三的《因果物语》和《二人比丘尼》，浅井了意的《阿伽婢子》和《浮世物语》。《阿伽婢子》系中国的《剪灯新话》的翻译，是一种怪诞的传奇小说。

浮世草子是记录浮世的事情之意。浮世的广义即是人生，狭义是好色，因为了解人生世间，即是了解男女间的人道，这类小说为井原西鹤所倡。他的本名为平生藤五，生于元禄朝的大阪，师西山宗因，为谈林派俳人之一。他独具双眼，观察现世，知人心之秘密、市井之罪恶，成为日本小说界的鼻祖。他的作品，初期描写恋爱，中期描写武士，后期描写町人社会。他的处女作为《好色一代男》，初意只为游戏，并借以换升斗，不意竟受世人的欢迎。其后又作《二代男》《三代男》《好色一代女》《好色五人女》《男色大鉴》，曾被官厅禁止发行，因改其作风，著《武道传来记》《武家义理物语》《新可笑记》《日本永代藏》《世间胸算用》《本朝町人传》《西鹤织留》等。西鹤小说被推为江户文字之魁首，无论在方法、形式、技巧方面都极为完熟，而且富于俳谐趣味。西鹤之后，元禄前后的小说，除好色物系外，又有以狭巷谈为题材的写实作品；及描写幽冥世界的怪异小说，前者有锦文流的《棠大门屋敷》，森本东鸟的《字缝锁子帷》等，后者有林文会堂的《玉帚木》，俳林子的《诸国百物语》，非条团水的《怪谈诸国物语》等。到了亨保期，有作家江岛其碛，初也写好色物，如《倾城色三弦》《倾城禁锭气》，后又写描写性格的《世间儿子气质》《世间女儿气质》等的气质物。

草双纸是江户中心期的产物。这种小说最初不过是一种童蒙式的绘草纸（看图识字），后乃发展为成人的读物，其形式有似中国元刊本《全相平话》。依表面纸色的不同，有赤本、黑本、青本、黄表纸等的分别，最后乃成合卷本。赤本最先出，专写妖怪谈，如《猴蟹混战》《老鼠娶亲》等。其后改为黑本，倾向民间故事，如《丹波打栗》等。至青本则侧重实录风，如《英雄谈》《义经一代记》等。以后为黄表纸时代，纯为讽刺、滑稽、机智、轻笑的文字，名作者有恋川春町。他的《金金先生荣华梦》为划时代的作品，系模拟中国的《邯郸梦》。此外，还作有《高慢斋行脚日记》《鹦鹉文武二道》《楠无益委记》《悦赑负虾夷押领》等三十余种。除春町以外，尚有朋诚堂尧三二著有《文武二道》《万不通》等，唐来三和著《天下一面镜》《梅钵》等。后来因单靠五张为册的黄表纸不能容纳全部的故事，于是以五册为一缀，变成为合卷的体裁，如式亭三马的《雷太郎污恶物语》和短篇合卷的柳亭种彦的《谚学田舍源氏》等。

　　读本系以读物为本位的作品，与以绘为主的草双纸相对立。他是引受浮世草子中的怪异小说的系统，融化以史实传说为素材的时代物，并根据中国讲史所写成的一种浪漫的传奇小说。初期读本极富宗教色彩，有建部绫足的《西山物语》《本朝水浒传》，上田秋成的《两月物语》，都贺庭钟的《英草子》等。《英草子》极受中国"三言两拍"的影响，但取材偏重历史故事。山东京传和泷泽马琴为读本两大作家。马琴字琐吉，明和时生于江户武士家，所作以《南偬里见犬传》最有名，长至一〇六册。此外，名作有《椿说弓张月》《三七传南柯梦》《俊宽僧都岛物语》《梦想兵卫胡蝶物语》《皿皿乡谈》《朝夷奈巡岛记》《近世说美少人录》《松染情史》等。作者思想是儒家和武士道精神的综合，所以所作不免流于过分的说教化，破坏了艺术的完成。山东京传初写洒落本，后乃写读本，所作有《忠臣水浒传》《复仇奇谈安积治》《优昙华物语》《樱姬全传曙草纸》《梅花冰裂》《昔语稻妻黄表纸》《本朝醉菩提》《双蝶记》等。看了书名，可见他也受有极大的中国小说影响。

　　洒落本，一名"蒟蒻本"，以本纸截百二三十页，钉为一本，而以土器色的唐本表纸为封面，形如蒟蒻，故名。它与黄表纸同时盛行。"洒落"的字义，有内行人写内行事的意味。最初作品有泽田东江的《毕素六贴》《圣游廓》等，稍后有多田爷的《游子方言》，臼冈的《廓中奇谈》，梦中山人寐言的《辰己之园》等，再后则有风来山人的《风流志返轩传》，蓬莱山人的《妇美车紫鹿子》等，更后有田螺鱼的《妓者呼子鸟》，山平马鹿人的《变通轻井茶话》等。至山东京传出，始为洒落本作者中唯一大家。他以花街柳巷见闻为题材，描写人间厌欲诸相。最初之作为《容众冰面镜》《息子部屋》，其后有《吉原杨枝》《白川夜船》《通气粹语传》《语言总篷》等二十余种。后以紊乱风俗被禁，而又以犯法作《仕挂文库》《锦之里》受惩罚，乃改写读本。但以后犹有梅暮里谷峨等作《倾城买二筋道》等。此种作品，其主题都不外是爱欲相的阐明，颇似中国的冶游小说。

滑稽本为洒落本之支流，专以谐谑为中心。始于万象亭的《社戏》，稍后有竹冢东子的《乡里谈义》，都以都会与乡村的优劣比较作为调笑的资料。此类小说最著名的作者为十返舍一九及式亭三马。十返舍一九姓重田，名贞一，著有《正续东海道膝栗毛》。他初作《膝栗毛》（徒步旅行）发表后，因得好评，遂又续作七篇，完成正集；后又刊行《金毗罗道中》《宫岛见物》《木曾道中》《上州草津温泉街道》，遂完成续集。其中《东海道膝栗毛》为最佳，主人翁弥次与喜多，在旅行中闹了许多笑话，成为后世一般滑稽角色的代名词。式亭三马通称西宫太助，姓菊池，名泰辅，本为一书店童仆，初作黄表纸《天道浮世之出星操》，但毫无名声，自《浮世风吕》发表后，声势大振。此作所写，为男女二浴场中所闻种种赤裸裸的现世相。《浮世床》则记录理发铺中人的谈话，亦借谈话以描摹各种人物。其他作家，尚有泷亭鲤丈，著有《花历八笑人》《滑稽和合人》；梅亭金鹅，著有《妙竹村话》《七偏人》等。

人情本为洒落本的另一支流，以写狭巷谈更进一步，而写有系统头尾的以都会情味为中心的淫荡生活。所以也遭禁止。十返舍一九曾作《清淡峰之初花》，已为人情本之嚆矢。至为永春水的《春色梅历》出，人情本才告独立。春水所作，尚有《春色辰已园》《依吕波文库》等。其他人情本作家有春曲山人、鼻山人、松亭全水等。文学本是时代的反映，这时代已到了病态的世纪末，所以一切都市的糜烂生活，遂都写实地表现了出来。这是人情本的特色，也就是这个时代的特征。

此后即为明治时代，文学跟着维新运动而另辟了路径，与前此所作，都异其作风与旨趣。前此所有的日本小说，都不能脱离物语的定型，而此后不但将此定型解放，甚至将此定型扬弃。正同中国文学革命以后的小说一样，无论任何方面，都不能再和前此的话本系小说相提并论了。

（原载《楚声》一九四三年第二卷第二期）

民间文学与弹词的关系

有些弹词所唱的故事来自民间故事。民间故事有些是口述，至于写成文字，是文人从民间采集或记或写而成。后来又被曲艺家取作题材，而且和以乐器，有说有唱，但其唱词仍不脱民间文学内容，所以我正名称它为民间说唱文学，是名副其实的。

弹词中如《双珠凤》《双珠球》《云外飘香》《三笑姻缘》《玉蜻蜓》《义妖传》《大双蝴蝶》等，其故事一部分来自民间，一部分出自话本，但话本中的故事本来也多数来自民间，所以我这里所谓民间说唱文学，指的是用韵文来讲唱民间故事。又，就是创作的说唱文学，它的故事流传到民间，辗转相传，日子久了，大家都不知道出自说唱文学，就径自把它作为民间故事，成了数典忘祖，这也是不足为怪的事。比不上文章家彼此袭用，就要被人讥为剽窃。因为民间文学与小说、弹词都是小道，你这样唱，我也可以这样说。因此我研究弹词，一向把它当做说唱的民间文学看待，民间文学同民间说唱文学字面上的差别，也只多了一番艺术加工，只有繁简的差别，在本质上并无什么不同。

有件事实，可以用来说明这个情况。就是有位在美国哈佛大学东亚洲语言文化系执教的韩南教授，他是一位世界闻名的研究中国古典小说的专家，著有《中国话本小说考证》《话本小说史》。他的弟子何南喜是该系的一位博士研究生。他的博士论文，是专攻中国民间故事《珍珠塔》和《三笑姻缘》，为了收集研究资料，专程来中国苏州大学弹词课深造，亲聆苏州各派弹词名家的说唱。因为何在美国图书馆里曾经看到我和女儿一同写的《弹词叙录》，其中收入《珍珠塔》和《三笑姻缘》。于是何经人介绍来沪造访，询问除《弹词叙录》所收之外，有无其他有关《珍珠塔》和《三笑姻缘》的资料。我告诉他，我所知道的珍珠塔的原始故事：吴江县的风俗，凡大族人家出嫁女儿，做母亲的都以所藏珍珠为陪嫁，粒子大的可以穿成项链或镶成首饰，细小的为免于散失穿成塔形，所以称为"珍珠塔"，也作为陪嫁之用。所以"珍珠塔"虽为民间流传故事，也是实事。至于叙述陈翠娥与方卿婚姻故事以珍珠塔为关键，这是编书的人或说书的艺人编造出来的。至于《三笑姻缘》是弹词家徐云志擅长的书目，其中人物的形象，都是由他创造出来的。因为历史上的唐伯虎，科场失意，又被牵累入过狱，所以一生贫苦，养不起九位妻子的。至于《九美图》这部书更是编造弹词的凭空捏造出来的，到徐云志说的，不谈九美，只有秋香一人，虽然有唐伯虎卖身为仆、点秋香的情节，但这都是在民间流传的。由于徐云志用全力来艺术加工，其中人物个个都有显明的个性，情节曲折冗长，成为连台长篇脚本；弹唱时，趣味横生，令人百听不厌，正可算得是一切弹词中首屈一指的白眉。秋香故事最早见于《三言》的《警世通言》卷二十六《唐解元一笑姻缘》，不是三笑，只有一笑。弹词《三笑姻缘》又名《笑中缘》，说的是三笑留情，不是一笑邂逅，一笑变了三笑。总之，唐伯虎是历史人物，秋香是民间说唱流传故事人物。一虚一实，不能等量齐观，所以只能说是民间说唱流传故事人物，因此《三笑姻缘》也只是民间说唱流传故事。至于《珍珠塔》中陈翠娥与方卿两家也都是民间流传人物，不一定实有其人、实有其事，只是描写世态炎凉、至亲势利等社会现象，却是深入人心、流传极广远的。这是一部描写世故人情逼真的作品，所以一直流传到现在，为人民大众乐道乐听，至于编成各种戏剧上演，更不必说了。

（原载《民间文艺季刊（上海）》一九八六年第二期）

整理后记

　　想起终生默默耕耘在祖国文坛上的先父谭正璧，心中五味杂陈。他走过的是漫长而又艰辛的道路，因此他没有让我们继承他的事业。

　　先父逝世多年后，曾看到一些评价，复旦大学的《上海文学通史》中被喻为"被遗忘了的缪斯"，这是何等崇高的褒奖，陈青生则称其为二十世纪四十年代"上海文坛历史小说创作的主要代表"……近二十年，我在搜集整理阅读先父作品的过程中，才越来越感到这些评说并非空穴来风。目前我可以说，已基本收罗齐全了父亲发表在各刊物上的作品，除了读书读史随笔，还有众多的小说散文、诗词剧本、历史小说等数百篇，这是一笔蕴含沉甸甸的历史、社会和生活的丰富的文化资源和宝藏。其中读史读书随笔共八九十篇。近年东方出版社推出了《煮字集》，碍于篇幅而从中选取了四十余篇，如该书书腰所题："谭正璧先生文史随笔精华首次整理出版"，"史料加史识，熬煮一罐中国历史的高汤"。我眼疾甚重，也曾艰难地在电脑上录入多篇，并由此感受到父亲的文笔竟能如此别出心裁，引人入胜，等各位看了以后就会知道这绝不是我的吹嘘。这次"聚学文丛"又从未收入《煮字集》的作品中遴选了二十余篇，编成《螺斋拾珍》，得再窥其一斑。

父亲为我们留下的不只是千万字的文化的肥沃积累，更有那份不可多得的治学精神。

一、认定目标，锲而不舍

先父的父母早亡，依靠外祖母抚养的他，执着求学，"庵荒人静近五更，展卷挥毫犹未停。炉尽灯熄方入睡，忽闻院内捣衣声"。他断断续续地读到高小毕业后，考入了梦寐以求的龙门师范，虽然在这里经受了他人生中又一次重大挫折，但在一年的学业上收获颇丰，并确定了他自己的人生目标。

一九二六年，在《邂逅》的自序中，他回顾走上创作的历程时，写道：

自一九一五年至一九一八年，这四年中，我在没人指导之下，看了不少的种类复杂的书籍，因此做了几本不成模样的笔记，只向陈旧的因袭的读书方法上进行，而且因为没人指导的缘故，往往事倍功半。但我那时最感谢那本《涵芬楼文谈》，他指导了我不少的读书方法，而且使我知道世间——那时所谓世间，自然只指中国——有些什么书籍，我得以照他方法做去，辗转得了无限的国故知识。

我与文学的相识，在"五四运动"后一年，那时的求知欲，好似深山的饿虎，一见生物，以一搏为快，不暇拣择。在学校中教师指导之下，于是我方知世间有所谓"哲学""科学""文学"等种种学问，而且我那时的

谭正璧于汕头路八十二号老宅，摄于一九四〇年左右

父亲与四个子女

贪心实在是太狠了，什么学问都想研究到精通。然而究竟因性之接近，而热心于哲学和文学，而尤其嗜好的是文学。我所以不能不永远永远感谢吾师朱匊广和严佩松两先生。

离开龙门师范后的一九二二年，是我最勤于研究文学和创作的一年，这一年中，赏鉴了很多的本国及世界文学著作，而且由我的好友水君康民的督促，承慧频不辞烦劳地替我抄集，曾编成一本《人生底悲哀》。而且曾有数篇，被编入《小说年鉴》及用作学校课本的《短篇创作选》中，尤其增添了我的兴致和热忱。

王兴康老师说："谭先生的一生是奋斗的一生。他并非出身诗书世家，他没有多高的学历，能取得这样的成就，全靠自己的天分和对文学、文化事业的一片赤诚热爱，这是更加难能可贵的。"

此后他在从事教育的同时，拿起笔开始他的文学研究和文学创作。

二、博览群书，严谨著述

父亲最大的嗜好就是买书，当然不是为了摆饰，也不只是为浏览消遣，而是认真研读做学问，而且他有超乎常人的记忆力。我发现父亲不只是书，而且对各种相关小报也不放过，正是在这种认真中发现了蛛丝马迹，才不断有新的成就。在《旧小说作者的"双包案"》中说道："在民国二十七年五月二十一日出版的《时代日报》副刊《天向》上，登有署名'老音'所作的一篇《胡适之先生的印象》，在这篇文章里面，他告诉我们，在海州出版的《镜花缘》，署名'海州许乔林著'，不是李汝珍，这是一个'破天荒'的发现。"在本书所收的

谭正壁藏书印

《绛云楼韵语》中，亦足见他读书之广，几乎将历来有关柳如是的资料一网打尽，这里不作赘述，看了本书就一定能感受到。

还不得不提他第一次创作的剧本《梅魂不死》，"记得写第一幕，连起草到誊清，只费了一整天和一个黄昏，第二幕就不起稿，挥笔直写，每天一幕，整个剧本在四天中写毕"。三万多字的历史长剧剧本，四天完成，不可思议。看似信手拈来，得来全不费工夫，而这完全是依仗了他平时认真的研读和积累的结果。

父亲写的许多书，都署"谭正璧编"，而不用"著"这里既有他对前人的尊重，也有他的谦虚。原上海文艺出版社的金名先生在《晚景凄凉谭正璧》（原载《新民晚报》）中曾说："您说'我以为文学史是编的，不一定要'作'。你把这本大著（指《中国文学进化史》）称作'编'。谭先生，世上只有把'编'写成'著'的，哪有把'著'写成'编'的……"这类例子很多。

三、生命不息，笔耕不辍

因为自幼拼命读书，父亲中年时早已高度近视，那时没有超薄的镜片，给我的印象是好厚的镜片，中间一个小圈，但这阻止不了他读书做学问的渴求。一九四九年后，他放弃了文学创作，又全身心地投入文学研究中，除了出版的《话本与古剧》《元曲六大家略传》《清平山堂话本校注》外，被迫删减到六十万字的《三言两拍源流考》排好清样后又被搁置多年，直至"文革"后得见天日。

《明清说唱文学作品叙录》，这是他早年为弹词正名后的又一宏愿。为此他不惜重金收罗弹词、宝卷、大鼓、木鱼书、龙舟、南音等唱本和其他相关书籍，而在生活上从他的穿着就可一望而知。他几乎是以一己之力在为此奋斗，堪比当年编写《中国文学家大辞典》之情境，我看到了父亲在阅读相关作品时所做的内容摘要，用的是当年厚厚的日记本，有好多好多本，可见其功夫之深厚、工程之艰巨。现在已出版的《弹词叙录》《评弹通考》《弹词艺人录》（弹词三部曲），《木鱼歌龙舟歌叙录》即其中的一部分。宝卷、大鼓的原始摘录和上述的原始稿现在都保存在北京现代文学馆里。

"文革"十年，父亲被迫中止了正在竭力进行的工作，被扣上"莫须有"罪名，成为专政对象。我原以为他那些年里无所事事，也不知他如何挨过这"度日如年"的日子。不久前，我看到了他在那个年代写下的数百首的诗词集，才恍然大悟，祖国文学就是他的生命，无论何时，他都生活在祖国的文学中。重见天日后，父亲已步入耄耋之年，渐渐失明的他依靠姐姐谭寻，又整理编写了《古木稀见小说汇考》《曲海蠡测》等书。

无论是艰难贫苦的抗战年代，还是十年"文革"，都磨灭不了他的初心——献身祖国的文学事业。

父亲谭正璧对祖国优秀文化的执着和不懈追求，在他的《国学概论讲话》和《新编》中，可以清晰地看到，他始终坚信"国学"中"藏有精金""应从速发据"，"'国学'这名辞虽然终将成为历史的陈迹，而它的本身的价值却是永远存在"，从他所编写的大量国文语文读本、中国文学史中更是屡屡可见。不久前我看到一篇署名九峰的《作家素描——谭正璧先生》的短文，其中说："我与他的认识，说来也真惭愧，还是最近一年内的事情，当今年春季，他和几个知名的作家，联合创办新中国艺术学院之时，我才厕身学生之列，得识这位先生。""在学说上，他不像一些自命为新文学家们，一开口，就骂孔子，诽古文；相反地，他对我们说，要学问的根基坚固，你们还是多看一些古文好，所以在他所办的'新'中国艺术学院里面，还有古文这一科。他是一个多产的作家，也是一个纯粹为写作而生活的作家，只要你随便在各杂志上翻翻，就可以证明我的言语为真实的！"

螺斋——父亲对家宅的自谕。自一九五三年定居沪上，租居在南京西路润康邨的二十八平方米的二居室，一家五口，万卷藏书室、工作室、生活起居室皆在其中。时光倒流至二十世纪四十年代的抗战时期，一家八口租居在汕头路一间十八平方米的客堂楼，一人挑起全家生活重担，不得不终日操劳。埋头奋笔疾书，写尽人生沉浮社会百态，有学术有创作，有历史有现实，耐饥煮字，穷愁著书，方寸螺斋流淌出成千上万字的不朽作品。

本书所收文章多创作于二十世纪三四十生代，发表于各种杂志报纸上，都从图书馆搜寻，复印扫描或胶卷翻录得来。囿于当时出版物的条件所限，排版错讹颇多；又因年代久远，多有字迹模糊难辨的。为此录入校正颇为不易，虽经再三校勘，仍难免不足之处。

感谢文汇出版社编辑出版"聚学文丛"，聚学者专家、贤达先人治学的点滴精华，为今人、后人传承和发展祖国的优秀文化又打开了一扇窗，鼓励人们发扬先辈执着追求和严谨治学的精神，在建设新时代中国特色社会主义的道路上不断地作出新的贡献而继续努力！

这里不得不感谢卢润祥老师，耄耋之年，为本书所作的努力并为之作序。感谢鲍广丽老师为整理编辑校阅书稿的辛勤付出！

谭瓷

二〇二三年一月十一日